Then and Now

彼时此时

——马基雅维利在伊莫拉

〔英国〕威廉·萨默塞特·毛姆 著

孔祥立 译　刘训练 校

译林出版社

彼时此时

——马基雅维利在伊莫拉

这样一本书[①]，没有人光凭想象就能写出来。我穷尽一切手段寻觅所需要的东西，材料的主要来源当然是马基雅维利的著述。[②]托玛西尼撰写的传记对我完成写作非常有帮助，维拉里撰写的传记对我也有一些价值，在一定程度上我还借用了伍德沃的严谨著作《切萨雷·博尔贾》。此外，我还要承认，卡洛·伯夫伯爵让我受益良多，他用真实而精确的笔触描绘了切萨雷的一生，他是个好人——把一些书籍借我阅读，否则，这些书籍的名字我都将无从知晓；另外，对他在回答我的诸多问题上表现出的耐心，我也表示感激。[③]

---

① 本书的副标题“马基雅维利在伊莫拉”为中文版所加（本书所有的注释为校者所加，以下不再另外说明）。

② 为了帮助读者了解这部历史小说的史料来源和相关背景，我们尽量在注释中提供一些人物简介、事件说明以及能够确认的马基雅维利作品的出处，但并不是所有的文献来源都能确认。所有来自马基雅维利的引文，都参照吉林出版集团出版的中文版《马基雅维利全集》：(1)《君主论》，潘汉典译，2011 年；(2)《李维史论》（《论李维》），薛军译，2011 年；(3)《用兵之道》（《兵法》或《战争的艺术》），时殷弘译，2011 年；(4)《佛罗伦萨史》，王永忠译，2011 年；(5)《书信集》，段保良译，2013 年；(6)《曼陀罗》及诗歌，徐卫翔译，2013 年。

③ 作者这里提到的几本历史文献，详细版本信息如下：Oreste Tommasini Césare，*La vita e gli scitti di Niccolò Machiavelli*，Roma，Torino：E. Loescher，1883–1911；Pasquale Villari，Niccolò Machiavelli e i suoi tempi，Firenze：Le Monnier，1877–1882（此后多次再版重印，这本书有英译本）；William Harrison Woodward，*Cesare Borgia：A Biography*，London：Chapman and Hall，1913；Carlo Beuf，*Césare Borgia：el príncipe Maquiavélico*，Buenos Aires：Claridad，1946.

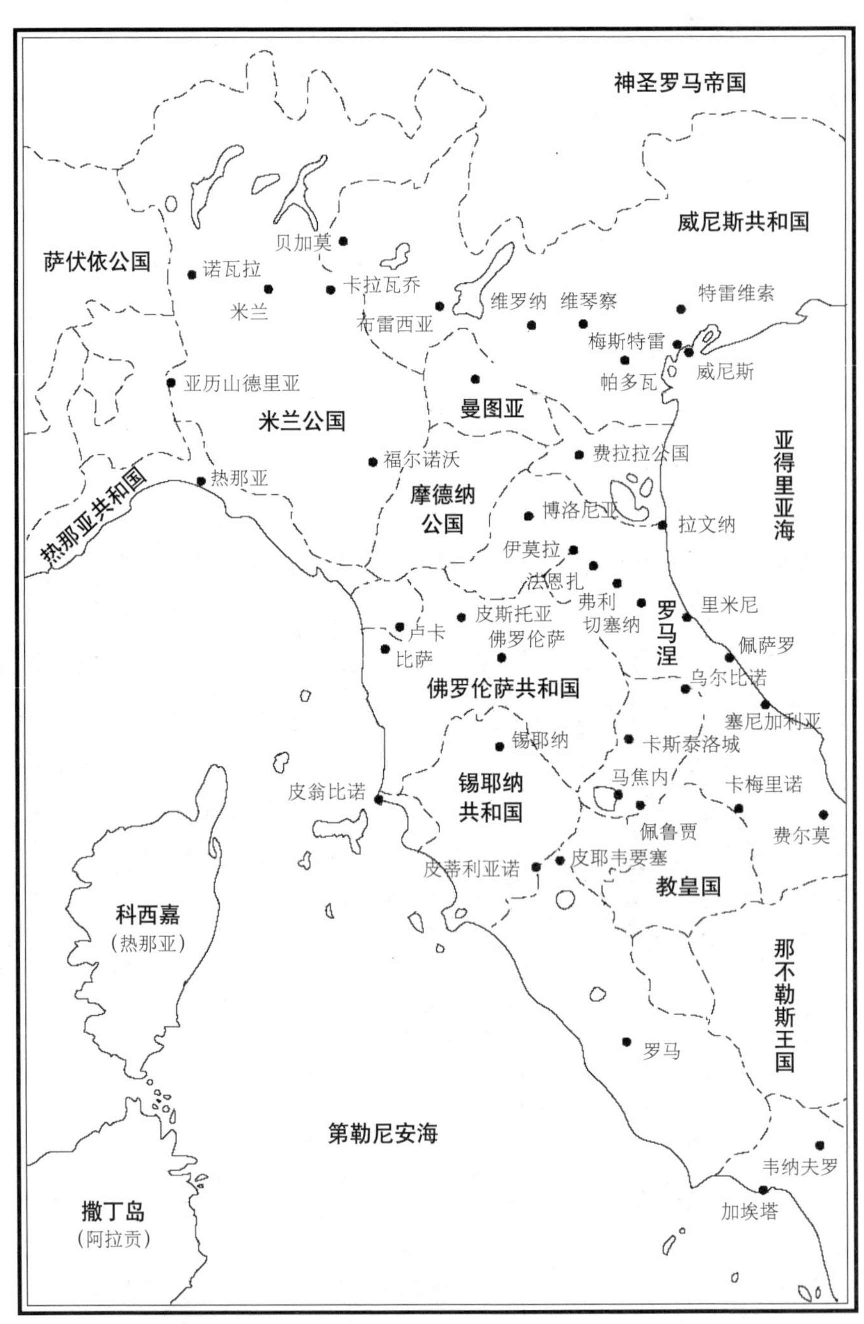

1500 年前后的意大利

一

万变不离其宗。[①]

① 原文为法文：Plus ca change，plus c'est la même chose。

二

比亚焦·博纳科尔西[1]度过了繁忙的一天，他感到有些疲惫，但出于凡事都要井井有条的习惯，睡觉前还要在日志里记点儿什么。这次他记的内容很简单："市里派了一人去伊莫拉见公爵。"他或许觉得提不提该人的名字并不重要，这个人就是尼科洛·马基雅维利，公爵是切萨雷·博尔贾[2]。

---

① 比亚焦·博纳科尔西（Biagio Buonaccorsi，1472—1522？），马基雅维利的朋友及其在佛罗伦萨共和国秘书厅的同僚，他是著名学者费奇诺的侄女婿（而不是下文说的女婿），他与马基雅维利同在1498年进入秘书厅（但比马基雅维利晚三个月，而不是下文说的要早），并且同在1512年梅迪奇家族返回佛罗伦萨后被解职，此后两人似乎就再无交往。

② 切萨雷·博尔贾（Cesare Borgia，1475—1507，又译恺撒·博尔吉亚、西泽尔·波尔金等），文艺复兴时代著名的博尔贾家族成员，教皇亚历山大六世（罗德里戈·博尔贾，1431—1503，1492年当选教皇）的私生子。早年担任教职，在他哥哥去世后还俗从军，并在1499年从法国国王路易十二那里接受了瓦伦蒂诺公爵的称号。回到意大利后，博尔贾作为教皇军队的统领开始进攻教皇国领地内的众多统治者，先后占领伊莫拉、弗利、里米尼、法恩扎、乌尔比诺等地，并被亚历山大授予罗马涅公爵的称号。他在1502年挫败了一场由他的雇佣兵头领策划的阴谋。后来，他受到新教皇尤利乌斯二世的打击，被迫亡命他国，在1507年一场可疑的冲突中丧生，死时年仅32岁。马基雅维利出使博尔贾期间（也就是小说描写的时期），耳闻目睹了他施展阴谋诡计，攻城略地、斩杀权臣、消灭对手、整饬军队等政治军事手腕。切萨雷创建一个强大、统一的意大利国家的努力，曾使马基雅维利对他寄予厚望，并在《君主论》（详见第7章）中把他奉为"新君主"的典范。

这一天忙碌而漫长，比亚焦一大早就从家里出发了，跟他一起出门的是他的外甥皮耶罗·贾科米尼。皮耶罗骑的是一匹粗壮的矮种马，马基雅维利答应带他一起去伊莫拉。这一天——一五〇二年十月六日，正是皮耶罗十八岁生日。在这样的一个日子到外面的世界闯荡一番，真是再合适不过了，他长这么大可是第一次出远门呀！皮耶罗身材健硕，相对他的年龄来说个子算高的，长着一副讨人喜欢的面孔。由于母亲寡居，他在舅舅的教导下接受了良好教育，他的意大利语和拉丁语不仅能做到书写优美，而且能够使用雅致得体的措辞。马基雅维利对古罗马人充满了热烈的仰慕之情，在他的建议下，皮耶罗对古罗马人的历史也有了不算粗疏的了解。马基雅维利还珍视着这样一种信念：人与人之间历来并无区别，喜好也无二致，因而在相同情况下，同因必然产生同果[①]，所以，倘能牢记古罗马人的处事方式，后人处理起相同情形时就会谨慎小心，且更富效率。比亚焦和他姐姐都希望皮耶罗能在他所属的政府部门谋到一份差事——当然他本人的职位并不高，是他的好友马基雅维利的属下。马基雅维利现在被派遣出使他国，对皮耶罗这个孩子来说，机会真是难得，他可以借此学学怎样为人处世。而且，比亚焦也清楚，马基雅维利做指导者正是不二人选。这件事是紧急确定下来的，因为直到马基雅维利拿到国文和安全通行证的前一天才说好。马基雅维利性情和蔼，跟他的很多朋友都是好友，当比亚焦提出让他带上皮耶罗时，他毫不犹豫地答应下来。但孩子的母亲，尽管觉得这个机会不可多得，可心中未免还是有些忐

① 参见马基雅维利《克莉齐娅》序幕：“如果在这个世界上，将来再出生的人依然是同一些人，就像同一些事反复再现那样，那么，过不了一百年，我们这些人难免不会再次聚首，再做我们现在做的同一些事。”

忑。这个孩子从来没有离开过自己，这么年轻就要到一个敌对的国度去了！而且，皮耶罗是个好孩子，她担心马基雅维利会把他带坏了，因为她清楚马基雅维利是个怎样放荡的家伙，风流成性，声名狼藉，而且没有一丁点儿的羞耻心，总喜欢到处讲述跟城里女人和路边小店女招待的那些风流韵事，这让任何一个正经女子听了都会脸红。尤为糟糕的是，他总能把这类事情讲得让人忍俊不禁，即使被他惹恼，你也很难板起脸来。

比亚焦劝解道："亲爱的弗兰切斯卡，尼科洛是个已婚男人，那些放浪习惯他会改掉的。他妻子玛丽埃塔是个好女人，而且很爱他。在家不用花钱就能得到的东西非要跑到外面去买，你认为他会这样傻吗？"

"如果他妻子不是那样全心全意地对他，像他那样离开女人就没法活的人绝不会满足于仅仅拥有一个女人的。"她说道。

比亚焦觉得姐姐的话有些道理，但他不愿承认这一点，于是耸了耸肩。

"皮耶罗已经十八岁了，如果仍然童真未泯的话，现在也该成熟一点儿了。外甥啊，你是个童男子吗？"

"是！"皮耶罗应声答道——回答如此干脆，任何相信他的话的人都是可以原谅的。

"我的儿子我什么不知道呀？我不赞成的事他是不会做的。"

"如果真是这样，"比亚焦答道，"把他托付给尼科洛，你有什么迟疑的？尼科洛对他以后的事业会很有帮助，如果他头脑清楚的话，可以从尼科洛身上学到很多东西，一生都会受益无穷。"

弗兰切斯卡夫人烦躁地看了弟弟一眼。"你被那个人迷了心窍啦！你不过是他手上的灰泥巴！他是怎样对待你的？他在利用你、嘲弄你！凭什么在执政团[1]他是你的上司？你当他的下属就这么心满意足呀？”

比亚焦跟三十三岁的马基雅维利大致同年，但因为他娶了当时著名学者马尔西利奥·费奇诺[2]——他曾经得到过当时统治这个城市的梅迪奇家族的资助——的女儿，他得以比马基雅维利更早地进入政府工作。那个时候，个人功勋可以让人获得某项职务，权势人物也可施展自己的影响力帮人觅得职位。比亚焦中等身材，体型肥胖，长着一张圆脸，面色红润，总带着一副老好人的神色。他待人诚恳，工作踏实，没有嫉妒心，清楚自己的不足，满足于自己的卑微职位；与此同时，他讲究生活质量，喜欢拥有志趣相投的伙伴，因为没有过高要求，所以算是一个乐天派。他不是个光彩夺目的人，但也绝不蠢笨愚陋。倘若果真如此，马基雅维利就无法忍受与他为伍了。

“尼科洛在目前为执政团效力的人中可是最有头脑的。”他终于说道。

“胡扯！”弗兰切斯卡夫人厉声喊叫起来。

---

① 佛罗伦萨共和国以执政团（Signoria）为最高行政机构，执政团 9 名成员称为执政官（Priori），以抽签的方式选举产生，任期为 2 个月，期满后由另一届人员接任；执政团首领称为正义旗手（Gonfalonier of Justice/ gonfaloniere della giustizia）。1502 年，佛罗伦萨把正义旗手一职的任期从 2 个月延长到终身，并把它授予马基雅维利的政治恩主皮耶罗·索德里尼，直到 1512 年被重返佛罗伦萨的梅迪奇家族推翻。

② 费奇诺（Marsilio Ficino，1433—1499，又译菲奇诺或斐奇诺），文艺复兴时期意大利著名哲学家、人文主义者。1462 年受梅迪奇家族赞助，创建并主持佛罗伦萨“柏拉图学园”，曾把柏拉图等人的著作译成拉丁文。主要著作有《柏拉图的神学》等。

“他熟谙人性，通晓人情世故，那些年长他两倍的人都对此感到嫉妒。姐姐，你就相信我的话吧，他这个人终究会扬名立万的，还有一点你要相信：他不是一个对朋友背信弃义的人。”

“我绝不会相信他。当你没什么利用价值的时候，他会把你像破鞋一样扔掉！”

比亚焦大笑起来。

“姐姐呀，他不曾追求过你，你就如此痛苦吗？外甥虽然十八岁了，你对男人还是很有魅力的嘛！”

“他当然不会跟正派女子玩那些鬼花招的。我太清楚他的习性啦！执政团让那些娼妓们浪荡街头，是对可敬人士的侮辱，真是耻辱呀！你喜欢他是因为他能逗你傻笑，给你讲下流故事。你和他一样都是浑球！”

“你当然清楚，论讲下流故事，谁也比不上他。”

“所以你就认为他聪明绝顶了吗？”

比亚焦又大笑起来。

“不，不单如此，他出使法国获得了巨大成功，他的斡旋巧妙至极，执政团对他颇有微词的人也不得不承认这一点。”[①]

弗兰切斯卡夫人愤怒地耸了耸肩。这个时候，皮耶罗仍像往常一样平声静气，保持着他一贯的审慎小心。对于舅舅和母亲安排他到秘书厅[②]做事，他觉得无可无不可，但旅行一事倒是恰如其愿。正如他

① 1500 年 7 月中旬，马基雅维利受命出使法国，请求路易十二兑现承诺，帮助佛罗伦萨攻取比萨。

② 这里指马基雅维利和比亚焦任职的佛罗伦萨秘书厅。共和国的两个秘书厅由数名秘书及助理组成，是相当稳定的行政机构。

所预料的那样，舅舅的处事本领最终胜过了母亲的担心和顾虑。这不，第二天一早，舅舅比亚焦就来喊他了。舅舅步行，他骑着小矮马一同前往马基雅维利家——距离并不远。

三

马基雅维利的家门口已备好了马，其中一匹是马基雅维利要骑的，另外两匹是为两个随身仆人准备的。皮耶罗让一个仆人牵着他的矮种马，自己跟在舅舅后面进了门。马基雅维利已经等得有些不耐烦了，他简单地跟他们打了个招呼。

“我们现在出发吧。”他说道。

玛丽埃塔正在那里泪水盈盈。她年龄不大，容貌也不出众。当然，马基雅维利跟她结婚不是因为看中了她的相貌，而是因为——他该结婚了，他们就是这一年办的婚事。玛丽埃塔出身名门世家，结婚时家里为她置办的嫁妆——就马基雅维利的收入和地位而言，已经无法再多了。

“不要再哭哭啼啼的了，我至爱的人儿，”他说道，“你知道我很快就会回来的。”

“你本来就不该去，”她呜咽道，然后又转向比亚焦，“他骑马走不了这么远的，他身体不好。”

“你身体怎么了，尼科洛？”比亚焦问道。

“老毛病。我的胃功能又有些紊乱，实在没办法。”

他把玛丽埃塔揽在了怀里。

“再见了，我的宝贝儿。”

“你要多多给我写信。”

“多写多写。”他笑了。[①]

他微笑起来时，平时脸上惯有的那种揶揄神情不见了，有什么东西充盈了他的内心——能看出玛丽埃塔很爱他。他吻了吻她，拍了拍她的脸颊。

“不要烦恼，亲爱的，比亚焦会照顾好你的。”

皮耶罗刚刚进门，正站在房门内侧，没人注意到他。尽管马基雅维利是他舅舅最亲密的朋友，但他很少见到他，也从来没有跟他说过几句话。皮耶罗正好利用这个机会好好打量他一番——从今天起，他可就是自己的主人了。马基雅维利中等个子，但过于瘦削，因而显得比实际要高些；一颗不大的脑袋，一头乌黑短发，覆在脑壳上，像戴着顶天鹅绒帽子；眼睛黑黑的小小的，目光游移不定；鼻子则长长的；嘴唇单薄，不讲话时，双唇紧闭，嘴巴就变成了一条带着点儿讽刺意味的线。跟他那张灰黄色的脸相匹配的是他那警觉的、深思的、严厉的、冷淡的表情——显而易见，这不是一个可以搞点儿恶作剧的主儿。

马基雅维利或许已感觉到了皮耶罗不安的凝视，他飞快地扫了他一眼，带着些疑问。

---

① 在马基雅维利出访博尔贾期间，比亚焦在与他的通信中一再提到玛丽埃塔的抱怨，她抱怨马基雅维利久久不回国，老不给家里写信，等等。

“他就是皮耶罗吧？”他问比亚焦。

“他妈妈希望你能看好他，别让他瞎捣乱。”

马基雅维利微微一笑。

“我犯过的过错给我带来了诸多不幸。如果他能看到这些不幸，就会真真切切地明白，美德和勤奋才是当今这个世界上通往成功的康庄大道，即使到了另一个世界，它们也能给你带来快乐。”

现在出发了。他们骑着马沿鹅卵石路前行，一直走到城门口，然后上了乡村大道，道路开始颠簸不平起来。路途迢迢，节省马力慢慢前行方才明智。马基雅维利和皮耶罗走在一起，两个仆人跟在后面。四人都携有武器，虽然佛罗伦萨跟其邻国和平相处，但这个国家不够安定，绝难保证不会碰上那些劫掠成性的士兵。遇到这些人，旅行者所持的安全通行证将几乎全无用处。马基雅维利没有开口说话，皮耶罗非天生羞涩之人，但一看到马基雅维利那张瘦削的、僵硬的脸庞，以及两眉间微微蹙起的额头，他就有些心悸，想了想，还是等着让他先开口吧，这样更审慎些。虽然秋天凉意已显，现在仍不失为一个美好的清晨。皮耶罗神清气爽、兴致勃勃，这样的一次探险之旅真是妙不可言——他觉得心潮澎湃，兴奋莫名，但不让人说话真是活活折磨人，他有一百个问题在等着问哪，但他们只是走啊走的。很快，太阳在天空明晃晃地照耀着了，那份煦暖让人倍感惬意。马基雅维利一言不发，只是不时举起一只手来，说——让马慢慢走着好了。

四

马基雅维利脑子里没闲着，正想着自己的事。这次出公差对他来说真是勉为其难，他也尽了最大努力试图让他人取而代之。一方面，他身体不适，还远远没有康复，现在骑在马上还感到胃部的疼痛；另外，新婚燕尔的他不愿离开妻子而让她饱尝痛苦。他许诺说这次离开不会持续太久，只有数天罢了，但他心里清楚，他获得批准回家的时间可能不止数天之后，可能是数周，数月也说不定。他出使法国的经历已经告诉他外交谈判会怎样地一拖再拖、遥遥无期。

不过，相对于其他麻烦，这些都不值一提。意大利的整个局势正岌岌可危，法国国王路易十二是至高无上的统治者。他对那不勒斯王国的大部分地区拥有统治权，虽然该统治并非安然无虞——那些占据了西西里岛和卡拉布里亚地区的西班牙人时不时对其进行骚扰；不过他对米兰及其领土的统治还是非常稳固的，跟威尼斯也关系良好。同时，因为所得报酬的缘故，他对佛罗伦萨、锡耶纳、博洛尼亚等城邦负有保护责任。另外，路易十二跟教皇建立了联盟，后者特准他休掉不育的、谨小慎微的妻子，而同查理八世的遗孀布列塔尼的安妮结婚；作为回报，路易十二封教皇的儿子切萨雷·博尔贾为瓦伦蒂诺公爵，并把纳瓦拉国王的妹妹阿尔布雷的夏洛特赐婚给他，还承诺出兵帮他收复夏洛特所失去的土地、领地和对教堂的掌控权。[1]

现在整个意大利都通过路易十二赐封的公国知道了切萨雷·博尔贾就是瓦伦蒂诺，而他这时还远不到三十岁。他的那些雇佣兵头领，包括罗马著名家族奥尔西尼家族[2]的领袖帕格罗·奥尔西尼，佩鲁贾的领主吉安·保罗·巴利奥尼以及卡斯泰洛城的领主维泰洛佐·维泰利等核心人员，都是意大利的精英人物。他证明了自己是个无惧无畏而又诡计多端的发号施令者。通过武力征服、背叛以及制造恐慌，他成功地使自己成为一个大国的君主，他的赫赫威名散播到意大利的每个角落。他还抓住了一个有利时机，对佛罗伦萨人进行威逼勒索，使他们不得不花上一大笔钱来雇用他的士兵，期限为三年。不仅如此，他又以得到了路易国王保护之名强迫他们再交上一笔现金。佛罗伦萨人撤回了授予他的委任状，停止为他提供薪金。这就激怒了切萨雷，他旋即展开了报复。

就在我们所讲事件发生的该年（一五〇二年）六月，阿雷佐这座隶属于佛罗伦萨的城市爆发了叛乱，并宣告了自己的独立。维泰洛佐·维泰利，作为瓦伦蒂诺最优秀的指挥官以及佛罗伦萨的死敌（其兄长保罗·维泰利被佛罗伦萨人处死，事见下文）和佩鲁贾的领主巴利奥尼，前往佛罗伦萨支持叛乱民众，并率领军队打败了共和国的武装部队，只有军队大本营硕果仅存，仍在抵抗。惊慌失措中，执政团派皮耶罗·索德里尼赶往米兰去寻求救援，那里有一支四百名枪骑兵组成的远征军——路易十二早已承诺，必要时这支远征军将提供援

① 马基雅维利对路易十二的详尽评论，参见《君主论》第 3 章。

② 奥尔西尼家族，13 世纪在罗马兴起，投身于军职，很多人任雇佣军的首领。

助。在佛罗伦萨民众中，皮耶罗·索德里尼是个有着广泛影响力的人物，他以正义旗手的身份当上了共和国的行政首长。在此之前，共和国军兵临比萨城下，并在那里安营扎寨——他们对比萨城已觊觎良久。皮耶罗下令他们驰援大本营，但当军队到达时，大本营已经落入敌手。生死攸关的时刻，身处乌尔比诺（不久前被征服）的瓦伦蒂诺派人给执政团送来一份不容抗拒的谕令，要求执政团派一名使节前来跟他谈判。执政团于是派遣了沃尔泰拉的主教——也就是皮耶罗·索德里尼的弟弟弗朗切斯科·索德里尼，并安排马基雅维利以秘书的身份陪同前往。危机最终得以解决，因为法国国王派出了一支强大的军队来履行对佛罗伦萨的义务，切萨雷·博尔贾在此威慑之下不得不召回了自己的头领。

但他的头领们自身都是些小城邦的领主，让他们不由得感到恐怖的是：当帮助博尔贾达成目的之后，他会像杀掉其他领主一样把他们无情剿杀。他们已得到情报，博尔贾跟路易十二缔结了秘密条约，根据条款，路易十二将派一个分遣队协助其占领博洛尼亚，再把各位头领除掉，然后将他们的领土自然而然地合并到自己的领土当中。头领们初步协商后，决定在佩鲁贾近郊一个叫马焦内的地方会晤，讨论怎样最行之有效地保护自己。维泰洛佐身体患病尚未痊愈，就让人用担架抬着来了。帕格罗·奥尔西尼由他的哥哥（枢机主教）和侄子（格拉维纳公爵）陪伴出席。其余参加者有埃尔梅特·本蒂沃利奥——博洛尼亚领主的儿子，来自佩鲁贾的巴利奥尼家族的两名成员，年轻的奥利韦罗托·达·费尔莫，以及安东尼奥·达·韦纳弗罗，后者是锡耶纳领主潘多尔福·彼得鲁奇的得力助手。现在他们的处境非常险恶，为安全计，必须要采取行动了，但公爵是个危险人物，任何行动都要慎之又慎。他们决定暂时不跟公爵公开决裂，而是私下做好准备，等万事俱备时再发起攻击。他们自己拥有一支规模较大的军队，骑兵、步兵俱备，维泰洛佐的炮兵火力十足。他们还派密使去招募数千人的雇佣兵，时机一到，将在整个意大利展开行动；与此同时，遣派特使去佛罗伦萨求援，因为博尔贾的勃勃野心也给佛罗伦萨带来了同样的威胁。①

不久，该密谋就传到了切萨雷耳朵里。他要求执政团给他派遣一支军队，因为执政团承诺过会在必要的时候为他提供军事援助；同时，他要求执政团派出一名授权特使前来跟他谈判——这就是马基雅维利前往伊莫拉的由来。一路上他不免忧心忡忡——执政团派他做特使只是因为他职位低，没权威，缔结不了什么条约，而只能向佛罗伦萨求助，所以每一步都会按照政府的指令行事。派遣这样一位特使前去觐见的是什么样的人呢？他虽然身为教皇私生子，但在官方文件里却把自己称作是罗马涅、巴伦西亚和乌尔比诺公爵，安德里亚亲王，皮翁比诺领主，教廷的旗手和总兵。会谈双方的身份显然是不对称的。马基雅维利要带给公爵的信息是，执政团已经拒绝为反叛者提供援助，

① 1502 年 10 月马基雅维利出访博尔贾期间，一场反对博尔贾的阴谋在佩鲁贾附近的马焦内城堡孕育，参加者都是一些极有势力的雇佣兵队长。不过，这伙人互不信任，因此不能够联合行动，尽管他们的确控制了罗马涅的乌尔比诺和其他一些城镇；但随着法国的部队逼近边境，这些谋叛者开始寻求和切萨雷·博尔贾达成一份协议。在等待时机的博尔贾最终于 12 月下旬把这些谋叛者召唤到塞尼加利亚并一网打尽。马基雅维利的《记叙瓦伦蒂诺公爵杀害维泰洛佐·维泰利、奥利韦罗托·达·费尔莫、帕格罗（保罗）·奥尔西尼大人及格拉维纳公爵奥尔西尼等人的方法》（*Descrizione del modo tenuto dal Duca Valentino nello ammazzare Vitellozzo Vitelli, Oliverotto da Fermo, il signor Pagolo e il Duca di Gravina Orsini*）一文记述了这场残忍的打击。

但是公爵如果想要钱要人，他必须向执政团提出申请，并等待批复。马基雅维利的任务就是将这件事能拖则拖——这也是共和国的一贯做派。执政团毫不作为，但总能为此找到十足的理由，如果情形实在无法交代了，他们才会解开钱袋，拿出尽可能小的一笔钱来打发了事。马基雅维利的另一个任务就是，安抚尚不习惯共和国的拖沓推诿的公爵烦躁不安的情绪——跟他许一点儿毫无实质内容的承诺，用华而不实的外交辞令哄骗一下这个猜疑成性的人，以巧对巧，以骗治骗。当然，这个人以巧于掩饰闻名，事先得搞清他的真相才行。①

虽然在乌尔比诺仅有过短暂的照面，但马基雅维利对切萨雷·博尔贾的印象极深。他在那里听人说，圭多巴尔多·达·蒙泰费尔特罗公爵曾经多么信赖切萨雷·博尔贾的友谊，但他最终失掉了自己的国家，自己孤家寡人逃命出来。尽管马基雅维利明白瓦伦蒂诺的背信弃义已到了令人匪夷所思的地步，但对他在开拓事业方面表现出的勃勃野心和制订规划上的巧妙灵活还是充满了钦佩之情。这是个富有才干的人，无所畏惧，肆无忌惮，冷酷无情，而且富有智慧，不仅是个杰出的将领、才华横溢的组织者，还是个诡变多端的政客。马基雅维利薄薄的嘴唇上浮现出讽刺的笑意，眼睛熠熠发亮，一想到要跟这样一

① 马基雅维利此次出访博尔贾，是因为执政团坚持要有人在现场密切注视博尔贾，预见其迂回复杂的政策动向。其间，执政团不断催促马基雅维利发回报告（这期间，马基雅维利共发回了约 54 份报告），当这一加在马基雅维利身上的压力变得不堪承受时，他在报告中反击道："我恳请诸位阁下原谅我，请牢记在心，这样的事是不可测知的，请明了我们在这儿是跟一个事事由自己作决定的人打交道。无论谁若是不想写下种种臆测和牵强之见，都必须核查事实，而核查事实需要时间。"（Niccolò Machiavelli，*Legazioni e Commissarie*，Ed. Sergio Bertelli，Milano：Feltrinelli，1964，I，p. 427）

个对手较量脑瓜，他就感到兴奋不已。因而，他的身体开始感觉好起来，忘记了胃的翻腾，甚至在展望到斯卡尔佩里亚的客栈吃上一顿美美的快餐，那可真是不赖！这家客栈在佛罗伦萨通往伊莫拉的半道上，他决定在那里再雇上几匹驿马。他们已经骑得够快了，因为他希望能在这一天赶到伊莫拉。他们的几匹马，不但驮人，还驮着大量的行李，已经没法指望更多了；再这么马不停蹄地赶路，估计是不行了。他提出由自己和皮耶罗继续赶路，让两个仆人第二天再带着他们两人的马跟上。

他们在波斯塔的客栈停了下来。马基雅维利下了马，高兴地伸伸腿脚。他问有没有饭不用等就能吃上，当得知有通心粉、炸小鸟，还有博洛尼亚香肠和猪排时，他不可谓不满意。他一向胃口惊人，饭菜端上后，他狼吞虎咽，大快朵颐，又喝了乡村酿制的烈性红酒，感觉更是美妙。皮耶罗也放开肚皮吃了个不亦乐乎。吃完饭，两人又跨上马鞍继续赶路了。皮耶罗感到身心惬意，兴致高昂，不由得哼起佛罗伦萨街头流行的一首小曲儿来。马基雅维利竖起耳朵倾听。

“哟——皮耶罗，你舅舅可没告诉过我你会唱歌的。”

皮耶罗不由得自鸣得意起来，唱歌的声音也大了不少。

“不错的男高音！”马基雅维利评论道，脸上露出了和善友好的微笑。

他勒了勒缰绳，让马慢走一会儿，皮耶罗觉得这是鼓励他继续歌唱，于是又唱起来。这次唱的歌曲旋律很有名，不过歌词是马基雅维利创作的。马基雅维利听了很开心，但还是觉察到这个男孩唱这些歌词是有意讨好他——还真是个巧妙的小伎俩啊！但他觉得这未尝不可。

“你怎么学会这些歌词的？”

“是我舅舅比亚焦写给我的，它们跟这个旋律很相配。”

马基雅维利没有接话，又策马小跑起来。他想，帮这个男孩做点儿什么事倒也不错，一是给他的朋友比亚焦做个人情，二是自己也打算让他好好发挥点儿作用。因此在剩下的整个旅行中，遇到山路马儿只能慢行时，他就着手这样做了。没人比他更和蔼、更有趣、更诙谐，也没有人比他更精细——只要他愿意。就皮耶罗的年龄而言，他本可以更老成些的，应该能够意识到马基雅维利问的那些友好的、看似漫不经心的问题，是有意让他“曝光”自己——“曝光”到就像他刚出生时那样一丝不挂。皮耶罗既不羞涩，也不拘谨。实际上，他有着年轻人特有的自信。回答问题时，他总是心直口快，毫无遮拦。鼓动他谈谈自己的一些事，看起来真是种令人愉快的打发时间的好方式——时间已经开始让人烦闷了。马尔西利奥·费奇诺，这位著名的老学者三年前过世了，他是比亚焦的岳父，曾指导过这个男孩的学习。正是在他的建议下，皮耶罗掌握了丰富的拉丁文知识，还勉勉强强地学会了些希腊文。

“我可从来没学过希腊文，这是我人生中的一个不幸。”马基雅维利说道，“我羡慕你能够直接读懂希腊作者的原文。”

“那有什么用哇？”

“它会教给你，幸福是个好东西——人人渴望拥有。为此，你需要有好的出身、好的朋友、好的运气，还要有健康、美貌、力量、名望、荣誉和美德。”

皮耶罗大笑起来。

“它还会告诉你，人生苦短，而且无法预测。你也许会由此得出结论：时不我待，人应及时行乐，方才合乎情理。”

“我不需要掌握希腊文动词的时态就知道这些。”皮耶罗说道。

“或许是的，但在遵循自己的自然倾向时，倘能精通希腊语，会更加让人心安的。”

通过询问一些导向明晰的问题，马基雅维利弄清楚了这个男孩在佛罗伦萨有哪些朋友，他在那里的生活如何。另外，通过转换话题以及敦促他做出自己的判断，马基雅维利一会儿的工夫就对皮耶罗的能力和性格有了不错的印象。诚然，他经验匮乏，但反应敏锐，这一点要比他舅舅比亚焦强多了。比亚焦虽然诚实善良，但智力平平。皮耶罗有着年轻人的那种昂扬的精神，有一种天生的自怡自得的快活，性格中不乏冒险精神；尽管还显得天真——在某种程度上还有些过于单纯，但他不缩手缩脚、谨小慎微，这在马基雅维利看来无疑是一种优点。因为这意味着，如果要做一件算不上多么正当的琐碎事情，他就不会被变幻不定的所谓良知束缚了手脚；他强健、活跃，没理由认为他缺乏勇气；他纯真的面容、坦率的神态、迷人的举止，都将成为他宝贵的财富。至于他能否保守自己的秘密，是否值得信赖，还有待进一步观察。要搞清第一个问题并不需要太多时间，至于第二个，马基雅维利无意过多地相信他或者相信任何其他人。无论如何，这个男孩足够聪明，他会知道，给主人留下个好印象对自己有利无害。马基雅维利一句好话就能确保他前程无忧，一个坏报告就可以让他从共和国的行政部门走人。

五

离伊莫拉已经不远了。这座城市地处肥沃的平原，有一条河流穿城而过。周围的乡村没有遭到战争破坏的迹象——因为切萨雷的军队一开过来，它就缴械了。在离城两英里的地方，他们遇到七八个骑马的人，马基雅维利认得其中一人是阿加皮托·达·阿马利亚——公爵的首席秘书。他同马基雅维利热情地打了招呼，听说他来此的目的后，便转身陪他返回了城里。前一天，执政团派了一名信使到公爵的宫廷，找到了在这里的代理人，通知他特使即将前来。现在信使正在城门口等着呢。这一路可不近，阿加皮托问马基雅维利要不要先吃点儿东西，休息休息，然后再去见公爵，递交国书。伊莫拉——瓦伦蒂诺现在的首府，是座不太大的城市，尽管军队都驻扎在城外，但城里仍拥挤不堪，汇集了形形色色的人，有公爵的随身侍从、王室成员、意大利其他公国的代理人、出售生活必需品和奢侈品的商人、受赞助的律师、间谍、演员、诗人、逢迎拍马者、淫荡女人，还有打了胜仗的雇佣兵，以及跟在其后的那些梦想着无论如何都要发财的穷人和下等人。如此一来，住宿便成了问题，城里的两三家客栈早已人满为患，人们只好三五个人挤在一张床上了。但佛罗伦萨的代理人已经给马基雅维利及其仆人安排到多明我会修道院住宿。信使提出要给他们带路，马基雅维利转向阿加皮托道：

“如果公爵大人愿意接见我，我现在就过去。”

“我骑马去看看他是否有空，这位官员会带您到宫里。”

阿加皮托把那位官员留下来，跟其他手下人上马扬鞭离开了。其余人骑着马穿过逼仄的街道前往大广场。路上，马基雅维利问官员城里哪家酒店最好。

“我可不喜欢修道院那些好心的修道士提供的饭食，我也不想不吃饭就睡觉。”

“金狮酒店。”

马基雅维利对信使说道：

“你把我带到宫里后，就去金狮酒店，让他们多准备些吃的。”又对皮耶罗道：“你到马厩看看，然后信使会告诉你怎么去修道院，把马鞍袋交给安东尼奥。然后呢，你和信使到宫里来等我。”安东尼奥是两仆人之一。

宫殿建筑很大，但并不豪奢，其建造者卡泰丽娜·斯福尔扎[①]是个节俭的女人。宫殿占据了广场一角，在这里，马基雅维利和官员下了马，门卫让他们进去了。官员派了一个士兵去给首席秘书报告说他们

① 卡泰丽娜·斯福尔扎（Caterina Sforza，1463—1509），米兰公爵“摩尔人”洛多维科的非婚生侄女，伊莫拉和弗利的伯爵夫人。她在丈夫死后成为两地的统治者，后来两地被切萨雷·博尔贾占领。马基雅维利在1499年出使弗利时拜访过她（其间，比亚焦在一封信件中要马基雅维利帮忙寄送一张伯爵夫人的画像给他：“这种画像那边做了很多的；若果真寄送，要仔细卷起来，以免折坏。”），并对这位杰出女性留有深刻的印象，他在多部著作中都记叙和评论过她，比如《君主论》第20章、《李维史论》第3卷第6章、《佛罗伦萨史》第8卷第34章；关于弗利城堡失陷于博尔贾的详细记叙，参见《用兵之道》第7卷。

到了。几分钟后，秘书阿加皮托·达·阿马利亚来到了他们等待的房间。他皮肤黝黑，黑长发，留一小撮黑色的胡须；肤色苍白，眼神忧郁而睿智。他是个绅士，彬彬有礼，说话文雅，神态率真，这让很多人误以为他聪明有余而能力不足。无论对公爵的事业还是本人，秘书都是忠心耿耿——公爵有种天然的能力能把那些忠诚者吸引到自己身边。阿加皮托告诉马基雅维利，公爵要马上接见他。他们沿着一段精致的楼梯上去，然后马基雅维利被带到一个雅致的房间。房间四周装潢着壁画，有一个大大的石制壁炉，排风罩上雕刻着卡泰丽娜·斯福尔扎的徽章，但这个无所畏惧的、不幸的女人现在被切萨雷·博尔贾关进了罗马的监狱。炉床上有木头在燃烧，发出明亮的火焰。公爵背靠着壁炉站着。房间里仅有的另外一人是胡安·博尔贾[①]，蒙雷阿莱的枢机主教，他是教皇亚历山大的侄子，身材魁伟，为人精明，正坐在一个雕花的高背椅子里，就着火烤脚。

马基雅维利向公爵和主教鞠了个躬。公爵亲切地走过来，拉住他的手，让他坐在椅子上。

“走了这么远，一定冻坏了累坏了吧，特使先生？”他问道，“吃饭了吗？”

“吃过了，阁下。我在路上吃了。非常抱歉，我穿着骑马服就到您这里来了，因为我想代表共和国尽快把我们的意思向您传达。”

接着，马基雅维利递上了觐见函。公爵飞快地扫了一眼，然后把它交给了秘书。切萨雷·博尔贾是个美男子，相貌极出众。他身材比

---

① 胡安·博尔贾（Juan Borgia，1446—1503），切萨雷·博尔贾的堂兄，不要把他与切萨雷死于非命的亲哥哥甘迪亚公爵乔瓦尼·博尔贾（Giovanni Borgia，1474？—1497，西班牙语也称胡安）相混淆。

一般人高大，膀阔腰细，胸肌发达；一袭黑装，突显了他白皙的肤色。右手的食指上戴着枚戒指，除此之外，全身唯一的装饰物便是圣米迦勒项圈了，这是路易国王授予他的勋章。精心梳理的头发呈现出饱满的赤褐色，由于蓄发日久，头发已触及肩部；他唇上留髭，下颏上的短须则修剪得尖尖的；鼻子挺直、精致，清晰的眉毛下面是双无所畏惧的美目，好看的嘴唇肉感十足；皮肤干净，泛着光泽；步伐庄重而优雅，仪态中透出王者的威严。马基雅维利心里嘀咕：这样一个年轻人如何拥有了一个伟大君主的举止呢？要知道，他的母亲是个普通的罗马女人，而他父亲，那个通过无耻的圣职买卖获得了教皇职位的人，本来也不过是个肥胖的、长着鹰钩鼻的西班牙神父罢了。[①]

“我请求贵政府派出使节，是因为我想确切地知道目前我与共和国之间的关系。”他措辞严谨地说道。

马基雅维利把他准备好的演讲词发表了一通。尽管公爵在倾听，但仍能看出，公爵只是把他按执政团的指令做出的善意保证当作是一番好话而已。话说完了，出现了片刻的安静。公爵靠在椅子里，用左手拨弄了一下胸前的项圈。当他再次开口时，话语里显然带着些冷淡。

“我的领土跟你们的领土有很长的边界线。我肯定会尽我所能来捍卫它们的。我很清楚，你们的城市对我并无善意——你们想让我跟教皇和法国国王都扯上纷争。就算我是个杀人犯，你们对待我的方式也是坏得不能再坏了。但现在，你们必须做出选择——是把我当作朋友

① 马基雅维利一共见过切萨雷·博尔贾三次：第一次是1502年6月在乌尔比诺，只有几天；第二次就是在伊莫拉地区，长达三个月（1502年10月—1503年1月）；第三次是在罗马，有两个月（1503年10—12月），当时正是博尔贾逐渐走向崩溃的时候。

还是敌人。”

他的声音充满了音乐感，轻盈而不沉重，不刻薄，但也刺人，这使得他的话语显得有些傲慢，令人难以忍受。他是在跟下等人说话呢！不过，马基雅维利是个训练有素的外交家，他知道如何控制自己的脾气。

“我可以向阁下保证，我们的政府寻求的是您的友谊，而不是其他任何东西。”他温和地说道，“但是他们没有忘记是您让维泰洛佐去侵犯我们疆土的，他们对此做法深表疑虑。”

“这跟我没有关系，维泰洛佐这样做是为了他自己。”

“他拿的是您的薪水，也受您调遣。”

“远征开始时我根本不知道，后来也没有提供任何援助。我不会装模作样地对此表示遗憾——我没什么遗憾的。佛罗伦萨背叛了我，就该遭受惩罚。但当我看到他们已得到足够的惩戒后，就把我的头领撤回来了。这让头领们对我不满，正阴谋推翻我啊。”①

马基雅维利不想在这个时候提醒他，他撤回他的头领，只是因为法国国王强行命令他这样做。

“你们应该对此承担责任，正如你们应该承担维泰洛佐侵略你们领土的责任一样。”

“我们承担责任？”马基雅维利震惊异常，喊了起来。

---

① 切萨雷·博尔贾上述谈话的主要内容来自1502年6月马基雅维利陪同弗朗切斯科·索德里尼在乌尔比诺会见切萨雷·博尔贾时给执政团发回的报告(报告的署名是弗朗切斯科·索德里尼，但显然出自马基雅维利之手)，而不是1502年10月在伊莫拉会见切萨雷·博尔贾时的谈话。参见维罗利:《尼科洛的微笑》，段保良译，上海人民出版社，2008年，第49页以次。

“如果你们没有愚蠢地迫害并处死保罗·维泰利，这件事根本就不会发生。他的弟弟维泰洛佐要报杀兄之仇，这有什么奇怪的？从头到尾我都阻止他这样做，结果他背叛了我。”

公爵的话如何理解？现在有必要做一下解释。

长期以来佛罗伦萨一直在围攻比萨，但战局进展糟糕，共和国的部队遭遇了重大挫败，执政团把这归罪于总指挥的无能。因此，他们招募了两名雇佣兵队长来为路易国王效命，即保罗·维泰利和维泰洛佐·维泰利兄弟。总指挥权交给了保罗，他是位有名望的统帅。战斗打响了，城墙被炸出了一个豁口，就在士兵们即将蜂拥而入的时刻，保罗·维泰利却突然下达了撤退命令。尽管他说这样做是为了避免更多人员的伤亡，因为他确信比萨城会接受有条件的投降，但执政团认定，保罗是在欺骗他们。于是派了两个专员到前线——名义上是供给装备，实际上是抓捕维泰利兄弟。保罗·维泰利的部队驻扎在卡希纳城外一英里处，但两专员要求他到卡希纳去，以便跟他讨论战事问题。他们招待他吃了晚饭，然后把他带进一间密室逮捕了他。他被送往佛罗伦萨后被砍了头。在受尽折磨的情况下，他仍不愿承认自己有罪。[①]

“保罗·维泰利是个叛徒，”马基雅维利说道，“他受到了公正的审判，然后被定了罪。他罪有应得。”

“他是否有罪并不重要，但把他处死就是大错特错。”

---

① 毫无疑问，马基雅维利参与了1499年对保罗·维泰利事件的处理，涉及此事的大部分文书由马基雅维利掌管。但以马基雅维利的地位，大概不可能像下文说的那样，是由他幕后一手策划的。当然，马基雅维利本人是支持处决保罗·维泰利的，他在第一个《十年纪》中写道：“受到了欺骗之后的不久，你们彻底地复了仇，处决了造成如此巨大损失的那个人。”（第229—231行）

“为了共和国的尊严，我们必须不遗余力地打击敌人。我们要表明，佛罗伦萨有勇气保卫自己的安全。”

“那你们为什么让他弟弟活下来？”

马基雅维利烦躁地耸耸肩——公爵的话触到了他的痛处。

“我们本来派了人去抓维泰洛佐，打算把他带到卡希纳，但他看穿了这个圈套。当时他正卧病在床，他请求给他留点儿时间以便穿上衣服，结果设法逃脱了。这个事情搞砸了——你吩咐这些人去办事，但他们的愚蠢让人防不胜防！”

公爵轻声笑起来，笑得很开心，眼睛里闪烁着愉悦。

“情况发生了变化，计划已经无法执行，但还要坚持做下去，这是错误的行为。维泰洛佐从你们眼皮底下逃掉后，你们就应该把保罗带到佛罗伦萨，而不是把他关进地牢；相反，应该让他住在韦奇奥宫。你们要审判他，但无论证据如何，都要判他无罪。然后，把指挥权再次交到他手里。不仅如此，你们还要提高他的待遇，并授予他共和国所能给予的最高荣誉。要让他确信，你们对他完全是信赖的。”

“那他结果只能是——背叛我们，投降敌人。”

“他本来可能有这种想法的，但过上一段时间，他就会用行动证明，你们对他的信任是合乎情理的。这些雇佣兵头领个个贪婪成性，只要给钱什么都做。你们可以再多送些东西给维泰洛佐呀——让他拒绝不了，他会再次选择跟哥哥联合的。先拿点儿好处把他们哄住，让他们失去警惕性，这时再稍加留意，就能找到合适的机会，把这哥儿俩快速除掉，根本不需要什么审判。”

马基雅维利脸红了。

“这种诡诈做法会给佛罗伦萨的清誉带来永远的污点。”他喊道。

"对付叛徒诡诈做法又怎么样？国家不是靠坚守基督教道德来掌控的，而是由审慎、勇气、决心和无情来管理的。"

这时，进来一名官员，跟阿加皮托·达·阿马利亚耳语了几句。瓦伦蒂诺的谈话被打断，他皱起了眉头，手指不耐烦地咚咚敲着他身旁的桌子。

"公爵忙着呢，"阿加皮托说道，"让他们等一等。"

"什么事？"公爵厉声问道。

"两个加斯科涅士兵抢东西被抓到了，阁下。人赃俱获，他们已被带到这里来了。"

"让法国国王的臣民在那儿等着太不应该了，"公爵轻声笑道，"带他们进来吧。"

官员出去了，公爵转向马基雅维利，亲切地说道：

"我来处理点儿小事，你会原谅我吧？"

"阁下，您请便。"

"我相信你路上没碰到什么麻烦吧，秘书先生？"

马基雅维利从公爵的语气里听出了弦外之音。

"没什么麻烦。我还比较幸运，在斯卡尔佩里亚找到一家客栈，马马虎虎吃了一顿。"

"我有一个愿望，就是——人们在我的领地行走的时候，就像在安东尼的罗马帝国那样安全——据说那里是安全的。你将有机会亲眼看到，在我这里，已经把意大利人所不齿的那些小僭主们驱逐殆尽了。因为治理有方，我们的人民获得了很大的安全感，并且城市也繁荣兴盛起来。"

外面突然变得嘈杂起来，是拖着脚步的走路声，还有抬高了嗓门的说话声。接着，这个宽敞房间的大门一下子洞开了，一群人拥了进来。首先进来的是先前来过的那位官员。紧跟其后的是两名男士，从他们得体的穿着，马基雅维利猜测到，必定是城里的显要人物。随后进来两名女子——一个老妇人，一个中年妇女。跟她们一起来的是一位长相高贵的年长男子。接着是一名士兵，手里拿着一盏银烛台和两个银盘子，穿着跟公爵其他士兵相同的红黄制服。接下来又有两人，双手被缚在身后，被士兵们连拖带拽地押进来。两人身上的衣服破烂到无法辨认，面相凶恶残暴，站在公爵的士兵中间。其中一人年约四十，体格强壮，面色阴沉，留着一把浓密的黑胡须，脑门上有块青灰色的伤疤；另一人是个面颊光滑的年轻男子，皮肤灰黄，狡诈的眼睛显得惶恐不安。

“到前面来！”公爵命令道。

两男子被推了一下。

“什么罪名？”

情况似乎是这样的：两名女子出门做弥撒，结果家里进了贼，银器被盗了。

“你们怎么证明这些东西是你们的财产？”

“布里吉达夫人是我的表妹，阁下。”其中一名正派男子说道，“对她家的东西我很熟悉，这些银器是她嫁妆的一部分。”

另外一人也证实了这一点。公爵转向跟两名女子一起前来的年长者。

“你是哪位？”

“我叫贾科莫 · 法布罗尼奥，阁下。我是名银匠。是这两个人把银器卖给我的。他们说这些东西是在弗利抢来的。”

“你肯定是这两个人吗？”

“千真万确，阁下。”

“我们把贾科莫带到了加斯科涅军营，”那个官员说道，“他一下子就认出了他们。”

公爵盯着银匠，目光如炬。

“是吗？”

“当我听说布里吉达夫人家里进了贼，银烛台和银盘子被偷了时，我就很怀疑，”这家伙说道，他的脸色变得苍白，声音开始颤抖，“我立刻到了贝尔纳多大人那里，跟他说，这两个加斯科涅士兵偷了一些银器。”

“你这样做是因为害怕呢，还是出于责任感？”

银匠一时无语，因为恐惧，他全身哆嗦起来。

“贝尔纳多大人是治安法官，我曾多次为他效劳过。如果东西是赃物，我是不会要的。”

“他说得没错，尊敬的阁下，”治安法官说道，“我去查看了这些物件，一眼就认出来了。”

“它们就是我的，阁下。”中年女子情绪激烈地说道，“谁都会告诉您，这些东西是我的。”

“别激动！”公爵转向两名加斯科涅人，“你们承认自己偷了这些东西吗？”

“没，没，没有，”年轻男子尖声叫道，“这是个误会，我以我母亲的灵魂起誓，我没有偷。银匠搞错了，我根本没有见过他。”

“把他带走。上几次刑，他就招了。”

年轻男子撕心裂肺地叫起来。

“不，不要这样。我受不了的。”

“带走！”

“我招。”他气喘吁吁地说道。

公爵笑一笑，又转向另外一人。

“你呢？”

年长男子向后仰仰头，神态充满了挑战意味。

“我没偷，我是拿的。这是我们的权力——我们占领了这座城市。”

“一派胡言！你们没有占领这座城市，是它自己投降的。”

按照意大利当时的战争规则，如果一座城市被攻克，占领军有权对其进行掠夺，抢到任何东西都归自己。但如果城市是主动投降的，尽管市民会被迫向雇佣兵支付一大笔钱——因为占领城市也是要付出成本的，但他们可以保住自己的生命和财产。这个规定的作用还是有的，它能敦促市民们心甘情愿地投降，而对他们君主的忠诚并不总是能促使他们死战到底。

公爵宣布了处罚决定：

“下我的命令：军队不许进城，危害市民生命及财产者一律处死。”他又转向那个官员，“这两个人，明天一早拉到广场绞死！把他们的罪行及处罚通告各个军营。派两名士兵在中午之前看守尸体。让传令员每隔一段时间通知一遍民众：对亲王的司法公正，他们是尽可以信赖的。”

“他在说啥？”惊恐不安的年轻男子问他的同伴，因为公爵跟两名加斯科涅人讲话用的是法语，跟官员讲话用的是意大利语。

同伴没有回答，而是愤恨交加地看着公爵。公爵听到了他的话，又用法语重复了一遍。

“为杀一儆百，明天天一亮，你们两个将被绞死。”

年轻男子痛楚至极，他大叫一声，两膝着地跪了下来。

"可怜可怜我吧，"他尖声叫道，"我还年轻，我不想死，不想死，我害怕。"

"把他们带走。"公爵下令道。

年轻男子从地面上被拖了起来，语无伦次地胡乱嚷着，眼泪哗哗直流。年长男子，由于暴怒而扭曲了脸，攒了一大口唾沫，喷在他的脸上。两人被推出了房间。公爵转向阿加皮托·达·阿马利亚，说道：

"要让他们得到宗教的慰藉。不给他们提供机会来忏悔自己的罪恶，而直接去见上帝，我是于心不忍的。"

他的嘴唇上露出了一丝微笑，秘书轻轻走出了房间。公爵显然心情很愉悦，他对枢机主教——也就是他的堂兄及马基雅维利说道：

"真是笨蛋、恶棍！在城里偷了东西还在城里卖，简直愚蠢透顶，不可原谅。应该先把东西藏起来呀，然后带到一些更大的城市，像博洛尼亚、佛罗伦萨什么的，这样他们就能很安全地把东西处理掉了。"

这时，他注意到银匠正在门口走来走去，好像有什么话要说。

"你在那里干什么呢？"

"我的钱谁来还呢？阁下，我是个穷人。"

"你买这些东西出价公道吗？"瓦伦蒂诺不露声色地问道。

"我是按它们的实际价值买的。那两个混蛋的要价很可笑，但我也得挣钱呀。"

"就把它作为一个教训吧。下次不要再买那些来路不正的东西。"

"我花了这么多钱——我赔大了，阁下。"

"滚！"公爵突然以一种很蛮横的语气喝道。那个人哭出了声，像只受惊的兔子一样蹿出了房间。

瓦伦蒂诺公爵向后靠在椅子里，大笑起来。然后，他彬彬有礼地转向马基雅维利说道：

“插了这么一杠子，我必须请求您的原谅。我想，正义应该尽快得到伸张。我希望在我的领土范围内，在我的统治下，人们遭受任何不公正的待遇，都能来找我，并且要让他们认识到，我是名大公无私的法官。”

“对于一名君主而言，用这种手段来巩固刚刚掌控的领土，真是再明智不过了。”枢机主教说道。

“如果个人自由不受干扰，人们就不会对政治自由的丧失耿耿于怀。”公爵慢声细语地说道，“只要妇女不受骚扰，财产得以保全，他们对自己的命运大致就会感到满意。”

马基雅维利平心静气地看着眼前发生的一切，甚至带着一种愉悦感，但他小心翼翼地把自己的情绪掩饰起来，因为他知道，这件事整个就是一出戏。瓦伦蒂诺无论如何也不敢把法国国王的臣民杀掉。对于这一点，他是有把握的。最大的可能是，这两个人已经被释放掉了，而且还会得到一笔赏钱，来补偿他们遭遇的麻烦。第二天，又能看到他们出现在加斯科涅分遣队里了。马基雅维利估计，这一幕是有意安排的，目的是让他给执政团报告，公爵对新领地的统治是多么富有成效。尤其是，公爵最后还提到了佛罗伦萨和博洛尼亚，这里边暗含的意思是，公爵的军队可能最终会开到这两座城市。如此露骨的威胁，自然瞒不过像马基雅维利这样的精明之人。

房间里安静下来。公爵轻捋着他精心修剪的胡须，若有所思地看着马基雅维利。马基雅维利感觉到，他现在已经明白了，执政团指派给他的谈判对手是怎样的一个人。两道探寻的目光盯在他身上，他可不想去迎接，于是低下头来看着自己的手掌，好像在考虑指甲要不要剪了。此时的马基雅维利有些不知所措，变得心神不定起来：是他一手造成了保罗·维泰利的死刑，当意识到了自己的过错之后，他施展浑身解数，说服那些紧张不安、拖沓成性的上司赶紧采取行动，一刻都不容耽误；是他给那两位专员下了命令，要全力执行已定计划；是他促成了保罗最终被处以极刑——尽管维泰洛佐已经潜逃。但他只是在幕后行动，他无法想象瓦伦蒂诺是如何知晓此事的。他想，公爵反复提及这件事的恼人结果，只是想让他知道——他清楚马基雅维利在其中扮演了什么样的角色，并幸灾乐祸般地蓄意指出他这件事处理得如何差劲。这个人做事从不冲动，他肯定不希望让佛罗伦萨特使知道，他对共和国秘书厅发生的事情了如指掌。更大的可能是，他想借此动摇马基雅维利的自信，让他变得更加容易控制。这一想法使得马基雅维利的嘴唇上浮现出一丝微笑。他飞快地瞥了公爵一眼，公爵一直在等待捕捉他的眼神，好像唯有如此，方才开口。

“秘书先生，我想告知您一个秘密——世上尚没有任何人听到过。”

“要不要我离开一下，堂弟？”枢机主教问道。

“不用。我相信您如同相信特使先生一样，你们都是谨慎之人。”

马基雅维利下巴紧绷着，凝视着公爵英俊的脸庞，等着他开口。

“奥尔西尼家族几乎跪着求我去攻打佛罗伦萨。我对你们的城市没有恶感，因此拒绝了他们。但如果你们政府的那些先生们想跟我达成协议，那必须赶在我跟奥尔西尼修好之前。我们都是法国国王的朋友，我们之间最好也能够成为朋友。我们的领土相互毗连，既可以为彼此带来方便，也能给对方制造些麻烦。你们依靠的是雇佣兵，头领个个不成器；我呢，有自己的军队——训练有素、装备精良，而我的头领，在整个欧洲都是最优秀的。”

“但是，您的头领并不比我们的头领更忠诚可靠，阁下。”马基雅维利淡淡说道。

“我还有忠诚可靠的。那些密谋反叛我的傻瓜是些什么人？帕格罗·奥尔西尼，是个笨蛋；本蒂沃利奥认为，我对博洛尼亚怀有野心；巴利奥尼为佩鲁贾忧心忡忡，他害怕的是的奥利韦罗托·达·费尔莫；还有维泰洛佐，现在因为法国病[①]歇着呢。”

“他们的力量都非同小可，都在造你的反。”

“他们的一举一动，我都了然于胸。时机成熟时，我会展开行动。相信我，他们脚下的土地将变成一片火海，他们那点儿人，根本取不到足够的水把火焰熄灭。秘书先生，还是头脑清醒些吧。乌尔比诺在我手里，我可以对中意大利发号施令。圭多巴尔多·达·蒙泰费尔特罗是我的朋友，罗马教皇打算把他的侄女安吉拉·博尔贾嫁给圭多巴尔多的侄子——也就是他的继承人。我本来绝不可能向他进攻，但发现他的国家对我有着战略意义。为执行我的计划，我不得已占据了他的国家，我不会让情感扰乱了我的决策。我可以保证你们的安全，而免遭敌人侵袭。假设我们能够共同行动——我有军队，而你们有肥沃的土地和大量的财富，再加上罗马教皇这样的精神领袖支持我们，在意大利，我们将战无不胜。不用再给法国交钱来获得他们的援助，相反，他们将公平地对待我们。要不要跟我联盟，你现在做决定吧。”

马基雅维利很是震惊，但他用一种轻松的、亲切的语调说道：

“阁下的观点很有说服力，没有人能表达得比这更清楚、更让人信服了。像阁下这样一位实干家、一名伟大的将领，同时拥有逻辑清晰

① 法国病指梅毒。

的头脑和出众口才，真是不可多见！”

公爵微微一笑，做了一个谦虚的手势以示反对。马基雅维利的心提到了嗓子眼，因为他知道他要说的话不是公爵乐于听到的，但他还是柔声说道：

“我会写信给执政团，把您的话转告给他们。”

“你什么意思？”瓦伦蒂诺叫道，“现在形势紧迫，必须马上定下来。”

“我没权力缔结条约。”

公爵跳了起来。

“那你到这里来干什么？”

就在这时，门开了，阿加皮托·达·阿马利亚一个人走了进来，他刚办好了公爵交代的事情。他的进入让马基雅维利感到有些惶恐，尽管他不是个容易慌张的人，但仍感到心悸，真是不可思议。

“我到这里来，是因为阁下要求我们的政府派使者前来跟您会谈。”

“我要的是全权使节！”

在此之前，公爵对马基雅维利还是比较客气的，但这一刻，他的两眼开始冒火，他大步冲他走过来。马基雅维利也站起来，两个人面对面，直盯着对方。

“执政团在愚弄我！他们派你来，恰恰是因为你无权做任何决定。这帮人优柔寡断，慢慢腾腾，真是让人忍无可忍！他们对我的耐心还想考验多久？到底怎么想的？！”

一直坐在一旁默不作声的枢机主教，这时进来插话，想把这场风暴平息下来。但公爵厉声告诫他不要多嘴。他开始在房间里走来走去，咆哮着。此时的他——暴怒、蛮横、尖刻，看起来已完全失去控制。而马基雅维利，表现得无动于衷，一点儿也不慌乱，在那里好奇地打量着公爵。最后，公爵猛地把自己扔在了椅子里。

“告诉你们的政府，你们严重冒犯了我！”

“我们政府最不愿做的事情就是冒犯您，阁下。他们让我告知您，叛军请求我们援助，但我们拒绝了。”

“我认为，你们不过跟往常一样，在静观其变。”

这句话说得不假，马基雅维利听了，心里不是滋味。但他的脸看上去仍很漠然。

“我们的政府对奥尔西尼或者维泰洛佐没有任何兴趣，我们急于想跟阁下交好，所以我必须使您的态度更加明确。至少，我能够确切地告诉执政团，您需要的是怎样的一份协定。”

“会谈已经结束了，你想迫使我跟叛军修好。明天，我就可以让他们投降，只要我同意奥尔西尼的建议，去攻打佛罗伦萨。”

“佛罗伦萨受到法国国王的保护。”马基雅维利厉声说道，“他承诺，任何时候只要我们需要，就给我们派遣一支四百人的骑枪队，另外还有一支足够规模的步兵团。”

“法国人对金钱的渴望永远没有止境。为此，他们会许下太多的承诺。等拿到了钱，他们就不怎么履行诺言了。”

马基雅维利知道，这话没错。路易国王的贪婪和双重交易让佛罗伦萨人吃尽了苦头。他曾不止一次地保证说，拿到了钱就派军队去援助他们，但等到钱真的到手后，他就一拖再拖。最后，只派出一半的兵力。公爵的话意思再清楚不过了，要么佛罗伦萨人加入他所谓的联盟（在意大利谁都知道这是多么不可靠），要么就是，他跟他的那些心存不满的头领消除隔阂，并联合起来向共和国发动攻击。这是敲诈呀！形势很是令人担忧——马基雅维利感到头疼，他想找点儿什么话说说，至少要保留进一步谈判的可能性，但公爵没有让他再开口。

“你还等什么呢，秘书先生？你可以走了。”

对马基雅维利的弯腰致意，他没有任何答谢的表示。阿加皮托·达·阿马利亚陪着特使走下了楼梯。

“公爵是个性情急躁的人，无法容忍别人对他的公开反对。”他说道。

“这一点，我又不是看不到。”马基雅维利不悦道。

六

皮耶罗和信使正在守卫室等待。门卫及时去了门闩，开了锁，三人出去，来到了广场。招待员们领着马基雅维利到了金狮酒店。他们已大致知道，他们定的饭菜是招待佛罗伦萨使节的。马基雅维利胃口很好，痛快地饱餐了一顿。乡村酿制的葡萄酒，虽没法跟托斯卡纳的酒相媲美，但好处是浓度高，他喝得兴致勃勃。经过一番深思熟虑，他得出结论：跟公爵的谈话还是令人满意的。瓦伦蒂诺的愤怒似乎表明，他很紧张，他坚持要跟共和国马上结盟，说明他的处境不妙。马基雅维利对自己遭到的冷遇并不在意。当他接下这份差事时，他就明白，不要指望会得到什么礼遇。酒足饭饱之后，他打了个响嗝，命令信使带他到要住宿的修道院去。考虑到他身份的重要性，修道院给他单独留下了一个小房间；皮耶罗、信使只能跟其他几个旅客一起睡在走廊里，共用一个草垫子，不过，头顶上有房顶，不至于露天睡觉，还是让他们高兴了一阵子。临上床前，马基雅维利给执政团写了封信，把晚上发生的事情做了汇报——信使天一亮就要把它送回佛罗伦萨。

“你最好也给你舅舅比亚焦写封信，他就可以告诉你妈妈，你已经平安到达了这里。”他对皮耶罗说道，“再让他给我寄一本普鲁塔克的书过来。”[①]

马基雅维利带来一本但丁的书，但除此之外，就只有李维的《罗马史》了。皮耶罗写完信，马基雅维利毫不客气，伸手拿了过来。“尼科洛大人整个早上都在沉默不语，我想，他在思考一些大问题呢，所以没有打扰他。但吃饭之后，他开始讲话了，妙语连珠，语意清晰，充满智慧。不知不觉地，我们就到了伊莫拉，好像刚刚离开斯卡尔佩里亚一般。他认为我有一个好嗓子，要是把我的鲁特琴带来就好了。”读到这里，他微微笑起来。

“信写得真不错。”马基雅维利说道，“你要你舅舅带给你妈妈的话很合适。好了，今天忙了这么久，该好好睡一觉了。”

---

① 参见1502年10月21日比亚焦·博纳科尔西致尼科洛·马基雅维利的信（书信37）：“我们已努力找过普鲁塔克的《名人传》，不过佛罗伦萨却没有一本在卖。耐心点儿吧，因为我们不得不写信去威尼斯找；跟您说实话，问我们要这么多东西，您可以去死了。”

七

马基雅维利不需要睡得太多，太阳升起来不久就醒了。他把皮耶罗喊过来帮他穿衣。骑马服放在马鞍包里，他穿上了他平时穿的黑色衣服。他无意留在修道院，需要到营房里去——在那里，如果有必要，他可以秘密接待来客；而在修道院，谁来拜访他，以及他本人的一举一动都将被人尽收眼底。信使已在返回佛罗伦萨的路上了。由皮耶罗陪着，马基雅维利前往金狮酒店。伊莫拉是个阳光明媚的小城，看不出城头的大王旗不久前才刚刚换过。他们穿过狭窄蜿蜒的街道，从很多人的旁边经过。人们各自忙着自己的事务，看起来心满意足。你可以得出这样一个印象，那就是，他们的生活质量并没有发生改变。不时地，行人不得不为骑马者或驮运柴火的驴子队伍让路。一名男子正牵着几头母驴晃晃悠悠地往前走——母驴的奶水对孕妇是有益的，他发出那种惯常的叫卖声来宣告他的到来。一个干瘪的丑老婆子，突然从一扇窗子里把头探出来冲牵驴男子叫唤。男子停了下来，片刻之后，老婆子拿着一个大口杯出现在了家门口。一个卖针线丝带之类杂货的小贩沿街走过来，用沙哑的嗓子吆喝着自己的货物。街道两侧是商铺，金狮酒店坐落其中。马具店里，一名顾客在购货；理发店里，有人在理发；鞋店里，一名女子在试穿一双新鞋。小城不算富庶，但弥漫着繁荣而安逸的气息。街上也没有乞丐纠缠不休。

他们进了金狮酒店，马基雅维利给自己和皮耶罗要了面包和红酒。他们把面包浸在酒里，使它变得更加美味，然后把剩下的红酒干掉。吃喝完毕，身心舒泰，他们来到理发店，马基雅维利要刮一下胡子。理发师把一种香气浓郁的理发液喷在他又短又黑的头发上，然后给他梳理。与此同时，皮耶罗抚摸着自己光溜溜的下巴，一副若有所思的样子。

“我想我也需要刮刮胡子了，尼科洛大人。”他说道。

“还需要再等几周。”马基雅维利微微笑了笑，然后转向理发师，“给他头上喷点儿香水，帮他梳梳头。”

两人把自己收拾整齐了。马基雅维利向理发师打听，一个叫巴尔托洛梅奥·马尔泰利的大人家住哪里，他想去拜访一下。理发师告诉了他们方位，但地方实在不好找，马基雅维利问能否请一个人带他们去那里。理发师走到店门口，把在街上玩耍的一个顽童喊过来，让他给两个陌生人带路。他们要去的路穿过大广场，公爵所占领的宫殿就在大广场上。这天正是集市日，所以，广场上到处都是农民的货摊，他们到城里来销售水果、蔬菜、奶酪、鸡肉及其他肉类。另外，还有商人的摊位，他们卖的是铜器、铁器、布匹、旧衣服等诸如此类的东西。一大群人在讨价还价，要么真买，要么只是看看，人声鼎沸，喧闹不已。在十月明亮阳光的照耀下，这一切都显得欢乐而热闹。就在马基雅维利和皮耶罗走进广场时，突然传来一阵铜号的哀鸣声，嘈杂声顿时减少了不少。

“是传令员。”小男孩兴奋地嚷道，他拉住马基雅维利的手跑起来，

"我还没听过他讲话呢。"

一群人向前拥去，马基雅维利朝他们的方向看了看。在广场的另一端，竖立着一个绞刑架，上面吊着两个人，这没什么好看的。小男孩猛地挣脱了他的手，他忘了自己的差事，朝那个热闹的地方跑过去。传令员正大声地开始讲话，但是距离太远，马基雅维利听不清他在说什么。他不耐烦地问一个看货摊的矮胖女子：

"发生什么事了？传令员在说什么？"

她耸了耸肩膀。

"不过是两个贼，被绞死了。公爵下令，中午之前传令员每半小时过来一次，告诉大家，这两个人被绞死是因为偷了市民的财物，听说他们是法国士兵呢。"

马基雅维利差点儿没跳起来，但他控制住了自己。这个事情他怀疑过，不可能发生呀！他决定亲自过去看看。他大步向前，连推带挤，终于穿过了人群。现在他两眼盯在了那两具吊着的尸体上。传令员已讲完了话，从绞刑架台子上走下来，面无表情地走了。人群散去了不少，马基雅维利可以往前靠一靠了。事情不容怀疑，尽管绞索使得两张脸扭曲得吓人，但确实是那两个加斯科涅士兵，面色阴沉、头上有疤的年长士兵和有着诡诈双眼的年轻士兵。正是昨晚，他们被带到这里来，受到了公爵的审判，并被判了刑。这么说，这并不是一出喜剧。马基雅维利一动不动地站在那里，呆呆地看着，心里满是沮丧。他的小向导碰了碰他的胳膊。

"他们被绞死时，我要能看到就好了。"他懊恼地说道，"还不知道怎么回事呢，就都结束了。"

"小孩子不要看。"马基雅维利说，他几乎不知道自己在说什么，脑子里思绪纷纭。

“以前也有过的，”小男孩咧开嘴笑了，“看他们在空中飘呀飘呀的，真好玩儿！”

“皮耶罗！”

“我在这里，先生。”

“过来，孩子，带我们去巴尔托洛梅奥大人家。”

余下的路上，马基雅维利眉头紧锁，双唇紧密地贴在一起，嘴巴就变成了一条扭曲的线。他一言不发，只顾往前走，他要努力搞清，瓦伦蒂诺的脑子里到底是怎么想的，他怎么会把两个可以利用的士兵绞死呢——他们只不过是偷了几件银器而已，这种罪行充其量鞭打一顿就够了。人的生命对他而言确实是无所谓的，但令人难以置信的是，他如此热衷于去赢得伊莫拉民众对他的信任，以至于甘愿冒险去激怒加斯科涅军队的统帅，也不惧怕整个加斯科涅军队的愤怒。马基雅维利感到困惑不解。他确信，他在那一刻的出现对于公爵达成自己的目的有一定用处。否则，即使他不辞辛苦地亲自来处理这件事，也会等着把谈判——跟佛罗伦萨特使的重要谈判进行完再去做。他是不是想告诉执政团，他是独立于法国之外的，尽管头领们造反，他仍足够强大，不怕引起法国国王的不快；另外，当他提到那两个士兵可以把掠夺品带到佛罗伦萨安全卖掉时，他发出的威胁几乎是不加掩饰的，这是不是他做出这一幕的根本所在呢？这个冷酷无情、狡诈多端的人脑子里到底是怎么想的，谁能说得清？

“先生，这就是大人的家。”小男孩突然说道。

马基雅维利给了他一个硬币，这个顽皮的孩子蹦蹦跳跳地跑开了。

皮耶罗晃了一下门上的铜环。过了一会儿，又上去敲了敲门。马基雅维利注意到，房子面积很大，显然，房子的主人是个有钱人。二楼，也就是主楼层的窗户上，没有像一般人家那样装上油纸，而是安上了玻璃。这表明，房子主人的家资的确丰厚。

八

马基雅维利并不认识巴尔托洛梅奥·马尔泰利，但他得到了指令前去跟他接触。他是这座小城的重要人物，身为高级市政官，又是大富豪。他在伊莫拉近郊有自己的土地，在市里还有几处房产。他父亲曾在黎凡特做贸易发了财；他本人年轻时，在士麦那生活过多年，正是这个原因，他才有了跟佛罗伦萨的联系。因为佛罗伦萨人总是在跟近东人做生意，很多市民都定居在近东不同的城市里。巴尔托洛梅奥的父亲跟佛罗伦萨一个家世很好的商人有过合作关系，最后还娶了他的女儿。他跟比亚焦·博纳科尔西是远亲——他们过世多年的外祖母是同胞姐妹。事实上，这也是比亚焦提出让马基雅维利带上皮耶罗前来伊莫拉的原因之一。这种关系能使得马基雅维利更容易跟这一重要人物建立起亲密的联系。

巴尔托洛梅奥的确可能很有用处，他不只是伊莫拉的重量级人物，还是他们那个政党的领袖。在他的领导之下，伊莫拉不经一战而签署了投降协定。公爵对其他人的财产总是慷慨大方，他奖给他一套庄园，并授予他伯爵的爵位。这些是马基雅维利从多嘴的理发师那里听来的。他还听说，巴尔托洛梅奥对于自己当前的地位极其得意，尽管表面上他假扮成另一副模样。公爵信赖他——公爵很清楚要让巴尔托洛梅奥感觉到自己是个可以依托的主儿，这对自己有好处。因此，在各种商业事务中，公爵都让他去处理，他的表现也极为出色。公爵行事隐秘，但巴尔托洛梅奥可能比其他任何人都更清楚公爵的打算。马基雅维利自信，在适当的时机，他会让巴尔托洛梅奥把所知道的一切说出来——执政团已掌握了对付他的招数。他在佛罗伦萨有两套从母亲那里继承来的房产，如果他不作为，其中一套房子会被“意外”引起的火灾轻松毁掉；如果这一做法震慑效果不佳，他在黎凡特那桩迄今仍能获利颇丰的生意也可能会灰飞烟灭。

“拥有朋友自然是好的，”马基雅维利心里嘀咕道，“但是，你也要让他们明白，如果朋友的表现不像朋友，你是可以反戈一击的。”

一个仆人打开了门。当马基雅维利报完自己的名字，请求拜见主人时，他说：

“伯爵正在等您。”

他领他们进了一个庭院，沿着一个露天楼梯上去，然后进入一个不大不小的房间。大致一看，房间是主人的办公用房。他们等了一两分钟，巴尔托洛梅奥狂风般呼呼进了门，用他粗大的嗓门向客人热情致意。

“我听说你到了，尼科洛大人，我一直殷切期盼着你的到来。”

这是个肥胖的人，大块头，四十上下，长头发，大背头，全黑胡子，红润的脸盘因出汗而熠熠发光，长着双下巴，一副大肚腩尽显威风。马基雅维利自己干瘦得像麻秆，便对胖人有些成见。他过去常说，在意大利谁也胖不了——除非你抢劫寡妇与孤儿，或者压榨穷苦人。

“比亚焦·博纳科尔西给我写了信，说你们要来。信使昨天就把信送到了。”

“是的，一个信使正好要过来，比亚焦请他帮了忙。这是皮耶罗·贾科米尼——比亚焦姐姐的儿子。”

巴尔托洛梅奥朗声大笑起来。他把皮耶罗揽在了怀里，用自己的大肚子抵住他，吻了吻他的双颊。

“那我们就是表亲喽。”他的嗓门发出响亮的隆隆的声音。

“表亲？”马基雅维利低声问。

“你不知道吗？比亚焦的外祖母和我的外祖母是亲姐妹。她们都是卡洛·佩鲁齐的女儿。”

“他从没跟我说过，真奇怪。皮耶罗，你知不知道？”

“妈妈没有跟我提过。”

马基雅维利不承认了解这一事实，实际上，他对此是一清二楚的，但他不想违背他的一项原则，那就是，不要让任何人知道你懂得了多少，除非有十足的理由这样做。他很高兴地看到，皮耶罗没有片刻犹豫就懂得了他的意思。真是个好孩子！

巴尔托洛梅奥请他们就座。房间里没有壁炉，但一个火盆里正燃烧着木炭，把空气中的寒冷驱逐殆尽。他问候了他在佛罗伦萨的一些朋友——他出差时经常拜访他们的。马基雅维利就把自己所知道的讲了一遍。他们谈了一个又一个话题，现在，又开始聊起皮耶罗·索德里尼来——他刚刚被推选为终身正义旗手。

“他是我的一个朋友，一个诚实的、受人尊敬的人，”马基雅维利说道，“他特别希望我能来伊莫拉，所以今天我到了这里。”

他想他最好让巴尔托洛梅奥知道，他对共和国的首领是充满信心的。

“我很高兴见到你们。我会照顾好你们的，尽管放心。我本来想让比亚焦捎一匹好的亚麻布过来的，但在当前的形势下，我想，你们没有机会带过来。”

比亚焦因为总是乐于助人，所以大家老是找他做这做那的。当然，马基雅维利找他帮的忙最多。

“恰恰相反，”他说道，“比亚焦要我一定把亚麻布带过来，不过是我的仆人带着的，今天晚些时候才能到伊莫拉。”

“我妻子正在给我织衬衫，她跟修女学过刺绣。我总是说，在刺绣上，伊莫拉没有任何女人能跟她相比——她是个艺术家。”

马基雅维利的脑子在飞快地旋转。他要努力对这个人做出判断：他爽快，诚恳，喜欢大笑，爱扯着嗓门夸夸其谈。他身上表现出的多血症状，说明他讲究饮食，喜欢豪饮。他快乐的性情和坦直的热忱下面是否掩盖着头脑的狡黠和诡诈尚不得而知。他经过一场艰难的讨价还价做了一桩好生意，已经声名远播。[①]马基雅维利把话题引向了伊莫拉及其形势。巴尔托洛梅奥滔滔不绝地称颂起公爵来：他一直小心翼翼地遵循着投降协定中的条款；他占领了城市，但索要的赔偿金数量并不过分；还提议要多加投入，以便使城市变得更美好、更壮观——因为伊莫拉是他新建国家的都城；他制订了计划，要为自己建一座新的宫殿，为商人们造一座新的聚会场所，为穷人建一所医院；整个城市秩序井然，犯罪现象消失了，司法的执行快速且服务廉价，穷人富人在法律面前一律平等；商业繁荣，受贿和腐败销声匿迹；公爵本人对国家的农业资源很是关注，下令采用一切可能手段，来促进农业的发展。军队驻扎在城外，城市进入了一个欣欣向荣的时代，每个人都心满意足。

① 指献出伊莫拉。

"愿此盛世长存！但是如果公爵的头领们推翻了他的统治，并把军队开进了城市，你怎么办呢？"马基雅维利乐呵呵地说道。

巴尔托洛梅奥爆发出一阵大笑，不断拍打着自己的大腿。

"他们不值得考虑。没有公爵，这些人将变得软弱无力——这一点他们很清楚。他们会向公爵妥协的。相信我，一切都将迎刃而解。"

马基雅维利无法确定巴尔托洛梅奥到底是真的相信自己说的话，或是愿意相信自己，还是他说这些话仅仅为了让马基雅维利相信。他也搞不懂这个人是蠢笨还是睿智。他的那种坦率，那种热情，那种诚实的气息和微笑，以及充满友爱的眼睛，或许把一切都遮掩住了。他又换了个话题。

"你说乐意为我们效劳——你真是个大好人！能否告诉我，我和皮耶罗，还有我的仆人有没有地方可住呢？"

"这个问题你是最不该提的。"巴尔托洛梅奥放声笑道，"公爵的宫殿在这里，加上那么多的随从、诗人、画家、建筑师、工程师，更不用说还有那些来自其他领地的生意人，以及各个地方前来投机挣钱的种种商人、小贩等，现在，整个城市插根针都难。"

"我希望忙完事马上走人，不过我肩负的是执政团的使命。在修道院的小房间里，我无法开展工作。我必须为皮耶罗和仆人们找到一个合适的住所。"

"我问问我的岳母吧，这类事情她比我懂——我去找找她。"

他离开了房间。过了一会儿，他回来叫他的客人跟他过去。他领着他们到了一个更大的房间。房间的墙壁上绘着精美的图画，还有一个壁炉。壁炉旁边坐着两位女士，正在那里忙着什么。当生人进门后，她们都站了起来，对他们的深鞠躬报以屈膝礼。其中的中年女子看上去很是端庄大方。

“这是我的岳母，卡泰丽娜·卡佩洛夫人，”巴尔托洛梅奥说道，“这一位是我的妻子。”

她太年轻了，足足可以做他的女儿。为赶潮流，她天然的一头乌发已染成明亮的金黄色，这跟意大利女人黝黑的肤色并不相宜，因而，她的脸庞、脖子及胸部都涂上了一层厚厚的白色化妆品。她金色的头发和漂亮的黑眼珠形成了明显的反差，眉毛拔掉了一些，变成了一条细细的线，鼻子小巧挺拔，长着一张可爱的嘴巴。她的着装呈现浅灰色格调，一袭长裙，袖子呈波浪形，一件紧身上衣紧紧裹在她苗条的身体上，低开口的方形领子凸显出她雪白的胸部和年轻的、发育良好的乳房的轮廓。她有着处女般的纯洁美，同时，她的成熟气质又使她别具魅力。马基雅维利尽管脸上不动声色，但产生了一种奇怪的感觉——在那个他乐于称作“心”的地方。

“真是个人间尤物，”他心里想，“我想跟她同床共枕哪！”

两位女士为来客拿来两把椅子。巴尔托洛梅奥跟卡泰丽娜夫人叙述了马基雅维利的难处。然后，他又想了想，补充道，皮耶罗是他从没见过的表亲。他接着把他们的关系做了介绍。两位女士听后，都向皮耶罗微笑致意。马基雅维利这时注意到，巴尔托洛梅奥的妻子还有一副好牙齿，细小、整齐、洁白。

“这几位先生要不要来点儿点心呢？”卡泰丽娜夫人问。

她的穿着跟女儿非常相似，只是颜色更深些。对于一位年长的、值得尊敬的女性来说，染发或者涂脂抹粉并不合适，所以，她保持着素面朝天的样子。然而，她有着跟女儿一样的漂亮黑眼睛——年轻时一定也是个大美人！马基雅维利回答说，他们已吃过早饭了，但是主人坚持说，至少应该再喝杯酒吧。

“奥蕾莉亚，去跟尼娜说一声。”巴尔托洛梅奥道。

年轻女子出去了。他又把马基雅维利的请求跟岳母说了一遍。

“不可能的，全城没有一间空房可以出租了。不过，等一等——既然大人是个重要人物，这个年轻人又是你的表亲，或许塞拉菲娜会留宿他们的。她以前总不愿意收留房客，不过，就在前几天，我告诉她，那么多人为找到块遮风挡雨的地方，什么价格都愿意出，而她还让房子空着，这太可惜了。”

巴尔托洛梅奥解释说，塞拉菲娜夫人是他在黎凡特的一个代理人的遗孀，她住的房子是属于他的。她的长子在士麦那的办公室工作。还有两个孩子跟她住在一起，一个是男孩，将来要做教士的；另外一个是十四岁的女孩。为了孩子考虑，她不愿意冒险接待房客，怕碰到坏人，所以，她拒绝接纳任何陌生人入住。

“但是如果你的客人一定要入住的话，她会很难拒绝的，我的孩子。”

卡泰丽娜夫人称这个肥胖的男人为孩子，听起来真是怪怪的——她比他也就大上两三岁而已。

“我带你去看看，”巴尔托洛梅奥说道，“我肯定这件事能安排好的。”

奥蕾莉亚回来了，后面紧跟着一名女仆。女仆手里端着一个托盘，上面放着几个玻璃杯，一瓶葡萄酒，还有一碟糖果。奥蕾莉亚坐下来，又开始了她手头的活计。

“尼科洛大人给你带来了亚麻布，亲爱的。”巴尔托洛梅奥说道，“那么，你可以给我织衬衫了。”

“谁知道你到底需要不需要新衬衫呢。”卡泰丽娜夫人说。

奥蕾莉亚笑了笑，但没说什么。

“让我给你展示展示我妻子的刺绣水平，那真是美不胜收！”

巴尔托洛梅奥走到奥蕾莉亚身边，拿起了她手中的织物。

“别这样，巴尔托洛梅奥，这都是女人的东西。”

“如果尼科洛大人还没见过女人内衣的话，现在正好可以饱饱眼福喽。”

“我是名已婚男子，奥蕾莉亚夫人。”马基雅维利笑道——他的笑容使他那张瘦脸显得魅力十足。

“看看她的活儿多么漂亮！瞧这设计，多么优美！”

“真是她本人画上去的吗？”

“当然是了！她是个艺术家。”

马基雅维利恰如其分地恭维了一下，然后把织物还给了奥蕾莉亚。她用明亮的大眼睛朝他莞尔一笑。吃过了糖果、喝了葡萄酒后，巴尔托洛梅奥建议带他们到寡妇塞拉菲娜家里去看看。

“她家就在我家后面。”他说。

马基雅维利和皮耶罗跟着他下了楼梯，穿过了一个小院子。院子里有一口井，井盖上镂有花纹。还有一棵栗子树，在经历了秋季初霜的侵袭后，枝叶已经有点儿蔫头耷脑了。他们来到了一个通往狭窄胡同的小门口。

“我们到了。”巴尔托洛梅奥说道。

在马基雅维利看来，如果来客穿过这个僻静的胡同来看他，别人基本上是看不到的。巴尔托洛梅奥敲了敲门，过了一会儿，门开了。开门的是一名女子，个子稍高，身材单薄，脸上布满皱纹，肤色苍白而又暗淡，长着一双忧郁的眼睛，满头灰发。当看到敲门者是谁时，她脸上的疑惑变成了热情洋溢的欢迎，请他们快快进门。

“这位是尼科洛·马基雅维利大人，第二秘书厅的首席秘书[①]，佛罗伦萨共和国派来访问公爵的特使。这个年轻人是我的表亲皮耶罗，是我的好友兼亲戚比亚焦·博纳科尔西的外甥。”

塞拉菲娜夫人把他们领进了客厅。巴尔托洛梅奥把他们的来意叙述了一遍，塞拉菲娜夫人的脸变得为难起来。

“哦，巴尔托洛梅奥大人！你知道，我是什么人都不留宿的。你知道，我家里有两个小孩子，来人我们又一无所知。”

“我知道——知道，塞拉菲娜。但是，这两个人我是可以担保的，皮耶罗是我的表亲，他会和你的路易吉成为好朋友的。”

谈话继续进行。巴尔托洛梅奥，以他坦率而又诚恳的方式，向这个心有不甘的女子明确地表达着他的意思：房子是他的，只要他愿意，他会不客气地对她下逐客令；他还让她知道，她的长子受雇于他，要想取得好的前程少不了他这个大好人帮忙。但这样的威胁以一种十分友好的、开玩笑的口吻从他的嘴里说出来，让马基雅维利充满了由衷的钦佩之情——这个人，看上去有些头脑简单，但绝不是傻子。塞拉菲娜很穷，她是得罪不起巴尔托洛梅奥的。最后她冷冷地笑着说，她乐意为他和他的朋友们效劳。做出的安排是，马基雅维利单独使用一个房间，客厅也可以使用；皮耶罗和她儿子路易吉合用一个房间；两个仆

① 1498 年 6 月，29 岁的马基雅维利被任命为佛罗伦萨第二秘书厅首席秘书，随后又被任命为“自由与和平十人委员会”（也称战争十人委员会）的秘书，在执政团领导下负责共和国的外交与军政事务；直到 1512 年被解职，马基雅维利为佛罗伦萨共和国效力了 14 年。

人睡在阁楼里，她会在那里给他们铺上床垫。她索要的房租不低，巴尔托洛梅奥提出了这一点，但马基雅维利觉得，讨价还价有失他身为官员的尊严，他说他愿意偿付这个费用。他很清楚，要想让一个人支持你，没有比让他占你点儿便宜更好的办法了。房子的窗户上自然没有安装玻璃，但装了百叶窗和油纸纱窗，都可全部或部分打开，空气和光线就可以透进来。厨房里装有壁炉，客厅里用火盆来取暖。塞拉菲娜同意把自己的房间让给马基雅维利使用，她到一楼和自己的女儿共用一个小房间。

九

一切都安排妥当了，巴尔托洛梅奥离开了他们。马基雅维利和皮耶罗回到金狮酒店吃饭。他们刚刚吃罢，两个仆人从斯卡尔佩里亚带着马和行李赶来了。马基雅维利叫皮耶罗带他们去修道院，把放在那里的马鞍袋取回来。

“把这匹亚麻布送到巴尔托洛梅奥大人家里去，让女仆把布交给她家的女主人。女仆不是个丑陋的乡下姑娘，费点儿时间跟她搭上话可是很值得的。然后你到塞拉菲娜家，在那里等我。”

他停了片刻。

“她是个多嘴的女人，总爱东家长西家短地说个没完。到她家里，跟她在厨房里坐一会儿——有个伴儿她会很高兴的，让她谈谈她的孩子，跟她谈谈你的母亲，然后呢，从她嘴里多套出些巴尔托洛梅奥以及他妻子和岳母的情况。塞拉菲娜欠了巴尔托洛梅奥太多的人情，对他肯定有怨恨情绪。你有一张坦率、诚实的面孔，而且还只是个小男孩，如果能赢得她的信任，她会把心里话向你和盘托出的。这对你将是个难得的经历，你可以学会怎样用充满善意的漂亮言辞让一个人把心里的憎恨表露出来。”

“但是，尼科洛大人，为什么你这么肯定她会恨他呢？”

“我一点儿也不肯定。她可能只是个愚蠢的、喋喋不休的女人。但一个不会改变的事实是，她很穷，而他很富有，她要靠他的馈赠来生活，这种感激的重担会让她不堪重负的。相信我，敌人的冒犯容易忘却，但朋友给予的好处却很难从心头消失。”

他讥讽地笑了几声，然后走了。他跟佛罗伦萨的代理人约好到一个叫做贾科莫·法里内利的同胞家里碰面——这位同胞是与梅迪奇家族一同被驱逐出境的。他是一名聪明的会计，现受聘于公爵，但他急于想回到佛罗伦萨，收回被充公的财产。因此，他的利用价值还是指望得上的。他证实了巴尔托洛梅奥早上对马基雅维利说过的话：公爵的新臣民们对他的统治是认可的，新政府很严厉，但是很能干——在小领主们的暴政下痛苦呻吟的民众，现在终于不再备受压迫，这是他们一个世纪以来闻所未闻的事情。通过征兵制度——在领地内每家出一丁入伍，公爵创建了一支可以信赖的军队，这要比由雇佣兵组成的一般军队可靠得多。法国的重骑兵和加斯科涅士兵可能随时被国王召回；瑞士人每时每刻都有可能撤离——只要其他某股势力使他们觉得有投奔的价值；德意志人走到哪儿抢到哪儿，在民众中已造成恐慌。公爵的士兵为自己身穿的红黄制服而骄傲，他们待遇优厚，训练有素，装备精良；而且，他成功地激发起了士兵们的忠诚之心。

“头领们——维泰洛佐和奥尔西尼家族的情况怎么样？”马基雅维利问道。

“音信皆无，没人知道他们在做什么。”

“宫殿那边怎么样？”

“可以这么说，没什么可忧虑的。”法里内利说道，“公爵嘴巴封得紧，又不大走出房间。大臣们没有担心的迹象。阿加皮托也从来没有像现在这样幽默过。”

马基雅维利皱起了眉头，他感到困惑不解——显而易见，就要发生什么事了。尽管会计非常乐意把自己所知道的一切告诉他，但到最后，马基雅维利还是不得不承认，这个家伙跟以前一样蠢笨。他回到了住宿处，皮耶罗正在等他。

“把亚麻布送过去了吗？”他问道。

“送过去了。巴尔托洛梅奥大人到宫殿去了。女仆让我在门口等着，她把布匹带到楼上交给了女主人。她下来时说，她们想亲自感谢我把这些东西带来，所以我就上去了。”

“那你没有按照我交代给你的，跟女仆交上朋友？”

“没有机会呀！”

“你可以捏她一下，或者至少可以告诉她她很漂亮，这些是肯定有机会做的。”

“女主人们对我都很好。她们给我水果吃，还给我酒喝。她们问了我很多关于你的问题。”

“问的什么问题？”

“她们想知道，你结婚多久了，跟谁结的婚，以及玛丽埃塔夫人长得怎么样。”

“那你有没有跟塞拉菲娜说话？”

“关于她的情况你说的都很对，大人。如果你不进来，她还会继续说下去。我想她一打开话匣子就别想合上了。”

“都说了些什么？”

皮耶罗把塞拉菲娜说的话转述了一遍，马基雅维利朝他亲切地笑了笑。

“做得真不赖！我知道我是对的。我就知道，你的青春年少会吸引住这个年纪大的女人，你纯真质朴的面容也会让她很容易对你吐露真相。”

皮耶罗了解到的太多了。巴尔托洛梅奥被公爵宠爱有加，是城市里最重要的人物之一。他为人诚实、和善、慷慨、忠诚。这是他的第三次婚姻。他的第一次婚姻是遵循父母之命。结婚八年后，他的妻子死于霍乱。过了一段适当的时间，他又结婚了，但十一年之后，他的第二任妻子也死了。两位妻子都给他留下了数量可观的嫁妆，但都没留下任何子嗣。他鳏居三年后，突然就跟奥蕾莉亚结了婚。奥蕾莉亚来自亚得里亚海的港口城市塞尼加利亚，是土生土长的塞尼加利亚人。父亲是一艘沿海商船的船主兼船长，负责把货物送到达尔马提亚的城市。但在一次风暴中，他连人带船消失了踪迹。他遗留下的寡妇陷入了贫困之中，不得不靠做些针线活儿维持生计。她生了三个女儿、一个儿子，儿子跟父亲一起葬身海底，两个大女儿早已嫁人。事故发生时，奥蕾莉亚只有十六岁，当时巴尔托洛梅奥就注意到了她。他被她纯洁无瑕的美貌所打动，但对于像他那样的重要人物，她无论身世还是财产都门不当户不对。但是，尽管非常年轻，她身上呈现出的成熟预示着她有着良好的生育能力，这对巴尔托洛梅奥来说是很重要的。因为，在这个世界上，他最渴望的事情就是能有一个儿子。他的两位前妻在世期间，他曾不止一次包养过一些地位低下的年轻貌美女子，但这些不合礼法的恋情无一产生结果。卡泰丽娜夫人生育了六个孩子（两个夭折），这表明她有着多产的血统。通过打听，他还得知，奥蕾莉亚的姐姐们每个人都有三到四个孩子，事实上，她们是规律地每年生一个孩子，这对于一名健康的年轻女性来说是很正常的。但巴尔托洛梅奥仍然很谨慎，他跟两个不育女子结过婚，可不想再娶第三个。通过中间人，他向卡泰丽娜夫人建议，他想把她和她的女儿安置在伊莫拉城外的别墅里，给她们一大笔生活费，并承诺说，不管生的是男是女，他都会承认的。他甚至允许中间人发出暗示：只要生男孩，他就跟她结婚。但或许是出于宗教顾虑，或许是世俗偏见，卡泰丽娜夫人愤怒地回绝了这一提议。她死去的丈夫，尽管只是一个沿岸小商船的船主，但是个值得尊敬的人，她的两个女儿也嫁得很体面——即使算不上富贵。她不愿心爱的女儿被商人包养，否则，她宁愿让她去做修女。巴尔托洛梅奥在伊莫拉反复考虑了这个能够跟他结婚的年轻女子。他再也想不出还有其他什么人能如此吸引自己，能像她一样最有可能给自己生下一个儿子——这可是他多年来孜孜以盼的。他是商人，有着良好的判断力。他知道，如果你的出价不能买到你百分之百渴望的东西，那你只有一件事可做，就是——按要价付钱。他优雅地提出了结婚的请求，很快就得到了肯定的答复。

巴尔托洛梅奥不只是商人，为人处世也非常精明。奥蕾莉亚比他年轻二十岁，他知道最好能有什么人替他时刻看住她。他邀请卡泰丽娜夫人前来跟他和他的新娘一起居住。

塞拉菲娜当时说到这里窃笑起来。

“这个老笨蛋相信她。看看她那个样子，这样一个女人对丈夫是不可能忠诚的，你一眼就能看出来。当她丈夫出海时，她根本就没有恪守妇道。”

“她显然不喜欢卡泰丽娜夫人，”马基雅维利说道，“我搞不清这是什么缘故。或许是她本人想跟巴尔托洛梅奥结婚，并让他接受她的孩子，或者仅仅是出于嫉妒，这都无关紧要，但了解一下也无妨。”

婚姻很幸福，巴尔托洛梅奥对自己年轻的妻子甚感满意。他给她买好看的衣服，昂贵的宝石。她本分、恭敬、顺从，事实上，一个好妻子应有的美好品德她都具有。但结婚三年了，她没有生下一个孩子，而且没有任何怀孕的迹象——这对巴尔托洛梅奥而言，是个巨大的打击。现在他又有了一个贵族头衔需要传给后代，他比以往任何时候更渴盼有一个儿子了。

“塞拉菲娜夫人有没有暗示过，漂亮的奥蕾莉亚有可能对她年老的丈夫不忠呢？”马基雅维利笑着问道。

“没有。除了做弥撒，她很少外出。出去时也总是由她母亲或女仆陪着。塞拉菲娜夫人说，她是个很虔诚的教徒，背叛丈夫在她看来是道德上的罪孽。”

马基雅维利陷入了沉思。

“你跟女士们谈到我时，有没有碰巧提到玛丽埃塔夫人怀孕了？”

男孩脸红了。

“我以为这不会对您不利。”

“根本不会。她们知道了，我也不介意。”

马基雅维利意味深长地笑起来，但皮耶罗没有看出他的笑别有深意。据说，马基雅维利跟玛丽埃塔结婚并不是因为爱她。他尊敬她，欣赏她的好品质，她对他的忠诚令他满意。玛丽埃塔是个节俭的家庭主妇，这一点对于并不很富裕的他来说很重要。她从来不浪费一个便士，她将要成为他的孩子们的母亲，一个好妈妈。对于妻子，他有十足的理由完全相信并且满怀爱意，但他从来没想过要忠诚于她。奥蕾莉亚的美貌让他呼吸急促，魂不守舍，还没有任何其他女人能如此迅速、如此强烈地激荡起他的感官。他的欲望不可遏制——他感到胃部疼痛起来了。

“我要把这个女人搞到手，为此死不足惜！”他心里想。

他对女人有着透彻的了解，而且，在满足自己的欲望这方面，他很少失手。他对自己的外貌不抱幻想，他清楚比他英俊的男人多的是；在财富和地位上也有很多人比他更具优势。但是，他对自己的魅力还是充满了信心。他能让她们会心微笑，他非常清楚怎样去恭维她们。当她们跟他在一起时，他很有办法让她们觉得轻松愉快。更重要的，他渴望拥有她们，她们对此心知肚明，且感到兴奋不已。

“当一个女人体内的每一根神经都感觉到你想得到她，但她拒绝了你，那只能是因为她在热烈地爱着另一个男人。”有一次他对比亚焦说。

无法想象，奥蕾莉亚会爱上她大腹便便的丈夫——一个年长她几十岁的人。她嫁给他是由于她母亲的缘故，因为这桩婚配是笔好交易。但巴尔托洛梅奥肯定知道，城市里有些年轻人——公爵宫殿里的那些风流成性的家伙，一定注意到了奥蕾莉亚的美貌，他必定是警觉的。那个眼睛里满是猜疑的男仆，绷着脸，面色阴沉，长着一个突兀的大鼻子和一张露着凶残意味的嘴巴，他可能是被派来专门监视他年轻的女主人的。还有她母亲，塞拉菲娜说她年轻时是个水性杨花的女人，这可能是对的；她那双放肆的、飘忽不定的眼睛正是那些有着奇异经历的女人才拥有的；如果她女儿找一个情人的话，对她的品德也算不上是侮辱，这个风险还是值得尝试的。马基雅维利得出了结论：巴尔托洛梅奥是个自负的人，这样的人如果发现自己受到了愚弄，其报复之心将超过众人。马基雅维利要做的事绝不轻松，但这不会让他担心，他对自己还是满怀信心的，困难只能让事情变得更为刺激。显然，他应该同巴尔托洛梅奥交上朋友，把他哄得团团转，然后对自己失去警惕之心；当然，还要跟卡泰丽娜夫人搞好关系，让皮耶罗去找塞拉菲娜问些情况不失为一个好主意。现在他对整个事情已经有所了解，但还要知道得更多些。如果这样，他那充满创造力的头脑就能制订行动计划了。他知道现在绞尽脑汁是没用的，要等着灵感迸发出来。

“我们去吃晚饭吧。”他对皮耶罗说。

他们步行去了金狮酒店。吃过晚饭，又回到了住处。塞拉菲娜打发孩子上床后，正在厨房里一个人编织长袜。马基雅维利让皮耶罗回到他跟塞拉菲娜儿子共住的房间去。然后，他彬彬有礼地问塞拉菲娜，他能否坐在壁炉旁暖和暖和身子，得到应允后便坐了下来。他模模糊糊地感觉到，卡泰丽娜夫人会很快前来向塞拉菲娜打听他的情况，他希望她能为他美言几句。他这个人随时可以变得魅力十足——只要他乐意，现在就是如此。他把他出使法国宫廷的情况给她描述了一番。他这样做，部分原因是想引起她的注意，更重要的是希望能留给她一个好印象，那就是，他是一个重要人物。他谈到了法国国王以及国王的大臣——枢机主教，好像他跟他们都是好友；他谈到了那些有名的女人的风流韵事，其中不乏丑闻和有趣的故事；接着，他又搬弄出另一番谎话，他告诉她关于玛丽埃塔的一些情况，当时她怀了身孕而他不得不离开，那是怎样的恋恋不舍，他是多么渴望回到他在佛罗伦萨的幸福的家中。他把自己装扮成一个好的、忠诚的丈夫，一个坦率而诚实的人——塞拉菲娜如果要对这些产生疑心的话，那她必须是个聪明的女人才行。当塞拉菲娜给他讲述她丈夫怎样生病并离世，讲述她所度过的那些好日子，以及把两个小孩子拉扯大所肩负的责任，马基雅维利满怀同情地倾听着。当然，她觉得他是一个令人快乐的、优秀而和善的人。当他提到他身体状况不佳，消化系统出了问题使他备受折磨，以及他吃不惯金狮酒店的饭菜——因为他只爱吃玛丽埃塔夫人做的简单的食物时，塞拉菲娜自然而然地接过话说，如果他愿意屈尊跟她和她的孩子们一起吃饭，她会很乐意为他和皮耶罗提供饭食的。这正合乎他的想法，因为不但省钱，而且在其他一些方面也会更加便利。他如愿给她留下了好印象，然后上了楼，回到自己的房间，就着烛光开始读点儿李维，直到困意来袭为止。

十

马基雅维利第二天早上迟迟没有起床。他读了《神曲·地狱篇》中的一首诗。尽管他几乎能将这部优秀的诗作背诵下来，但它仍一如既往地让他感到无限愉悦；每回诵读，他都被它优美的语言所陶醉，但这一次，他头脑深处却总晃动着奥蕾莉亚端端正正做刺绣的身影。他不时地被迫放下手中的书，沉浸在淫邪的想象之中。他在想到底怎样才能再次见到她呢。当然，再次会面时，她可能就不再令他那么心醉神迷了。在某种意义上说，这倒是好事，因为目前他的确公务缠身，无暇他顾；但从另一个角度说，这仍不失为令人快乐的、摆脱繁忙政治事务的好方法。就在这时，他的浮想联翩被仆人安东尼奥打断了。他告诉他巴尔托洛梅奥大人就在楼下，希望见到他。他让传话下去，说马上就到。然后，马基雅维利匆忙穿上衣服，下楼去了。

"很抱歉，伯爵，让你久等了。我正在给执政团写信，就差几句话了。"他轻轻松松地编了个谎言。

听到马基雅维利称他为伯爵，巴尔托洛梅奥微微做了个手势以示反对，好像在说，这个东西不值一提，不过，他显然对此很是受用。他带来了新消息：圣利奥是乌尔比诺最坚固的要塞，它坐落在一块陡峭的、孤立的岩石上，据说牢不可摧。不巧的是，就在它被修缮时，一群武装农民乘虚而入，他们冲到要塞口，杀死了瓦伦蒂诺的卫戍士兵。消息不胫而走，其他村民随即发生了暴动。当消息传到瓦伦蒂诺那里，他暴跳如雷。事情很明显，暴乱是马焦内那些谋叛者们发动的。这就意味着，他们下定了决心要向他发动进攻了。公爵的宫殿现在已陷入混乱之中。

“公爵现在可以控制的军队有哪些？”马基雅维利插话道。

“你最好亲自过去看看。”

“不知道公爵大人希不希望我过去。”

“跟我来吧，我就要去军营，我带你去。”

马基雅维利头脑里闪过一念：巴尔托洛梅奥前来通报消息并非出于友善——这类消息无论如何遮掩不了太久，显然他是公爵派来邀请他的。马基雅维利一下子警觉起来，就像在森林中行走的猎人，忽然听到了灌木丛里传来的窸窣声，但他脸上仍带着温和的笑容。

“朋友，如果你能在军营里出入自如，那你一定是个大人物。”

“不，并非如此，”巴尔托洛梅奥故作谦虚地回答道，“公爵委任我带人去给军队提供补给。”

“那你一定大发其财了。”马基雅维利狡黠地说道。

巴尔托洛梅奥放声大笑起来。

“哪有什么油水可捞。公爵这个人可不好糊弄。乌尔比诺的士兵因为伙食恶劣差点儿发生哗变。这事引起了公爵的注意，他发现士兵们的怨恨是正当的，于是把三个专员送上了绞刑架。”

“我很理解，所以这件事使您变得小心翼翼。”

他们骑马去了军营。军营离城三公里，有三个连的枪骑兵，每连五十人，由西班牙军官统率。还有一支一百人的枪骑兵——称作“罗马绅士”，他们抱着投机和捞取名声的目的加入了公爵的军队。每个枪骑兵都骑马，都配有一个骑矮种马的侍者和一个步兵作为随从。此外，还有两千五百名雇佣兵。公爵亲自招募的军队有六千人，两天后有望到达。他派了一名代表去米兰，去把散布在伦巴第的五百名加斯科涅雇佣兵招来；派了另一名代表到瑞士再招一千五百名士兵。他的炮兵威力巨大，而且士气高涨。马基雅维利对军事很感兴趣，且从围攻比萨的失利行动中，他还获得了一些军事经验，对此颇为自诩。他眼睛圆睁，问了一个又一个问题，关于军官的，关于士兵的。他把得到的回答分为两类：听起来符合事实的和不大可能的，然后接受前者，摈弃后者——由此得出了结论：公爵的军队绝不可轻视。

返城后，他立刻看到了阿加皮托·达·阿马利亚的留言，说是公爵希望晚上八点跟他见面。晚饭后，他打发皮耶罗到巴尔托洛梅奥家里去，告诉他公爵晚上要接见自己，如果巴尔托洛梅奥想晚些时候跟他在金狮酒店会面，他们可以在那喝一杯——要想跟奥蕾莉亚建立联系，得通过她的丈夫才行，所以要先跟他交上朋友。巴尔托洛梅奥比较容易相信他人，他喜欢美酒佳肴，喜欢志趣相投的伙伴。共和国的特使现在提出的邀请证明了对他的信赖，这不得不让巴尔托洛梅奥的自负感得到了极大的满足。

马基雅维利回到他自己的房间，睡了个午觉，他觉得跟塞拉菲娜再谈一谈是有必要的——他认为自己能从她嘴里套出比皮耶罗得到的更多的话。她跟他讲巴尔托洛梅奥的好话，可能是出于谨慎的缘故，只要对人性有所了解，就能断定，她对那个肥胖男人的感激之心远远不及因受忽略而产生的怨恨。马基雅维利认为自己足够聪明，把她的真实想法套出来没什么问题。

睡醒午觉后，他慢步走下楼梯，好像要去客厅的样子，一边走一边唱，而且唱得过于响亮了些——唱的是一首佛罗伦萨歌曲中的一段。

“塞拉菲娜夫人，你在吗？”他经过厨房门时说道，“我还以为你出去了呢。”

“大人，你嗓子真不错。”她说。

“非常感谢！我可以进来待一会儿吗？”

“我大儿子也有一副好嗓子，巴尔托洛梅奥大人以前常常把他喊过去，然后两人一起唱歌。巴尔托洛梅奥大人是个男低音，一个如此高大强壮的男人嗓门这么低真是很奇怪。”

马基雅维利竖起了自己的耳朵。

“我的朋友比亚焦·博纳科尔西，也就是巴尔托洛梅奥大人的表亲，和我一样都喜欢歌唱。很遗憾我没有把我的鲁特琴带来，要不，我会非常乐意把我写的歌唱给你听了。”

“我儿子的鲁特琴留这儿了。他本来想随身带着的，但琴太珍贵了，是他父亲——我可怜的丈夫所效劳的一位绅士送给他的，我不想让他带走。”

“我可以看看吗？”

“到现在已经三年没人碰过了。我敢说有些琴弦可能断了。”

但她还是把琴取了过来，放在了马基雅维利的手里。琴由雪松木制成，里面嵌着象牙，是个精美的物件。他调好了琴，然后低声哼唱起来。他不但精通乐律，而且掌握了创作技巧，有几首歌曲都是他自己写词，自己谱曲。当他唱完时，他看到塞拉菲娜的眼里泪光闪闪。他放下乐器，用充满善意的眼神看着她。

“我不想让你流泪的。”

“你的歌声让我想起了我的孩子。他现在距离我那么遥远，身处重重险境，周围都是野蛮人。”

“这对他来说将是难得的经历，在巴尔托洛梅奥大人的佑护之下，他的前程是无忧的。”

她扫了他一眼，露出痛苦的神色。

“能吃上富人餐桌上掉下的面包屑，拉撒路也一定会感激涕零的。”

她刻薄的话语让马基雅维利确信自己的猜想大致不错。

“《圣经》告诉我们，到了天堂我们的位置将要倒转过来。”他说。

她大笑起来，但听起来更像是嘲讽。

“他愿意拿出一半的财富来交换我的孩子。”

“他的三个妻子都没有生下一个孩子，真是奇怪。”

“你们男人呀，总是认为这是女人的问题。卡泰丽娜夫人再清楚不过，如果奥蕾莉亚不能尽快生个孩子，那情况对她、对奥蕾莉亚都不太妙，到时候就不会再有漂亮的衣服，也不会有戒指和手镯喽！我对巴尔托洛梅奥这个人了如指掌，光付出没有回报的事情他是绝不会干的。卡泰丽娜夫人的担心说明她还比较明智。她给了提莫窦修士一些钱，祈祷奥蕾莉亚能怀上孩子。”

“请问，谁是提莫窦修士？”马基雅维利问。

“她们的告解神父。巴尔托洛梅奥许诺，如果奥蕾莉亚生一个儿子，他就捐出一幅《圣母圣子图》。提莫窦修士要从他们身上发大财了。他把他们玩弄于股掌之间，他知道巴尔托洛梅奥没有生育能力，当然我也知道。”

马基雅维利没料到收获会如此之大，一个精彩的简单计划在他脑海中一闪而过。他觉得不需要再谈下去了，于是他胡乱地拨了拨琴弦。

“你是对的。这是一把优美的乐器，弹弹真是一种快乐。你不愿意让你儿子把它带到国外，我能理解。”

“你真是个富有同情心的人，大人，”她说道，“如果它能给你带来快乐，那么你在这儿的这段时间，我就借给你用吧。我知道，你用起来会很小心的。”

马基雅维利一直在想着如何哄她主动把琴借给他，这下子倒省了不少麻烦。毫无疑问，对付女人他真有一手。遗憾的是，她太老了，憔悴不堪，面色土黄，否则，他倒可以跟她胡侃上一阵。他热诚地向她表示了感谢。

“唱唱我妻子喜欢的那些小曲，真是件令人舒心的事。我们结婚时间还不长，她已有孕在身；离开她真是让人不舍。但是我又能怎么办呢？我是共和国的公务员，必须履行职责，而不能凭个人好恶行事。”

过了一会儿，马基雅维利离开了塞拉菲娜。这时，他已让她确信，他不仅是个显赫人物，一个好丈夫，一个真心的朋友，而且还是一个诚实的、可靠的、富有魅力的男人。

十一

到了约好的时间，公爵的一个大臣，由几个举着火把的人陪着，来请马基雅维利。马基雅维利叫上一个仆人，朝宫殿走去。公爵热情洋溢地欢迎他的到来——真是令人惊讶，因为就在前天晚上他情绪激动地把他赶走了。现在他看起来神采奕奕，漫不经心地提到了圣利奥堡垒被摧毁之事，似乎解决乌尔比诺的问题将不费吹灰之力。紧接着，他以一种亲切而又不可与外人道的方式告诉马基雅维利，他派人把他请来是想告诉他这位共和国的绅士一些他乐于听到的消息——这真是一种恭维，如果马基雅维利对此类恭维比较敏感的话，一定会受宠若惊的。公爵拿出一封刚刚收到的信，信是阿尔勒主教，也就是罗马教皇派往法国的使节寄来的。主教在信中告诉他，法国国王和他的臣下枢机主教都急于向他示好。当得知他攻打博洛尼亚而兵力不足时，他们下令米兰的肖蒙大人给他派遣一支三百人的枪骑兵，由朗克勒斯大人统率；公爵要求朗克勒斯亲自带军前往帕尔马，跟另外一支三百人的枪骑兵汇合。公爵把信的原件给马基雅维利看了，好让马基雅维利作证这封信是真实可靠的。

公爵话语中流露的好心情的由头显而易见。假如他占领了乌尔比诺之后不向佛罗伦萨进军，原因只能有一个——法国人会派兵保卫它。

那么，从这件事中就可以得出唯一的结论：公爵不能指望法国人的援助了。正是对这一点的深信不疑，使得头领们发动了暴乱。但是，如果法国人出于一些只能猜测的原因，再次打算给他提供援助的话，那他的情形就能大加改善。

“现在听我说，秘书先生，”他说道，“为攻打博洛尼亚，我提出了援助要求，这是一封回信。你可以亲眼看到，对付这些无赖，我的力量已经足够强大了——他们现在暴露自己狼子野心的时机可谓再合适不过。我现在很清楚，我要提防谁，以及谁是我的朋友。我把这些告诉你，是想让你写信给你们的执政者，让他们知道，面对狂风暴雨我决不会退缩。我有好的伙伴——其中我要算上执政团——只要他们愿意尽快跟我达成协议，但是如果他们不肯，我们的关系算是永远终结了。到时即使水淹到我的脖子，我也不会跟他们谈论什么友谊了。”

这些话尽管包含威胁成分，但以如此快活和轻松的语气说出来，很难让人觉得遭到了冒犯。马基雅维利说，他马上给执政团写信，把公爵的意思告诉他们。公爵跟他真诚地道了晚安。

马基雅维利回到酒店后，发现巴尔托洛梅奥正在等他。他们点了加糖的葡萄酒。马基雅维利把他拉到一个隐秘的角落向他敬酒，以便使自己要说的话显得更为重要些。他已经想到，即使巴尔托洛梅奥目前对消息尚不知晓，也很快就会知道的。他把从公爵那里获悉的情况都告诉了他，当然免不了要添枝加叶一番。他告诉巴尔托洛梅奥，公爵对他评价极高。当这个胖子问公爵到底是怎么说的时候，马基雅维利毫不费力地把一些“细节”告诉了他。巴尔托洛梅奥听后眉开眼笑起来。

“你现在已经是伊莫拉第一人了，巴尔托洛梅奥大人。只要罗马教皇还活着，只要在公爵的统治下一切繁荣昌盛，你就会成为整个意大利最重要的人物之一。”

“我不过是个商人罢了。我可没有这么远大的志向。”

“科西莫·德·梅迪奇也只是个商人，但他成了佛罗伦萨的统治者，他的儿子‘伟大的洛伦佐’得到的也是国王和君主的待遇。”

巴尔托洛梅奥脸上的表情表明，飞镖击中了靶子。

“大人，听说你妻子怀孕了，是真的吗？”

“对我来说，这是个巨大的喜悦。分娩期是明年的某个时间。”

“你运气比我好！”巴尔托洛梅奥叹了口气，“我有过三个妻子，但谁也没有生下一个孩子。”

“奥蕾莉亚夫人是个结实而健康的年轻女性，怀不上孩子令人无法相信。”

“那还有什么别的原因啊？我们已经结婚三年了。”

“或许你可以带她去疗养地……”

“我带她去过疗养地，没有用的。我们还去了奥维尼奥的慈悲圣母教堂进香，那里有一幅神奇的圣母像，能让不孕女子怀上孩子，但也没效果。你可以想象，对我而言这是一种怎样的羞辱！我的敌人说我不能生育，真是荒谬透顶！没几个人比我更像男人。伊莫拉周围十里之内的每个村子都有我的私生子。”

马基雅维利知道这是个谎言。

“你能想到谁像我这样倒霉运吗？——竟然娶了三个不孕女子！”

“我的朋友，你千万不要绝望。奇迹总会发生的，你确确实实应当得到我们的神圣教堂最虔诚的祝福。”

“提莫窦修士也是这么说的。他天天为我祈祷。”

“提莫窦修士？”马基雅维利问道，装作好像对这个名字闻所未闻。

“我们的告解神父。他告诉我说要有信心。”

马基雅维利又点了些酒。他向巴尔托洛梅奥请教如何跟公爵展开艰苦的谈判，这是一种恰到好处的恭维——通过这种恭维，他使巴尔托洛梅奥又变得兴高采烈起来。接下来，他又给巴尔托洛梅奥讲了几个不雅的故事——这类故事他真是应有尽有。故事讲得绘声绘色，效果颇佳，巴尔托洛梅奥听得大笑不止；到他们分手时，他已断定没有任何人比这个家伙更搞笑了。就马基雅维利而言，这个夜晚还是卓有成效的。他是个节制的人，但也具有坚强的意志，这些酒让巴尔托洛梅奥多少有些醉意，对他根本没有什么影响。他回到房间后，马不停蹄，给执政团写了封长信。在信中他汇报了和公爵的会谈情况，以及公爵目前所掌握的和可以随时调动的军事力量。信一气呵成，没做任何改动。然后，他把写好的信通读了一遍，写得真不错！

十二

瓦伦蒂诺现在习惯于熬夜工作，因而早上总起不来。一天到晚忙得晕头转向的大臣们，正好利用这个时间睡个懒觉。第二天上午到晚饭前，马基雅维利没有什么事情可做，给执政团的信已经送走了，他觉得自己能把事情轻松地处理好。他读了读李维，记下一些感想。接下来，为打发时间，他把借来的鲁特琴拿过来。音色不错，声音洪亮而优美，他一上手就注意到，琴很适合他的男中音。这天天气晴朗，他坐在打开的窗边，享受着令人愉悦的煦暖阳光。不远处，有人在焚烧木材，气味传到鼻孔里，让人觉得浑身舒畅。塞拉菲娜家和巴尔托洛梅奥家之间的小巷子如此狭窄，连一头挂着驮篮的毛驴都不可能挤过去。透过窗户，马基雅维利俯视着这个小小的院落以及里面的井盖和李子树。他唱起歌来。这天早上他的嗓子真好——他越发喜欢上自己的嗓音了。就在这时，他注意到对面的一扇窗户打开了。他没看清是谁开的，甚至没看到固定纸板的手，但是他突然兴奋得战栗起来，因为他确信那个未露真面的开窗者正是奥蕾莉亚。他唱了他最喜欢的两首歌，都是情歌。第三首歌唱到一半儿的时候，窗子突然关上了，好像有人进了房间。这使他有些惊慌失措起来，头脑里疑窦顿生：听歌的或许只是女仆，她不想让女主人看到自己疏于分内事而去听隔壁的陌生人唱歌。吃饭时，他跟塞拉菲娜的谈话让他明确知道，那扇打开的窗户正是巴尔托洛梅奥和他年轻妻子的婚房里的。

这一天晚些时候，他去了宫殿，但既没见到公爵，也没见到任何大臣。碰到那些无所事事而到处闲逛的人，他就上去搭话，问问有什么新消息，他们都说一无所知，但他仍然得到这样一种印象：他们至少已经知道有事情发生了，但不管是何事，就是秘而不宣。很快，他就碰到了巴尔托洛梅奥，后者告诉他，自己跟公爵有个约会，但公爵太忙，没有时间接见自己。

“我们在这里纯粹是浪费时间，”马基雅维利以令人开心的友好态度说道，“去酒店喝一杯吧！或许我们还可以玩玩纸牌。如果你会下棋的话，我们也可以杀一盘。”

“我喜欢下棋。”

在他们去金狮酒店的路上，马基雅维利问巴尔托洛梅奥宫殿的每个人今天都在忙些什么。

“我不清楚。没有人告诉我这些。”

从巴尔托洛梅奥略微不满的语气里，马基雅维利猜到他说的是实话。他自视甚高，结果却发现自己被排斥在公爵的信任圈子之外，这对他而言是一种羞辱。

“我听说，有些事情公爵要保密的话连他身边最亲近的人也将无从得知。”马基雅维利说道。

“公爵一整天都在和大臣们忙活，送信员派了一个又一个。”

“显然是出事了。”

“我听说今天早上从佩鲁贾来了一名信使。”

“信使？不会是化装的吧？”

巴尔托洛梅奥飞快地看了他一眼。

“我不知道。你是不是有什么疑虑？”

“没有。我只是问问。”

很快就到了酒店。他们要了一大瓶葡萄酒，又要来了棋子。马基雅维利是国际象棋高手，很快他就发现，巴尔托洛梅奥根本不是自己的对手，但他故意使局面变得复杂化，并最后输给了巴尔托洛梅奥——他觉得这样才有趣。巴尔托洛梅奥的自尊心得到了满足，自我感觉良好起来。他们端起酒杯时，他准确地指出了马基雅维利所犯的错误，以及他应该采取哪些手段来对对手的策略进行反击。马基雅维利自责自己缺乏预见。在他们返回各自住处的路上，巴尔托洛梅奥说道：

“我岳母说，今天早上她听到你房间里有人在唱歌，嗓子真不错。是你唱的，还是我年轻的表亲皮耶罗唱的呀？”

“皮耶罗的嗓子比我好，不过今天早上是我唱的。卡泰丽娜夫人没有觉得我唱得很糟糕，我感到很开心。比亚焦和我，还有其他一两个人，过去我们常常通过唱歌来打发时间。”

“我的男低音也很好的。”

“皮耶罗唱男高音。我们要是组合起来，那真是棒极了！在你有空时——如果你愿意光临我寄住的寒舍，我将不胜荣幸。我们可以给我们的好朋友塞拉菲娜举行一场小小的音乐会了。”

鱼钩甩得如此漂亮，鱼儿会上钩吗？现在看不出来。

“当然没问题，这会让我重新找到青春的感觉。当我在士麦那时，我还是个年轻小伙儿，我们那些意大利人总是在唱个不停。”

“耐心点儿，”马基雅维利对自己低声说道，“耐心点儿。”

回到房间后，马基雅维利拿出一包油腻的纸牌，玩起了单人游戏。

他一边玩，一边在头脑里反复考虑着巴尔托洛梅奥跟他说过的话，以及他从塞拉菲娜处获悉的情况。他做了一个计划——一个很好的计划，但执行起来需要非常巧妙才行。他对奥蕾莉亚想得越多，对她越加迷恋。他认为自己能“帮助”巴尔托洛梅奥生一个孩子——当然最好是他最渴望的男孩。这个想法让他心里乐开了花。

“这样令人开心的好事儿并不是总能碰上的。”他想。

显而易见，他必须讨好卡泰丽娜夫人，因为没有她的帮忙，他将寸步难行。但麻烦的是，怎样才能跟她尽可能地熟络、亲密起来，怎样她才肯帮忙呢？这是个长相妖媚的女人，他想到可以让皮耶罗诱她上床——皮耶罗很年轻，以她那个年龄，对此会求之不得的。但他随之放弃了这个念头，如果皮耶罗能成为奥蕾莉亚女仆的情人，效果可能更好些。但据说，卡泰丽娜夫人年轻时淫荡成性。马基雅维利有一点深信不疑：当一个女人性魅力不再时，她就会变成老鸨。他认为，性这个东西有种天然特性，能让人间接地感受到它带来的快乐——当他们已过了直接享受它的年龄时。至于巴尔托洛梅奥的面子，她管那么多干什么呢？奥蕾莉亚得有自己的孩子，这才是她所关心的。

那么，提莫窦修士怎么样呢？他是她们的告解神父，这一家人的朋友。或许有必要前去拜访一下，看看他是个怎样的人，说不定这个人是可以好好利用一下的。这时，马基雅维利的冥想突然被敲打百叶窗的声音打断了。他四下看了看，坐在那里没有动。敲窗声又传过来，声音不大，小心翼翼的。他走到窗边，把窗子稍稍打开些。有人低声说出一个名字。

“法里内利。”

“等等。”

“你一个人在吗？”

“我一个人。”

他走到走廊，把门打开。黑暗中他只看到一个人站在那里。法里内利，我们或许还记得，就是佛罗伦萨的那个会计，马基雅维利到伊莫拉的第二天曾跟他见过面。他缩在一个斗篷里，用围巾把脸遮住了，悄悄地走了进来，跟在马基雅维利后面到了客厅。屋里只点了一根蜡烛。他在紧靠着马基雅维利的一张椅子上坐下来，这样他就可以小声地说话，而不用抬高嗓门。

“我有些重要的情况告诉您。”

“说吧。”

“如果我的话对执政团很有价值，他们会不会对我宽大为怀？”

“你尽管放心好了。”

“今天早上，一个信使骑快马来到宫里报告，叛军最终还是签订了联合协议。他们宣誓支持本蒂沃利奥，保卫博洛尼亚，恢复领地内贵族被剥夺的财产，同时约定，任何人都不能跟公爵单独谈判。他们决定招募一支七百人的重骑兵，一百人的轻骑兵，另外还有九千人的步兵。本蒂沃利奥将对伊莫拉发动攻击，维泰洛佐和奥尔西尼向乌尔比诺进军。”

“这是真正的新闻啊！”马基雅维利说道。

他感到既兴奋又激动。这种刺激性事件令他振奋不已。就像个游戏的旁观者，他幸灾乐祸地坐观公爵如何应付眼前的困境。

“还有一件事。维泰洛佐已经通知公爵，如果他能得到保证——自己的领地卡斯泰洛城不被剥夺，他会再次投靠公爵。”

“这个你怎么知道的？”

“反正我是知道的。”

马基雅维利感到困惑。他了解维泰洛佐，这是个阴郁多疑、喜怒无常的人，动不动就暴跳如雷，又时时会陷入深深的忧郁之中。他深受梅毒之害，以至于有时候神志失常。他那扭曲的脑瓜里能搞出什么邪恶的计划，谁会知道？马基雅维利把会计打发走了。

“尼科洛大人，我能信任您替我保守秘密吗？如果有人发现我把我知道的都告诉您了，我就活不成了。”

“我知道。我不是那种把下金蛋的鹅杀掉的人。”

十三

从这时起，形势开始风云突变。听到乌尔比诺发生了叛乱，公爵派了两名头领，唐乌戈·达·蒙卡达和唐米圭尔·德·科雷拉带兵前去平叛，两人都是西班牙人。他们以佩尔戈拉和福松布罗内为指挥部，对周围的领地进行大肆掠夺，洗劫城镇，杀死绝大多数居民。为躲避残暴的士兵，福松布罗内境内的一些妇女把孩子投进了河里，自己也跳了河。公爵让人把马基雅维利请来，极富幽默地把这些"壮举"讲给他听。

"现在这个季节好像不大利于叛乱者的健康呀！"他冷酷地笑着说。

他刚从罗马教皇派往佩鲁贾的特使那里得到消息，特使一到达佩鲁贾，奥尔西尼家族就向他保证，他们是忠于教皇的，并请求原谅他们的行为。马基雅维利想起法里内利告诉他的关于维泰洛佐的情况。

"很难理解他们为什么要那样做。"他说道。

"动脑子想一想吧，秘书先生。这只意味着，他们还没有做好准备，他们做出这种姿态，仿佛和解仍有可能，不过是想争取更多的时间罢了。"

几天之后，维泰洛佐对乌尔比诺发动了袭击，并占领了它。公爵又一次叫人把马基雅维利请来。马基雅维利以为这个坏消息会让公爵感到惊恐不安，但他根本就没提这件事。

“我想跟往常一样和你协商一些事情——这涉及你们的政府，还有我们的一些共同利益。”他说道，“我派了一人去锡耶纳，这是我从他那里收到的一封信。”

他大声读起信来。信来自奥尔西尼骑士——那个高贵的豪门家族的私生子，他是效力于公爵的。他说他已跟叛乱者的领袖们进行了交谈，他们宣布说，他们渴望跟公爵改善关系，并声称愿意重新为公爵效劳，只要公爵放弃攻打博洛尼亚，并和他们合兵一处去占领佛罗伦萨的领土。

“我对你们政府的忠诚是多么精神可嘉。作为回报，你们对我的信任也应该比过去多些才是。你们尽管放心，我不会让你们失望的。”接着又补充道，“你看我对你也是多么的信任。”

马基雅维利不知道这些话有多少可信度。奥尔西尼家族是佛罗伦萨的死对头，当然希望有机会让被驱逐的梅迪奇家族重新夺回权力。他们提出这种要求并非不可能。他只能想到，公爵没有接受这一点，是因为他怕激怒法国人。他现在泄露这个秘密，是为了置共和国于一种义务之下，就是说，共和国会心甘情愿地将有利可图的雇佣权重新赋予他。不久前，他运用武力胁迫执政团花上一大笔钱购买雇佣权，但危机过去之后，他们就撤销了雇佣的约定，让他很是愤怒。一个时期以来，“雇佣权”是指雇佣兵头领的效忠誓约。由公爵来偿付薪水，经过双方一轮又一轮的讨价还价后，他支付他们的工资，当然也从中大赚了一笔。

两天后，叛军向两位西班牙人联合统帅下的公爵军队发动了攻击，并击毁了它。唐乌戈·达·蒙卡达被俘，唐米圭尔·德·科雷拉负伤逃到了福松布罗内的要塞。这不只是一次挫败，更是一场灾难。消息在伊莫拉遭到封锁，因为——正像马基雅维利在给共和国写的信中所描述的那样——在公爵的宫殿里，禁止传播的事情是不可以提及的。但他有自己的办法来搞清对自己重要的事情。消息一传到他的耳朵里，他就来到宫里请求接见。

马基雅维利怀着强烈的好奇心来谒见公爵。他急于想知道公爵现在是什么状态——在这之前，他一直那么信心十足，泰然自若，而现在，毁灭就在眼前。他当然知道他不可能得到敌人的宽恕。但马基雅维利看到，公爵仍然很平静、很快乐。他轻蔑地谈到了叛军。

"我不想自吹自擂，"他说道，"但我等待的是结果，不管结果如何，都将表明他们是什么人，我是什么人。我很了解这些人，这群乌合之众，他们根本不值一提。维泰洛佐享有盛名，但我告诉你，从没见过他做过一件需要勇气的事情。他的借口是他患了法国病，事实上，这是个毫无用处的家伙，只会掠夺那些无防备的领地，只会抢劫那些不敢跟他对抗的懦夫。他是一个不忠实的朋友，一个奸诈的敌人。"

对这个面对毁灭不屈不挠、坚定无畏的人，马基雅维利抑制不住自己的钦佩之情。他的情况岌岌可危，博洛尼亚的领主本蒂沃利奥正在背面发动攻击，维泰洛佐和奥尔西尼挟着胜利的余威，一定正从南面袭来。两面同时遭遇强敌，被歼灭的命运难以幸免。瓦伦蒂诺公爵并非佛罗伦萨的朋友，他的崩溃以及死亡对共和国来说是一种解脱，但马基雅维利却违背了自己的意志，他有一种愿望——也只是愿望而已，他希望公爵能够从当前的困境中脱身出来。

“我收到了来自法国的信。”公爵停顿了一下说，“信中说，法国国王要求你们政府为我提供任何必要的援助。”

“我对此一无所知。”马基雅维利说道。

“哦——这是真的。你给你的执政者们写封信，让他们给我派遣十支骑兵队。你可以再补充一句，我准备跟他们缔结坚固的、牢不可摧的同盟关系，他们将得到我的援助和我的财富，他们能从我这里得到所有的好处。”

“我当然乐意执行阁下您的指示。”

参加会谈的不止公爵一人。现场还有阿加皮托·达·阿马利亚、他的堂兄埃尔纳主教①，另外一人是一名秘书。空气里弥漫着不祥的静默。公爵若有所思地看着佛罗伦萨特使。沉默的气氛加上那双直视的眼睛，会让任何人感到不安，甚至一向从容镇定的马基雅维利，也必须运用自控力来保持镇定自若。

“我从各个渠道了解到，”公爵说道，“你们的政府正敦促博洛尼亚的贵族对我宣战。他们这样做，要么是想把我击垮，要么就是想在跟我缔结条约时获得更有利的条款。”

马基雅维利努力地笑了笑，他那张冷淡得有些严峻的脸上露出了尽可能多的友善。

“我暂时还无法相信，阁下。”他答道，“我收到的信里，从来都是关于教皇和阁下的友好之词。”

“我也不信。但唯有言行一致，友好之词才会更加让人信服。”

① 埃尔纳主教指弗朗切斯科·博尔贾（Francesco Borgia / Francisco Lloris y de Borja，1470—1506）。

“我敢肯定，我们的政府会尽最大努力来展示我们的真诚意图。”

“如果他们的聪明跟他们的磨蹭劲儿一样了不起，他们一定会这样做的。”

马基雅维利的内心在发抖。他有生以来从没有听见过一个人的声音会如此冷淡、如此暴戾。

十四

此后几天，马基雅维利忙于从他的代理人、巴尔托洛梅奥、法里内利以及公爵周围的人那里搜集信息。他无法完全相信任何人，他知道瓦伦蒂诺的亲信们只会给他提供一些他们想让他知道的东西。最让他感到困惑不解的是，叛军头领们没有了动静。公爵的军队——他亲自招募来的，走到哪儿招到哪儿的军队，仍然没有到达。尽管在已经叛乱的领地里，他仍拥有一些要塞，但无法想象他还能够承受得住强有力的攻击。现在到了发动进攻的时刻了，就是现在！然而，他们竟然按兵不动！马基雅维利拼了老命，想破了脑袋也搞不清是什么原因使他们停滞不前。这时又发生的一件事更使他如坠云里雾中：奥尔西尼派了一个使者到公爵的宫廷，头天晚上到，第二天就走了。马基雅维利使出全身解数也无法知晓使者前来有何贵干。

他现在已经收到了执政团对公爵军事支援请求的回函。对所发生的情况他希望能有所了解，于是他请求觐见公爵。他忧心忡忡地去了宫殿，因为他能告诉公爵的仅仅是，佛罗伦萨没有军队可以派遣，他们所能提供的只有对自己的善意的保证。马基雅维利见识过暴怒的瓦伦蒂诺，非常令人恐惧。他做好了准备——要坚强无畏地去迎接狂风暴雨。但当公爵漫不经心地听他带来的消息时，没有人比他更加震惊的了。

“我已告诉过你几次了，今晚我再给你说一次，我不缺乏资源。法国枪骑兵马上就到这里了，瑞士步兵团也快到了。你自己看看，我每天都在征兵。教皇不缺钱，国王也不缺钱。我的敌人很可能会后悔自己的背叛行为的。”

他笑了，冷酷地、狡黠地笑了起来。

“你感到吃惊吗？——他们已经决定求和了。”

马基雅维利努力控制住自己没跳起来。

“安东尼奥·达·韦纳弗罗大人，作为他们的代表，到这儿来了。”

这显然就是马基雅维利听说的神秘访客。他是锡耶纳领主潘多尔福·彼得鲁奇的知己兼可信赖的顾问。一般认为，潘多尔福是谋反者的核心人物。

“他提出建议说，我们应该推翻佛罗伦萨政权，但我回答说，他们的国家没有冒犯过我，而我正要和他们缔结条约。‘绝对不要签约，’他说，‘我先回去，再来时，我们一起做些值得做的事。’我对此的回答是：‘我们已经走了很远了，无法回头。’我再跟你说一遍，尽管我准备听从这些人的建议，但我只是有意迷惑他们，我不会侵犯你们的国家，除非你们逼迫我这样做。”

在马基雅维利起身离开时，公爵随随便便说了一句话，使共和国的特使震惊不已——这很可能正是公爵所期待的效果。

“我随时欢迎帕格罗·奥尔西尼的到来。”

刚才皮耶罗陪马基雅维利前来，现在他正在门卫室里等着，拿着一个灯笼，以便回去路上照明。皮耶罗已经学会对他的主人察言观色了。他一眼就看出，马基雅维利情绪不佳，不想说话。他们就默默地往回走。当马基雅维利脱掉外衣和帽子后，他让皮耶罗把墨水、鹅毛笔和纸张拿来，然后，准备给执政团写信。

“我要上床了。”皮耶罗说道。

“先不要上床，等一等，”马基雅维利说着，靠在了椅子里，“我要跟你谈一谈。”

对公爵的话他不知道应该相信多少，他认为在落笔前把头脑中所想的说出来或许会对他写信有帮助。

“我必须打交道的那些人，每个人都在搞诡计、说谎、骗人，真是令人迷惑不解。”

他用最简答的话，把公爵说的话跟皮耶罗重复了一遍。

“以瓦伦蒂诺的意志、财富和勃勃雄心，他怎么会宽恕那些人的行为呢？——他们不但让他无法得到觊觎已久的国家，而且还使他失去了已掌控的领地。头领们造反，是因为他们想先发制人。他们已经把他完全控制住了，怎么会不再进攻了呢？”

马基雅维利看着皮耶罗，眉头紧锁。但是皮耶罗很敏感地猜出这是个反问句，就没有尝试回答。

“现在，他已加固了要塞，并在重要地带驻防，每一天都有军队开过来。从罗马教皇和法国国王那里他都得到了金钱支持。目前他拥有了巨大的优势，他只需顾及自己，而不需要顾及任何其他人。头领们联合起来是因为他们对公爵充满仇恨和恐惧。他们的联盟是脆弱的，因为大家各自为战，只关心自己的好处，而不是共同利益。军队联盟行动不够迅捷，是因为每个行动都要讨论，一个人的愚蠢、松懈或者无能会让所有人遭殃。他们必然是相互嫉妒的，因为每个人都不希望其他任何人的力量强大起来，否则就会成为以后的潜在危险。头领们一定清楚，到处游走着间谍——几乎可以肯定公爵已经着手这么做了——每个人都变得神经兮兮：不知道下一步被投入狼群[①]的会是谁。”

马基雅维利紧张地咬着自己的拇指指甲。

“这个事情我考虑得越多，我就越相信，叛军们已经无法对公爵构成威胁，因为他们已错过了最佳时机。在这种情况下，妥协可能更值得考虑。”

马基雅维利毫无来由地瞪了皮耶罗一眼，因为皮耶罗没提出任何其他理由——他根本没有开口。

“你知道这意味着什么吗？”

“不知道。”

“这意味着，他们的军队加入公爵军队后，公爵将拥有一股可怕的力量，他可以对其发号施令。这支军队将不可避免地被投入使用，没有人愿意花钱养一支军队而让它无所事事。怎么用呢？对谁用？我怀疑，当瓦伦蒂诺和帕格罗·奥尔西尼面对面时，这些问题就要水落石出了。”

① 这个俗语可能来自一个俄罗斯的民间故事，一对父母带着几个孩子坐雪橇在雪地里遭到狼群的追赶，父亲就把他的孩子一个接一个地扔给狼群，这样他自己就可以安全抵达目的地。所以它的意思是牺牲别人来保全自己。

十五

在意大利，没有一个人会愚蠢到轻信别人，除非眼见为实；安全通行权也不过是写在纸上的东西，因此，教皇的侄子博尔贾枢机主教[1]将自己作为人质交给奥尔西尼家族。两天后，奥尔西尼家族的首领帕格罗化装成信使来到了伊莫拉。这是个自负、饶舌、愚蠢，透着女人气的中年男子，肥胖且微微有点儿秃顶，长着一张光光的圆脸，为人大惊小怪，不拘礼节。瓦伦蒂诺隆重接待了他，为表达敬意，特地为他举行了盛大的宴会，接下来又观看了普劳图斯的《孪生兄弟》的演出。两位领导者进行了长时间的会谈。马基雅维利发现，他们的会谈内容既不关乎友爱也不关乎金钱。公爵手下那些看起来比较友好的大臣对他也是唯恐避之不及。他只能依据阿加皮托·达·阿马利亚说的双方的谈判是早就设计好的，目的只不过是为了不让敌人展开进一步的行动这句玩笑话来进行判断。两支军队事实上都按兵不动，博洛尼亚的军队实际上已经从他们占领的公爵的领地上撤离了。事态的僵持不下让马基雅维利无法忍受，正好他又从佛罗伦萨收到一封信，于是他请求觐见公爵。瓦伦蒂诺躺在床上接见了他。他带着惯有的愉

① 指前文提到的切萨雷的堂兄胡安·博尔贾。

悦态度倾听了执政团的友好声明，然后开始谈论马基雅维利强烈关心的话题来。

“我想我们该达成协议了。”他说，“他们只是想收回自己的领地，别无他求。现在我们在讨论怎样把这件事安排妥当。奥尔西尼枢机主教正在起草协议条款，我们等着看看有哪些内容。至于你嘛——请尽管放心，任何违背你们执政者利益的事情都不会发生，我绝不会允许对他们有任何的冒犯。”

他停顿了一下，再次开口的时候，突然露出一种笑嘻嘻的迷醉神情——可以说，只有那些被娇宠坏了的女子才会这样。

“可怜的帕格罗很生雷米罗 · 德 · 奥尔科的气，谴责他欺压民众，侵吞公款，虐待奥尔西尼家族保护的多位人士。”

雷米罗 · 德 · 奥尔科是最受公爵信任的指挥官之一。正是他在福松布罗内战斗后指挥败军撤退，才拯救了他们，使他们留下性命来日再战。瓦伦蒂诺窃笑起来。

“好像有一次，一个侍童给雷米罗拿酒，结果把酒弄洒了，他勃然大怒，把侍童扔进火里活活烧死了。帕格罗出于某种原因，很关注这个男孩。我答应调查这些指控，如果指控被证实的话，我会给他一些补偿。”

但是又有消息传来，叛乱头领内部远没有达成一致，那些小心谨慎者准备求和，而那些胆大妄为之徒仍决心把战争继续下去。维泰洛佐占领了公爵的福松布罗内要塞，两天后，奥利韦罗托 · 达 · 费尔莫狂风暴雨般夺取了卡梅里诺。这使瓦伦蒂诺在上次战役中占领的领土丧失殆尽。这似乎说明暴徒们开始有意破坏谈判了。帕格罗 · 奥尔西尼被激怒了，但公爵仍然镇定自若。本蒂沃利奥和奥尔西尼家族是他的敌人中最强大的，他知道，如果他跟他们搞好关系，其他人就会听从他们的指挥。帕格罗去了博洛尼亚。等他回来以后，阿加皮托·达·阿马利亚告诉马基雅维利，协议已经签好，只等帕格罗的哥哥奥尔西尼枢机主教的同意了。

马基雅维利感到忧心忡忡。如果事实果真如此，瓦伦蒂诺就准备宽宥叛军们带给他的伤害了；如果他们打算忘却公爵带给他们的恐慌——正是这种恐慌使他们揭竿而起，那只能出于一个原因：他们同意联合攻打第三方——这个第三方要么是佛罗伦萨，要么是威尼斯。威尼斯很强大，而佛罗伦萨则很弱小。它得到的唯一保护来自法国军队，为此它要支付大量的金币，而共和国的国库已经空虚。如果切萨雷·博尔贾协同他的投诚头领们侵入佛罗伦萨的领地，占领其防守空虚的城市，面对这种残酷局面，法国会如何应对？

马基雅维利对法国的印象实在糟糕。经验告诉他，法国人只关注现时的利害，将来的好坏对他们而言无足轻重。当被要求提供援助时，他们的第一个反应就是考虑如何让自己受益，只有得到好处，他们才会表现出忠诚之心。教皇的大赦年给罗马教廷带来滚滚财源；枢机主教们一旦辞世，其财产就会被教皇剥夺，这一有些强制意味的手段使教皇有了越来越多的可操控的财富，因为教堂里的这些贵族们的死亡率是很高的；事实上，已有邪恶之人在传播谣言：罗马教皇陛下发现时不时地、不事声张地、人为地加速一些有点儿拖沓的自然进程是件十分便利之事。在此情况下，如果法国国王因为他的命令没有得到执行而感到被冒犯，那么教皇是拥有足够的财富来平息国王的愤怒的。瓦伦蒂诺有一支装备精良、训练有素的军队；法国国王对出兵攻打一个终究是自己封臣和朋友的人可能有些犹豫不决。马基雅维利越想越觉得狡诈的路易只会接受这样一个局面：获利近在眼前，而危险——毕竟切萨雷·博尔贾的势力将在未来变得不可阻挡——还很遥远。现在，马基雅维利有充分的理由相信，他所挚爱的佛罗伦萨正面临灭顶之灾。

十六

不过，马基雅维利不仅仅是共和国勤快而尽职的公务者，还是一个对肉欲充满贪念的人。一方面，他专注地研究共和国寄来的信函，几乎每天都在认真而准确地撰写报告；在塞拉菲娜家里，或公开或秘密地接见信使、间谍、代理人等；还要前往各个地方——宫殿、市场、熟人家里等，就一些事情进行商讨、咨询；他不断地搜集每一则新闻、每一句流言、每一句闲话，以便得出至少听起来合理的结论。另一方面，他还在寻找时间来执行诱惑奥蕾莉亚的计划。但计划要花钱，而这正是他所没有的。佛罗伦萨政府抠门成性，他的薪资少得可怜，他拿到的钱在离开佛罗伦萨时就花去一大半了。他是个奢侈之人，生活讲究舒适。他不得不预支一些钱给前来取急件的信使，另外，还要打点公爵宫廷里有可能打算给他提供有用信息的各色人等。幸运的是，伊莫拉有一些佛罗伦萨的商人，他们乐意给他垫付一些费用；他写信给比亚焦，让比亚焦给他筹款，有多少要多少，用什么手段都可以——即使坑蒙拐骗也行。这时，一件诡异的事情发生了。会计贾科莫·法里内利，以前来看他时总是在晚上，裹着脑袋，以免被他人发现。这一次，他大白天就出现在门口并要求见他。原来偷偷摸摸、战战兢兢的，现在不遮不掩、兴高采烈起来。没有丝毫耽搁，他就直奔前来的主题了：

“我是受人之托前来的——他是您的朋友，对您的才能推崇备至，他希望您能接受这个小小的心意。”

他从衣服里拿出一个包来，然后放在桌子上。马基雅维利听到了金币相互撞击的叮当声。

“什么东西？”他问道，嘴唇紧咬，眼神冷淡。

“五十达克特[①]。”法里内利笑道。

这不是一笔小数目。对马基雅维利来说，真是雪中送炭呀。

“公爵为啥要送我五十达克特？”

“我没有理由认为这跟公爵有什么关系。是您的一个支持者让我送来的，我代表他前来，而他不想让人知道他的名字。您尽管放心，这件事除了他和我本人，没有任何人知晓。”

“我的‘支持者’和你似乎都把我当作傻子和无赖了吧？把你的钱拿走，谁给你的还给谁。告诉他，共和国的特使不接受任何贿赂！”

“不过，这不是贿赂呀！您的朋友发自内心送给您的——他欣赏您的卓越才华和文学造诣。”

“欣赏我的文学造诣——我真不知道我这位朋友是如何欣赏的！”马基雅维利刻薄地说道。

“他曾有幸读过您出使法国时写给执政团的信，他极力推崇您敏锐的观察力、良好的判断力，您的机智圆熟，尤其是，他喜欢您非凡的文笔。”

“你谈到的这位怎么可能读到秘书厅的案宗呢？”

① 达克特（ducat），曾在欧洲许多国家流行过的金币或银币，币值不一。

“我想，秘书厅里有人发现您的信件极为有趣，就抄了下来，我谈到的这个人呢，冒险得到了它们——这并非不可能。谁都没有您清楚，共和国发给官员们的薪水是多么可怜。”

马基雅维利皱起了眉头，变得沉默不语起来，他在心里自问是哪些秘书把信件卖给公爵的呢？他们的确都待遇菲薄，而且其中一些必然是梅迪奇家族的秘密追随者。当然，法里内利说的话也可能是骗人的话，编造这样一个故事并不是什么难事。法里内利继续说道：

“公爵最不希望您做出违背自己良心或伤害佛罗伦萨的事情。他所希望的是你们双方——共和国和他，能够互利互惠。执政团对您的判断力充满信心，他让您做的只是叫您把他面临的情况告知那些睿智的先生们，呼吁他们达成明智的决策。”

“你不用说了。”马基雅维利说道，他薄薄的嘴唇向上翘起，露出讥讽的笑意，“公爵的钱对我来说没有用处。我会根据确保共和国获得最大利益这一原则，继续向执政团提出建议的。”

法里内利站起来，把装金币的袋子放回衣服里。

“费拉拉公爵的代理人不会骄傲到拒绝接受殿下的礼物的——如果涉及他的主人是否出兵支援殿下的问题的话。如果说肖蒙大人迅速撤出了米兰的法国军队，那不仅是因为法国国王下达了撤军命令，还因为公爵送上了不菲的礼物。”

“这个我很清楚。”

当马基雅维利再次一个人时，他大笑起来。当然，他不会接受这笔钱——这个他连一丝一毫的念头都没有。但要是有了这笔钱，对他而言，将有多么大的用处呀，这样想想还是很有趣的。但在他大笑的时候，一个念头突然浮现在脑海里，他又笑了起来。有一点能够确定，他可以向巴尔托洛梅奥借笔钱，以备不时之需，他会乐意借钱给他的。用他的钱去勾引他老婆，真是绝妙的玩笑！没什么比这更有意思的啦！回到佛罗伦萨后讲讲这个故事，真是极有趣的事！某个晚上，把朋友们召集在一个客栈里，绘声绘色地讲给他们听——他似乎听到了朋友们发出的咯咯的笑声。

“啊——尼科洛，尼科洛，好哥们儿！谁讲故事也讲不过他。真幽默呀，多有趣呀！听他讲故事跟看戏剧一样。”

他已两周没见到巴尔托洛梅奥了。这天中午，他在赴宫廷宴会的路上碰到了他——他是来打探消息的。友好地交谈了几句话后，马基雅维利问道：

“为什么今晚不过来？我们组建一个小合唱队吧。”

巴尔托洛梅奥高兴地说，这是他最喜欢的事了。马基雅维利继续说道：

“我住的房间不大，拱形房顶会发出回声，这是真的，但我们有火盆来御寒，有酒驱逐寒气。一切都会没问题的。”

他吃饭后不久，巴尔托洛梅奥的仆人就带着一封信来了。信中说，他家的女士们不明白为什么没有收到邀请，他们的大房间比塞拉菲娜的寒冷的小客厅更适合开办音乐会。房间里有壁炉，欢快的火苗能让大伙儿暖暖身子。如果他和表亲皮耶罗肯赏光前来吃晚饭，他将不胜荣幸。马基雅维利立马就答应了。

“真是易如反掌。”他心里想。

马基雅维利剃了须，剪了头发，穿上他最好的衣服：一条黑色锦缎无袖束腰长袍，一件天鹅绒袖子的紧身夹克。皮耶罗也穿戴整齐了，不过他的浅蓝色长袍只到了大腿中部，腰上束着一条紫色的腰带，深蓝色的紧身裤裹住了他漂亮的双腿，有袖夹克要比马基雅维利的小，也是深蓝色，一顶紫色的帽子快活地盘踞在他卷曲的头发上面。马基雅维利赞许地看着他。

“皮耶罗，你应该给那个小女仆留个好印象，”他笑道，“你上次说她叫什么来着？尼娜？”

“你为什么希望我跟她上床呀？”皮耶罗笑着问。

“我想你不应该把这次旅行的时间全浪费掉了。另外，这对我也有用处。”

“什么用处呀？”

“因为我想跟她的女主人上床。”

“你？”

皮耶罗惊讶的语气让马基雅维利发了怒，脸气得通红。

“为什么不可以？你觉得很奇怪吗？”

皮耶罗看到主人发火了，有些犹豫起来。

“你已经结婚了，呃——而且和我舅舅一样大。”

“你说话就像个傻子。一个正常的女人总是喜欢正当壮年的男人，而不喜欢啥经验都没有的毛头小子。”

“我从没想过她对你这么重要。你爱她吗？”

“爱？我爱我的母亲，我尊重我的妻子，我也会喜欢我的孩子；但是我想跟奥蕾莉亚上床。可怜的小男孩，你该学的东西太多了。带上鲁特琴，我们走吧！”

尽管马基雅维利脾气暴躁，但他的坏脾气发过去也就算了。他拍了拍皮耶罗光滑的脸颊。

“让女仆保守秘密是很难的哟，”他笑道，“如果你能吻住她的嘴不让她开口，就是帮我的忙了。”

他们穿过那条狭窄的胡同——这是唯一的通道，敲了敲门，一个仆人把他们迎了进去。卡泰丽娜夫人穿着黑色的长外衣，很是漂亮；而奥蕾莉亚穿的是用威尼斯锦缎织成的价格不菲的连衣裙，华丽的色彩使她的胸部显得更加白皙，金色的头发变得更为迷人。马基雅维利觉得奥蕾莉亚比他想象得还要漂亮，的的确确是个可人儿！荒唐的是，她竟让那个四十好几、粗俗不堪、自鸣得意的男人做自己的丈夫！

惯常的恭维话说过了，他们坐下来等着吃饭。马基雅维利和皮耶罗进门时，女士们就一直在忙活着。

“你看，你从佛罗伦萨带来的亚麻布，她们正在忙着呢。”巴尔托洛梅奥说道。

“你喜欢吗，奥蕾莉亚夫人？”马基雅维利问。

“这种档次的料子在伊莫拉是买不到的。”她回答。

说话时，她看了看他，她黑色的大眼睛在他身上停留了一会儿，这使他的心狂跳起来。

“我要拥有这个女人，即使死掉也甘心。”他心里想。当然，他的内心并非完全如此，他的真正想法是，从来没有一个妓女能让他如此渴望上床。

“尼娜和我做的都是劳力活儿，”卡泰丽娜夫人说道，“我们两个负责量、剪、缝，刺绣由我女儿来完成。我做刺绣总是那么笨手笨脚，可怜的尼娜也好不到哪里去。”

“奥蕾莉亚夫人做的刺绣没有重样的，”巴尔托洛梅奥骄傲地说道，“给尼科洛大人看看你今天要织的衬衣图案。”

“哦，我感到不好意思呢。”她非常可爱地说道。

“瞎说。我拿给他看。”

他递过来一张纸。

“她把我名字的首字母嵌了进去，你看是不是很巧妙啊？”

“精巧而优美，真是巧夺天工啊！”马基雅维利说道——那份模仿出来的热情简直惟妙惟肖，事实上，他对这类东西完全是漠不关心的，“我希望我的玛丽埃塔也能有这种迷人才艺和物尽其用的勤奋劲儿。”

“我这个女人既能干又贤惠。”巴尔托洛梅奥深情地说道。

马基雅维利在心里想，他对她的贤惠和能干才没兴趣呢。他进一步想到，丈夫们总认为他们的妻子有种种美德，事实上，他们往往是错误的。

晚饭端上来了。他使出浑身解数竭力表现出最好的一面。他知道自己最擅长讲故事，他逗留法国期间听到了很多关于法国国王宫室里那些绅士淑女们的“麻辣”故事。当他的故事讲得过于露骨时，奥蕾莉亚就显得稍稍有些羞怯，但巴尔托洛梅奥则会狂笑起来，卡泰丽娜夫人也大为开心，不断督促他讲下去。他不禁想到，他正在证明着一点——自己是一个十分受欢迎的客人。他们大快朵颐，尽情享用了一顿美餐。饭后他们大致休息了一下，马基雅维利利用这个时间把巴尔托洛梅奥叫到室外，跟他谈了谈自己的情况，包括个人事务、个人财产等，谈得不无得意。回到室内后，马基雅维利建议他们可以试试嗓子。他给鲁特琴调了调弦，弹了一段欢快的曲调作为前奏。然后，选定了一首他们都熟悉的歌曲。多声部合唱是当时常见的社交才艺，巴尔托洛梅奥唱低音，马基雅维利是明亮的男中音，皮耶罗则是令人愉悦的男高音，他们的表现个个都很精彩，大家都从中获得了美好的享受。马基雅维利演唱了洛伦佐·德·梅迪奇的一首歌曲，[①]其他两人加入了合唱。在演唱的时候，他看了一眼奥蕾莉亚，希望她能看出他只是在为她而唱。当他们视线接触的刹那间，她低下了头，他自以为是地认为，她至少已经注意到了他的内心想法。这是计划的第一步。一个晚上就这样过去了。两位女子以前的生活实在单调乏味了些，今晚的消遣对她们而言是一种难得的体验。奥蕾莉亚闪烁着的、美极了的眼睛里洋溢着欢乐，这很容易看出来。马基雅维利对那双美目观察得越多，他越确信，这是一个内心蕴藏着激情的女人，只是尚未唤醒罢了。他决心要唤醒她。当他们分手时，他觉得有话要说——这话他一直压抑着，只是在等一个合适的机会。他不认为自己是个自负的男人，但他仍由衷地认为这个想法颇具创意。所以现在机会到了，他便开口道：

“巴尔托洛梅奥大人，你说乐意为我效劳，你真是太好了。现在，你说什么话我都相信。”

“为共和国的特使，我可以做很多很多。”巴尔托洛梅奥回答道，他酒喝得不少，即使没有酩酊大醉，也有些醉意朦胧了，“为了我的好朋友尼科洛，我什么都可以做。”

“那好呀，事情是这样的：执政团正在寻找一名讲道者，明年到大教堂为四月斋做布道。他们让我问一问伊莫拉有没有值得信赖的人可以担任这份重要的差事。”

“提莫窦修士。”卡泰丽娜大人说道。

① 洛伦佐·德·梅迪奇有一首关于狂欢节的诗非常有名：“多么美好的青春啊，然而它却转瞬即逝！尽情享受今天的快乐吧，因为明天是个未知数。”

“不要说话，岳母大人，”巴尔托洛梅奥说，“这事非同小可，需要适当斟酌后才可定夺。这件事对于我们的城市来说，可能是荣耀，也可能是耻辱，我们必须确保推荐一名配得上这份荣誉的人选。”

但要卡泰丽娜夫人安静下来并不容易。

“我们城市今年的四月斋就是他在教堂做的布道，全城人都抢着去听呢。当他描述地狱里的灵魂所受的折磨时，那些大男人都痛哭流涕，女人们则晕倒了，一个要临产的可怜孕妇突然感到了分娩的剧痛，尖叫着被带离了教堂。”

“这个我不否认。我是一个务实的商人，但我也会像个孩子一样啜泣。提莫窦修士口才好，措辞讲究，这个没错。”

“这个提莫窦修士是谁啊？”马基雅维利问道，“你讲的很有趣，佛罗伦萨人非常喜欢在合适的时节去做忏悔，这样，在一年的其他时间里，他们就可以心安理得地去欺骗自己的邻居了。”

“提莫窦修士是我们的告解神父，”巴尔托洛梅奥说道——这一情况马基雅维利早就很清楚了，“就我而言，没有他的建议，我不会做任何事情。他不仅是一位可敬人士，而且还是一位智者。啊，就在几个月前，我在黎凡特打算购买一船香料，他告诉我说，他梦到了圣保罗，圣保罗告诉他，那艘船将在克里特岛海岸失事，所以我就没有买。”

“那么船只失事了吗？”马基雅维利问。

“没有。不过，三艘满载香料的轻帆船到了里斯本，结果是香料根本没有了市场。要是我做了这笔生意，那可就赔了，所以结果是一样的。”

“关于这位修士，你讲得越多，我对他越好奇，就越想见到他。”

“早上在教堂里，你很有可能会见到他，如果见不到，就让教堂的看守人把他喊过来。”

“我可以告诉他是你推荐我来的吗？”马基雅维利彬彬有礼地问。

“共和国的特使不需要小城镇卑微的小商人的推荐。跟宏伟壮丽的佛罗伦萨城相比，这个城市根本不值一提。”

“你觉得提莫窦修士这个人怎么样？”马基雅维利转向奥蕾莉亚继续说道，“我不但要了解位高权重、善辨是非的男士——如巴尔托洛梅奥大人，也需要了解谨慎小心、经验丰富的女子——如卡泰丽娜夫人，另外，我还需要了解那些有着年轻人的热情、纯真和敏感，对世界及其危险缺乏认识的人，因为我向共和国推荐的讲道者不仅要召唤有罪者前来忏悔，还要表彰道德高尚者的诚实正直。”

这话说得真是冠冕堂皇。

“在我看来，提莫窦修士是一个断然不会出错的人。我打算在任何事情上都请他给我提供指导。”

“我也打算让你接受他的指导，他的任何建议都有百利而无一害。”巴尔托洛梅奥补充道。

一切进展良好，恰如马基雅维利所愿。他扬扬自得地上床睡觉了。

十七

第二天是集市日。一大早，马基雅维利就带着皮耶罗来到了集市上，买了两对丰满的鹌鹑。在另一家摊位买了一篮子香甜的无花果，这是里米尼的特产，非常珍贵，卖到了整个意大利。他让皮耶罗把这些食物送到巴尔托洛梅奥大人家里去，再捎去一些好话。现在，伊莫拉挤满了陌生人，食物短缺，物价昂贵，他知道他的礼物会大受欢迎的。然后，他前往方济各会教堂。教堂隶属于提莫窦修士所在的修道院，离巴尔托洛梅奥家不远。建筑不小，但造型平庸。里面空荡荡的，只有两三名女子在做祷告；一位在俗修士，显然是看门人，正在扫地；一位男修士正在一个祈祷室的圣坛周围踱来踱去。马基雅维利匆匆瞥了一眼，看出他是在佯装忙碌的样子，他想这个人肯定就是提莫窦修士了。卡泰丽娜夫人已经告诉过他马基雅维利将前来拜访一事。

“打搅了，神父，”他有礼貌地微微弯了弯腰，“我听说您的教堂里幸运地拥有一幅神奇的圣母画像，我极想在她的圣坛面前点上一支蜡烛，这样她就会保佑我亲爱的妻子了，她现在怀孕了，正承受着生育之苦。”

“大人，画像在这里，”修士说，“我正要给她换面纱。我喊不来修士们来保持她的清洁、整齐，信徒们不再来圣母祭坛前祷告了，他们为此还感到奇怪。我记得以前这个祈祷室里有几十份贡品，现在连二十份都没有了。这是我们自己的过错，我的修士们不懂的。”[①]

马基雅维利挑了一支大个的蜡烛，慷慨地付了一弗罗林[②]，修士把它插在一个铁制的烛台上点燃了，马基雅维利在旁边看着他。一切做好了，马基雅维利说道：

“神父，我想请您帮我一个忙。我有事想找提莫窦修士私下谈一谈，如果您告诉我能在哪里见到他，我将感激不尽。”

“我就是提莫窦修士。”修士说道。

“不可能吧！真是老天帮忙。我来到这里，碰到的第一个人就是我正要找的，真是奇迹！”

“上帝的意旨是不可预测的。”提莫窦修士说道。

修士中等身材，体型稍胖，但胖得恰到好处，并不令人生厌。在马基雅维利冷静的头脑看来，天主教的戒律要求他斋戒他才会斋戒，至于暴饮暴食这种显而易见的恶习，他才不管呢。提莫窦有着一张漂亮的面孔。这使人想到罗马的一个皇帝，他的堂堂相貌并没有被豪华奢侈的生活和至高无上的权力扭曲，但脸上仍显露出纵欲过度的迹象，这也导致了他最终遇刺身亡。这种人马基雅维利并非不熟悉。从他厚厚的红嘴唇、突兀的鹰钩鼻和漂亮的黑眼睛里，马基雅维利读出了修士的野心、狡诈和贪婪，但这一切被假装出来的好性情和单纯的虔诚掩盖住了。至于他为什么对巴尔托洛梅奥和他家里的女人产生如此大

① 这段话改写自马基雅维利《曼陀罗》第5幕第1场。

② 弗罗林，1252年佛罗伦萨发行的金币，金币的一面铸有该城的守护圣徒施洗者约翰像，另一面铸有该城的百合徽标。佛罗伦萨金弗罗林在贸易界普遍被认为具有坚强的后盾。

的影响，马基雅维利是再清楚不过的。他本能地感觉到，这个人他是可以对付的；他对修士怀有恶感，对他而言，他们不是傻瓜就是恶棍，至于这一个——一定是恶棍了，他还是要小心应付才是。

“我要告诉您，神父，我的朋友巴尔托洛梅奥大人在我面前一直对您赞不绝口。他对您的品德和才干推崇备至。”

“巴尔托洛梅奥大人是教堂忠实的儿子。我们的修道院很穷，多亏了他慷慨解囊。不过，人人，我能否有幸对您了解一二？”

马基雅维利知道修士对此是很清楚的，但他还是庄重地做了回答：

“我应该给您介绍一下的。我是尼科洛·马基雅维利，佛罗伦萨的公民，第二秘书厅的秘书。”

修士深深鞠了一躬。

“能跟如此了不起的国家的特使交谈，真是不胜荣幸。”

“您让我有些不解了，神父，我只不过是一个有着各种人性缺点的人。我们可以私下好好聊一聊吗？”

“为什么不在这里聊呢，大人？教堂的看门人全然是个聋子，又蠢笨得像骡子一样，你看到的那三四个妇女，她们正忙于祷告，根本听不到我们说什么；再说，她们都很无知，就是听到了也不知道我们在说什么。”

他们在祈祷室里的祈祷凳上坐下来。马基雅维利告诉提莫窦修士，执政团委托他找一名讲道者，到大教堂为四月斋做布道。修士那张罗马人特有的脸上没有任何表情，但马基雅维利还是感到了他内心的戒备，这让马基雅维利确信，昨晚的谈话内容他早已得知了。马基雅维利把执政团的要求给他做了说明。

“他们很紧张这并不奇怪，”马基雅维利说道，“他们不想再犯吉罗拉莫·萨沃纳罗拉修士那样的错误。[①]劝服人们去做忏悔自然是对的，但佛罗伦萨的繁荣靠的还是商业，执政团不会让人们的忏悔行为阻挠了和平或干扰了贸易。过度地讲究道德如同过度的邪恶，对国家都会产生危害。”

“我好像记得这是亚里士多德的观点。”

“啊——我看，您跟其他一般的修士不同，您是受过教育的。这是一件好事。佛罗伦萨的民众头脑敏锐，富有批判精神，对那些缺乏学识的讲道者，不管他们是多么口若悬河，他们都是没有耐心的。”

“我的很多教友都无知得惊人，的确如此。”提莫窦修士沾沾自喜地说道，“如果我的理解没错的话，你是想征求我的意见，看看在伊莫拉谁能配得上你谈及的这份荣耀。这个问题需要考虑，我得好好想一想，我必须好好打听一下。”

“您真给我帮大忙了！从巴尔托洛梅奥大人和他家的女士那里，我得知您是一个睿智过人、极富正义感的人。我肯定您会给我一个公正的看法的。”

“巴尔托洛梅奥大人家的女士们都是圣徒。这是她们如此看好我的唯一原因。”

“我现在住在塞拉菲娜夫人家里，就在巴尔托洛梅奥大人家后面。如果能够邀请您明天晚上跟我们一起吃顿便饭，那我们就可以继续讨论这个话题了。能和您一起吃饭，我的房东塞拉菲娜夫人也会极其高兴的。”

提莫窦修士接受了这份邀请。马基雅维利回了家，顺路拜访了巴

① 佛罗伦萨刚刚经历过萨沃纳罗拉的神权专制统治。

尔托洛梅奥，向他借了一笔钱。他解释说，他在伊莫拉承担的使命花费巨大，但执政团提供的费用还没有寄到。就佛罗伦萨政府的一毛不拔他口若悬河地大肆渲染了一番，还抱怨道，为维持地位的尊严以及偿付信息费用，他不得不自掏腰包。但巴尔托洛梅奥打断了他的话。

“亲爱的尼科洛，”他用快乐的语气说道，“在这儿的宫廷里，不花钱想办事是不可能的，这个你不需要说明。为了你，为了你们的执政团，我乐意为你提供所需的一切。你需要多少？”

马基雅维利很是惊讶，但很开心。

“二十五达克特。”

“就这么点儿？等一等，我马上给你。”

他离开了房间，过了一会儿，带着钱回来了。马基雅维利开始懊悔钱要得少了。

“如果还需要钱，不要犹豫，跟我要好了。”巴尔托洛梅奥笑眯眯地说，“你得把我看成你的银行家才是。”

“笨人难聚财啊！”马基雅维利在回住处的路上心里这样想。

十八

提莫窦修士前来吃饭了。马基雅维利让塞拉菲娜买来了全城最美味的食物，修士几乎不用劝就放开肚皮大吃起来。马基雅维利不时地把他的酒杯添得满满的。晚饭过后，他领着修士到了客厅，这样他们就可以不受干扰地倾谈了，他让仆人去再拿一大壶酒来。

“现在让我们言归正传吧。”他说。

提莫窦修士告诉他，他们的谈话内容他已认真考虑过。他向他推荐三名教士，三人在伊莫拉都享有一定声誉。他如实地提及他们各自的长处，在对他们大加褒扬的同时，他又以让马基雅维利艳羡的巧妙手法融入了对他们的轻蔑——这就恰到好处地否决了自己的推荐。马基雅维利温和地笑起来。

“神父，您诚恳而公正地谈到了这几位杰出的教士，这正是我所期待的，但是，您遗漏了另外一位，他的才干和虔诚——根据各方面所说，都远胜过以上几位。”

“那是谁呢，大人？”

“提莫窦修士。”

修士装出惊讶的样子，几乎跳了起来。

“真会演戏啊！”马基雅维利心里想，“讲道者必须要有表演的天赋，但是如果执政团真的让我找一位，我可不愿意推荐这个无赖。”

“你在开玩笑，大人。”

“这样一个重要的话题，您怎么会认为我在开玩笑呢，神父？我可一直没闲着。我已经了解到，在伊莫拉没有任何一个讲道者能像您在今年四月斋做布道时那样深入人心。我被告知说，您口才非凡。我还知道，您嗓音悦耳而优美，仪态庄严。我们交流的时间不长，但我已发现，您睿智、机敏，有着良好的修养。我敢肯定，只有像您那样拥有一流的学识的人，才会对神父们了如指掌。”

“大人，你让我搞不懂了。执政团要的是声誉卓著的教士，而我不过是一个地方城市的贫穷修道院的小修士。我既没有高贵的出身，也没有显赫的朋友，谁会推荐我呢？我从心底感谢你对我如此高的评价，但是你赋予我的荣誉让我受之有愧。”

“这应该交由那些比你自己更了解你的人来判断才会更为准确。”

马基雅维利心里甚为得意。他喜欢看到修士装模作样扮谦虚，他用他敏锐的眼睛，从修士的内心深处看出了他的贪婪和野心。有这样一个诱饵摆在那里，他肯定可以让他做任何事情。

“我如果没有告知您我在佛罗伦萨算不上什么重要人物，那我觉得我不是一个诚实的人。我只能提出建议，最后的决定将由执政团的先生们做出。”

“我无法想象他们会不重视派往罗马涅和瓦伦蒂诺公爵大人的特使的建议。”提莫窦修士讨好地笑了笑，说道。

“我们新的终身正义旗手皮耶罗·索德里尼是我的朋友，这没有错。不客气地说，他的弟弟沃尔泰拉主教对我的诚实和良好判断力，也是很有信心的。”[1]

这句话让马基雅维利很自然地打开了话匣子。他告诉修士，当时他正陪同枢机主教——那时还只是主教——前往乌尔比诺抗议维泰洛佐袭击阿雷佐，他接到命令去出使切萨雷·博尔贾；[2]接着他又很自然地描述了他在跟比萨的战争期间以及出使法国期间的活动。他小心翼翼地把在这些活动中他所起的作用降到最小，但又设法给修士暗示，他才是幕后的操纵者。他以一种非常熟悉的语气谈到了国王和主教、君主和将军，说得轻松自如、妙趣横生。这就巧妙地让他的倾听者确信，他得到了意大利和法国重要人物的支持。对他而言，国家的秘密无所谓秘密。他知道的要比他所提到的多得多——这一点只有傻瓜才会怀疑。提莫窦修士听得人整个都蒙了。

“啊——大人，你不知道，跟你这样头脑聪慧、经验丰富的人交谈，对我来说意味着什么，简直是希望之乡的惊鸿一瞥哪！我们住在单调乏味的小城市里，对这个世界孤陋寡闻。伊莫拉没有一个文化人，也没有一个杰出人士。我们的智力——如果我们还有点儿智力的话——也已锈迹斑斑了，因为根本没有机会拿出来运用。我们需要约伯[3]的耐心，才能忍受得了民众的愚蠢，我们不得不生活在这些人中间。”

“神父，根据我对您的了解，以及我所听到的一切，我不得不承认，像您这样天赋异禀的人生活在这样一个地方，确实是莫大的遗憾。耶

① 这一点倒是事实，弗朗切斯科·索德里尼与马基雅维利的通信充分说明了他对马基雅维利的欣赏。

② 那是三个月前马基雅维利首次出访切萨雷·博尔贾（1502 年 6 月）。

③ 约伯，《圣经》中的人物，历经危难，仍坚信上帝。

稣关于才干的寓言[①]对您的召唤，并不需要我来提醒。”

“这个我一直在考虑。我的才能都掩埋在土里了，如果上帝问我，我的才能到哪里去了，我将无言以对。”

“神父，为人提供机遇是对他人之至善；但他必须知道怎样抓住机会。”

“谁会为一个籍籍无名的教士提供机会呢？”

“我是您的朋友，神父，我愿用我这点儿微不足道的影响力为您效劳。当我把您的名字讲给沃尔泰拉主教听时，您就不再默默无闻了。依您的性情让您毛遂自荐并不合适，但我跟我们的好朋友巴尔托洛梅奥谈谈这事儿，没有什么不可以的。我可以劝他给佛罗伦萨的某些权贵写信，就说是他自己的主意，对此我基本是有把握的。”

提莫窦修士笑了。

“我们亲爱的巴尔托洛梅奥！他就是善意的化身。但不可否认的是，他的头脑有些简单，他不能够将蛇的狡诈和鸽子的纯洁融为一体。”

由此，马基雅维利将他们的谈话引到了他所瞄准的节点上。他给空酒杯又添满了酒。火炉暖暖的让人身心舒畅。

“巴尔托洛梅奥是位非常可敬的人士。我常常感到百思不得其解的

---

① 亦即塔兰特币寓言（The Parable of the Talents）：一位主人在出门前，让三位仆人保管自己的财产，第一位仆人拿到了五个塔兰特币，第二位拿到了两个塔兰特币，第三位只拿到了一个塔兰特币。得到五个塔兰特币的仆人立即将钱投入使用，并又获得了五个塔兰特币。得到两个塔兰特币的依葫芦画瓢，也获得了两个塔兰特币。然而获得一个塔兰特币的仆人跑去在地上挖了一个洞，把钱藏了进去。主人回来后夸奖了前两位仆人，惩罚了第三位仆人。“塔兰特”是古代的一种货币单位，其英文 talent，又有“才干、才能”之意，此故事寓意是教导人们好好利用自己的才干。参见《马太福音》25：14—30。

是，商业人士能够成功地进行商业事务的同时，却对世俗人情不甚了了。我并不会因为这个原因而减少对他的尊重，相反，我会尽力帮他获得利益。神父，您对他有着重要的影响力。”

“他人很好，经常就一些小事来咨询我。”

“在任何情况下，他都表现出一种天生的良好判断力。这样一位优秀的可敬的人士，最大的心愿竟然不能够达成，真是令人感到伤心！”

提莫窦修士狐疑地看着他。

“你一定知道——我是知道的，为生个儿子，他愿意拿出一半的财产。”

“这件事让他着了魔，他几乎不谈别的事情了。我们曾向神奇的圣母祈祷，但没有结果，他迁怒于我们，因为我们的祷告没有让他得到所期待的结果；他太不切实际了。这个可怜的人不能生育。”

“神父，我在离佛罗伦萨不远的地方有一座小庄园，为了增加一点儿收入——我从执政团领到的薪水太可怜了，我通过销售树林的木材以及耕种土地力所能及地挣些钱。我养有奶牛，有时候碰巧还有公牛。有的公牛看起来强壮健康，但不知什么原因，会患上跟可怜的好朋友巴尔托洛梅奥相同的病症。这时，我就会把公牛杀掉卖肉，靠这个收入再买一头。”

提莫窦修士笑了。

“可这样的方法不能用到人的身上。”

“也没必要。但理论上说得过去。”

修士过了一阵子才彻底搞清楚马基雅维利的意思。他听懂了他的话，又笑起来。

“奥蕾莉亚夫人是一位贤妻，她得到了来自母亲和丈夫严密的保护，尽管他们的初衷并不相同。巴尔托洛梅奥还不至于愚蠢到不清楚，他这位年轻貌美的妻子对于城里那些浪荡青年来说，是一个诱惑。卡泰丽娜夫人长期生活在贫困之中，她不会让女儿因行为不检而失去一个舒适的家庭，所以她让女儿处处小心。”

“但是，情况很可能是，一次不检的行为却带来最大的安全。如果卡泰丽娜夫人有一个外孙绕膝的话，她的地位将会更加巩固。”

“这个我不否认。现在，公爵已经把自己的庄园赏赐给他，并授以相配的爵位。巴尔托洛梅奥比任何时候都渴望有一个继承人。他家的女士们已经发现，他在考虑收养他的两位外甥。他在弗利有一位寡居的姐姐，她极乐意把两个儿子过继给他。但她不愿意跟儿子分开，于是提出一个条件：要他把她及两个儿子一起接到家里。”

“母亲自然是不愿跟儿子分开的。”

“的确如此。但考虑到以后的情况，卡泰丽娜夫人和奥蕾莉亚夫人感到不快。她们看到她们的景况将受到威胁。奥蕾莉亚夫人没有任何嫁妆。巴尔托洛梅奥为人软弱，头脑愚蠢；科斯坦扎夫人，就是两位养子的母亲，会把一个妻子的影响力毁坏殆尽的，而且丈夫出于虚荣心认为她生不出孩子。卡泰丽娜夫人恳请我劝阻他这样做，该做法会给她和她的女儿都带来太多的危险。”

“他咨询过您了吗？”

“他自然问过我。”

“您是怎么建议他的？”

“我把这件事拖下来了。他姐姐在弗利的告解神父是多明我的神父，如果她到这里来，她极有可能选一个同类的神父。我们不是多明我的朋友。[①]巴尔托洛梅奥的慷慨大方让我们亏欠他太多，如果科斯坦扎夫人利用他对我们的失望，而使他把好意施予他人，那将是不幸的。”

“对于您现在情形的艰难，没有人比我看得更清楚，亲爱的神父。唯一可行的就是我建议的方法。”

“你有没有想到，那样做在某种程度上是一种过错呢，大人？”修士宽容地笑一笑，说道。

“是一个小过错，神父。但它带来的好处是极多的。您可以为一位可敬人士带来幸福，给两位女士带来安全，她们的虔诚值得您为她们提供帮助，最后，也是相当重要的一点是，您可以为您的会友们保留住一位慷慨施主的丰厚捐赠。让我来提醒您《圣经》里的一些内容就太放肆了，但我还是斗胆给您提出，如果撒玛利亚的那个女子没有跟人发生私情，我们宗教的创始者就绝不可能有机会宣讲这些关于忍耐和宽恕的教条，这些宣讲对我们这些可怜的罪人有着难以估计的价值。”

“这个说法很有意思，大人。”

“神父，我是一个凡人。有一点我不想跟您掩饰，奥蕾莉亚夫人的美貌让我神魂颠倒，如果我得不到的话，就只有死掉了。”

“你希望为巴尔托洛梅奥谋到好处，让他家的两位女士感到心安，你这样做不会仅仅是因为你心肠好吧——我可不这么认为。”提莫窦修士漠然地说道。

---

① 作为天主教最大的两个托钵僧会，圣方济会（小兄弟会，圣弗朗西斯创立）与多明我会（布道兄弟会，圣多米尼克创立）互有竞争，提莫窦修士属于圣方济会（参见本书第十七章）。

“你们的修道院已经够破了，您一定希望有人为你们慈善捐助吧。我愿意捐献二十五达克特，只要您能确保助我一臂之力，神父。”

马基雅维利注意到，提莫窦黑色的眼睛里闪烁着贪婪的光。

“何时？”

“现在。”

马基雅维利从里面的口袋里掏出一袋子钱，往桌子上随便一扔。金币撞在木制的桌面上，发出悦耳的叮当声。

“大人，你的谈话如此迷人，行为如此慷慨，我对你已深有好感，”修士说道，“只是，我不知道如何为你效劳。”

“我不会让您做任何违背良心的事。我希望您能做一下安排，让我能私下和卡泰丽娜夫人谈一谈。”

“我觉得这没啥坏处，但不会有太大作用的。巴尔托洛梅奥是一个傻子，但他也是一个优秀的商人，不会做无谓的冒险。如果事务不能让他脱身，他会让仆人去保护奥蕾莉亚夫人，以免那些寡廉鲜耻的好色之徒的纠缠。”

“这个我很清楚。不过，我们的老好人巴尔托洛梅奥毫无保留、理所当然地信任您。他曾带奥蕾莉亚夫人去洗过温泉浴，还带她到圣祠进过香——据说，那里的圣人具有神奇的能力，能让女子摆脱不孕的诅咒。拉文纳有一个石棺，里面装有圣维塔莱的遗骸。如果好人巴尔托洛梅奥由仆人陪着到那里过上一夜，在石棺前做祈祷和冥想的话——我建议您一定要保证奥蕾莉亚夫人必然会怀上孩子的。”

“圣维塔莱显然是一名了不起的圣徒，否则不可能以他的名义建一座教堂；不过，你怎么会认为他的尸骨能够治好男人的不育症呢？”

“圣维塔莱这个名字本身就有强烈的暗示意义[①]，当然，巴尔托洛梅奥对这位圣人的神奇法力的了解并不比你我强到哪里去。一个即将溺水身亡的人会抓住任何一根救命稻草的；再说，拉文纳离伊莫拉不过区区二十英里远。为达成自己孜孜以求的心愿，您认为我们的朋友会顾虑这点儿小小的距离吗？”

“让我反过来问你一个问题，大人。你为什么认为奥蕾莉亚夫人——一位贞洁而胆小的妻子，会对你的追求做出回应呢？你对她的渴慕向她表白过了吗？”

“我跟她就说过几句话，不过，只要她跟其他女人没有多大区别，她就会很明白。女人通常都有两个缺陷：好奇心和虚荣心。”

“都是小毛病。”修士说。

“但它们往往比激情更能让那些漂亮的人儿偏离道德的轨道。”

“这个我就不太懂了，我的习惯让我远离这类事情，对此我感到高兴。”

“当你取得了重要的成就，获得了应有的地位，那时你就会明白，要增强在人群中的影响力，你应该去顺应人们的不足，而不是试图去培养他们的美德，或鼓动他们做坏事。”

“你的计划很巧妙，你可以说服卡泰丽娜夫人去帮助你，这个我不怎么怀疑——为了不让巴尔托洛梅奥收养他的外甥，她什么都可以做。但对于奥蕾莉亚夫人，我对她太了解了，我认为，你或者她的母亲，都不可能劝服她犯下这种极大的过错。”

① Vitale是生命的意思；圣维塔莱教堂是拉文纳非常著名的教堂，建于罗马帝国查士丁尼时代。

“这并非没有可能。很多东西，远看很是怪异、吓人，但当你走近了，它们就显得自然随性、合情合理了。我想不出有什么原因会让我认为，奥蕾莉亚夫人比绝大多数女人更聪明。你不妨跟她这样解释：好事必然发生，坏事不一定发生，因担心发生坏事而不敢去做好事，这种想法是愚蠢的。必然发生的好事就是，她将怀上孩子，并因此创造出不朽的灵魂。坏事是，她有可能被人发现，但只要防范得当，被发现的可能性是可以排除的。至于罪过，哦——这没什么呀，罪过只是意志的罪过，与肉体无关。让丈夫郁郁寡欢，这倒是一种罪过。如果这件事能做成的话，就可以让丈夫开心。不管做任何事，结果都是必须要考虑的，这里，结果就是在天堂里占据一席之地，让她的丈夫心想事成。”①

提莫窦修士看了看马基雅维利，没做回答。在佛罗伦萨人看来，他是在用意志抑制自己，以免笑出声来。修士把目光移开，让视线落在了桌子上的那袋金币上。

“大人，执政团把你派来见公爵，我肯定他们是很审慎的，”他最后说道，“我可能会谴责你的意图，但对你的精明我却是很赏识的。”

“对恭维话我是很清醒的哟。”马基雅维利答道。

“你得给我一点儿时间，让我好好考虑一下这件事。”

“最好还是相信您的一时之念，神父。不过，不好意思，我要到院子里去方便一下。我觉得你们这里的酒导尿效果真好。”

马基雅维利回来后，修士还坐在原处，但桌上的金币不见了。

“卡泰丽娜夫人会在周五带着女儿来做忏悔，”修士看着保养良好的双手说道，“奥蕾莉亚夫人在忏悔室做忏悔时，你就有机会跟她说话了。”

① 这段话改写自马基雅维利《曼陀罗》第3幕第11场。

十九

一个难得的求爱机会出现了，马基雅维利逮了个正着。除非不得已，他一般起床较晚。在他跟提莫窦修士谈话后的第二天早上，太阳早就升起来了，他才翻身下床，穿上衣服，走进厨房，吃了塞拉菲娜给他做的简单早餐。然后来到院子里，从井里汲出些水来，哆哆嗦嗦地洗过了手和脸。他又回到自己的房间，拿了几份要看的文件，把窗子掀起来，看了看天气。突然，他看到女仆尼娜正拿着一把椅子和一个脚凳走出房门，来到巴尔托洛梅奥家的房顶上。过去一段时间，天一直阴着，时不时还落点儿阵雨。但这天早上，太阳明晃晃地照耀着，天上没有一丝云彩。他在猜想，尼娜上来干什么呢？很快，奥蕾莉亚也到房顶上来了，她穿着一件棉晨衣，手里拿着一顶大草帽。他猜得没错，奥蕾莉亚利用这个好天气来晒头发了。她坐在椅子里，女仆用手捧起她的金色长发，把草帽套进去——帽子没有帽顶，只有大大的帽檐，然后把帽子戴在奥蕾莉亚的头上，让头发披散到帽檐上。这样，阳光就可以照在上面，染发颜料使头发越发明亮起来。

马基雅维利改变了计划。他把手头的文件扔到一边——以后找一个更合适的时间再看。他拿起鲁特琴，爬上了楼梯，来到塞拉菲娜的房子上层的敞廊上。他上来时，女仆忙自己的事情去了，敞廊上只有奥蕾莉亚一个人。草帽宽大的帽檐遮住了她的视线，她没有看到他。事实上，她正专心致志于把自己的头发改造成一个完美的遮阳物而毫无他顾。不过，当他敞开喉咙开始唱歌时，她还是吃了一惊。她抬了抬帽檐，目光漫过两座房子之间的狭窄空间，马基雅维利还没来得及捕捉到她的视线，她的目光就又垂了下去。他唱了一首短小的情歌，仿佛唱给自己听一般。根据此时的流行时尚，他的演唱主题是丘比特和他的金箭，爱人的眼睛遭遇重创，以及无须思念爱人时才能感受到快乐等。他把奥蕾莉亚纳入自己的掌控之中了。出于羞涩，她本想离开这里的，但为了不让染发颜料脱落，必须要晒一下阳光。但他觉得，用牺牲相貌来保持谨慎的行事风格，并不符合女人的特性。如果她对他的钟情本来还不甚明了的话，现在看来已经再清楚不过了。这样的机会短期内不可能再次出现，所以，他认为不妨把自己对她的感觉表达得更明确一些。他曾给一个叫费尼切的女人创作过一首小夜曲，开头是这样唱的："啊，女郎！你是如此非同凡响。"接下来，他把她称为世间少有的丽人，一个完美的人儿，浑身散发着迷人的魅力。把"哦，独一无二的费尼切"改成"哦，独一无二的奥蕾莉亚"，真是再简单不过的事情了，也无需考虑韵律的问题。[①]马基雅维利拨了拨琴弦，伴着优美的旋律，用朗诵调把歌词吟诵了出来。奥蕾莉亚安安静静地坐着，宽大的帽檐和铺展的长发把她的脸庞遮住了，但马基雅维利知道，她正专注地听着，这正是他求之不得的。不过，他刚唱了两个小节，奥蕾莉亚就举起一个小铃铛晃了晃——显然是叫女仆过来。马基雅维利

① 马基雅维利确实写过一首爱情小夜曲，但已经无法确定他是写给谁的，这里的"费尼切"(Fenice)可以译为凤凰。

停了下来。尼娜过来了，奥蕾莉亚没跟她说什么话，就从椅子上站起来。尼娜把椅子搬到房顶的另一处，奥蕾莉亚走过去坐下，尼娜也坐在脚凳上，两人开始交谈起来。马基雅维利猜想，在他离开以前，奥蕾莉亚都会让女仆陪着她的。他没什么不满意的，走下楼梯，回到自己的房间，从锁着的柜子里拿出文件，很快就把注意力集中在一封写给执政团的信上了。

到目前为止，一切进展良好!

二十

他不习惯于参加教堂的各类活动，但周五这天，他一直等到晚祷结束，一小群信徒出来了，他才走到圣殿里去。他来得不早不晚，正好看到提莫窦修士进了忏悔室。过了片刻，奥蕾莉亚也跟着进去了。卡泰丽娜夫人一个人在一个小祈祷室里等着。马基雅维利走过去坐到她身边。看到他，她没有露出丝毫的惊讶。他想，修士不可能没告诉她，她正等着他呢。无论如何，投石问一下路没什么不可以的。他跟她说，他不可救药地爱上了她的女儿，请她把他的爱慕转告于她。卡泰丽娜夫人听了，不但看起来没生气，还被逗笑了。她告诉马基雅维利，想破坏她女儿贞洁的人，他可不是第一个了，但没有一个得逞的。

“她是在我的严格管束下长大的，尼科洛大人，在我打发她上了巴尔托洛梅奥的婚床那晚以前，她还是一个纯洁的处女啊。结婚后，她始终是一个忠诚而尽职的好妻子。”

“如果我得到的信息确实可靠的话，她一直没有机会扮演除此之外的角色。”

卡泰丽娜夫人低声笑了起来，笑声跟鸨母有几分相似。

“尼科洛大人，你的阅历够丰富了，你应该知道，如果一名妻子想欺骗丈夫的话，他是防不胜防的。”

“历史上这样的例子不可胜数，卡泰丽娜夫人，通过跟你交流，我觉得你是一个可以开怀畅谈的人。”

她稍稍转了一下头，认真地看着他。

“尼科洛大人，我的一生遭遇过重大的不幸。在生命的大海上，我曾被东抛西掷。现在，我终于找到了安全的港湾，我不希望再碰到狂暴的天气。”

“我很能理解，但你能肯定，你的锚下稳了吗？你的系泊绳拴紧了吗？”

卡泰丽娜夫人没有回答，马基雅维利感到了她沉默中的不安。他继续说下去。

“如果奥蕾莉亚夫人不能尽快生一个巴尔托洛梅奥日思夜盼的继承人，他会去收养科斯坦扎夫人的两个儿子的，我这个猜想没错吧？”

卡泰丽娜夫人仍然没做回答。

“卡泰丽娜夫人，你的人生经验已经很丰富了，无需我告诉你你现在的情形如何，你女儿的情况也一样。”

两行泪水从卡泰丽娜夫人的脸颊上慢慢流了下来，马基雅维利满怀善意地拍了拍她的手。

“紧急情况需要紧急手段。”

卡泰丽娜夫人沮丧地耸了耸肩。

“就算我能够消除奥蕾莉亚的担心，也没机会呀！”

“你女儿讨厌我吗？”

“你能逗她发笑。”卡泰丽娜夫人说道，“男人的诙谐如同他们英俊的面孔，常常赢得女人的好感。”

“你这样的女人我喜欢，卡泰丽娜夫人。如果机会出现，我们共同的心愿能够得以实现，而没有任何风险的话，那我可以指望你帮一下忙吗？”

“要消除掉的不仅有我女儿的恐惧，还有她的顾虑。”

“这些以常理度之是想不出办法的，我们可以放心地交给提莫窦修士来处理，他是一个了不起的人，而且不喜欢多明我会的人。”

卡泰丽娜夫人小声地笑了起来。

“尼科洛大人，你真是一个迷人的男人。如果我还有魅力，而你也倾慕我的话，我什么都会答应你的。”

“老母牛！”马基雅维利心里想着，但他紧紧握了握她的手大声回答道：“要是我没有这样强烈地爱上你的女儿，你这么说我会毫不犹豫地接受你。”

“奥蕾莉亚就在那边。”

“我要走了。”

溜出教堂后，马基雅维利到了银匠店，买了一条项链，当然是镀银的——他没钱买金项链，但项链的做工非常精致。第二天一早，他让皮耶罗去买了一篮子甘美的无花果，卡泰丽娜夫人告诉过他，她最喜欢这个了。他把项链放在篮子底部，让皮耶罗给她带过去，并告诉她，无花果是马基雅维利送的一份礼物；还要告诉她，他另有一物相送，以表敬意，礼物就放在无花果的下面，他希望她能够接受。他觉得，他跟卡泰丽娜夫人之间知根知底，心有灵犀，但要加强彼此间的了解，没什么比送一个小礼物更好的了。

二十一

过了几天，巴尔托洛梅奥提议，他们再举行一次聚餐和歌唱会，上一次太令人尽兴了。于是，他们又举行了一次。过程跟上一次相同。愉快的谈话，迷人的音乐，奥蕾莉亚从来都不太爱说话，这一次更安静了。但马基雅维利发觉，当他以轻松活泼的语气跟别人交谈时，她总是以评判的眼光看着他。有一点他相当肯定：她母亲已经跟她谈论过他及他对她的倾慕了。她对他探寻的扫视意味着，她在考虑他能否成为一个好情人呢。他清楚，他有女人缘并非因为他长得帅，而是因为他令人愉悦的谈吐、他的智慧以及轻松自如的处事方式。他表现出了自己最好的一面。他知道，女人喜欢的不是讥讽，也不是挖苦，而是简单的笑话、诙谐的故事——这两个东西他最不缺少。他的俏皮话很受欢迎，大家的笑声让他兴奋不已，他从来没这样风趣过，他感到非常得意。但他小心翼翼地不让人觉得他只是一个爱讲笑话的人，他还是一个好性情的男人，善良而易交，一个可以信赖的人，一个一不小心就会让人爱上的人。在他不时捕捉到的奥蕾莉亚的眼神里，他读出了笑意和柔情，这表明她对他并非无动于衷，这一切是否只是他的幻觉呢？他也见过其他女人相同的眼神。女人都是奇怪的生物，凡事都要掺入个人情感，仁慈的上帝为补偿被驱逐出伊甸园的人类始祖，赐予他们的后代一种欢乐，但女人却令人厌烦地把这种欢乐复杂化了。不过有时候，这种小毛病倒是能带来些意想不到的好处。他脑子里闪过玛丽埃塔，她在父母的安排下嫁给了他，现在爱他爱得死心塌地，一时看不见他都无法忍受。她是一个好女人，他对她也怀有真情，但她不能指望用围裙带把他捆住。

马基雅维利的出访使命使他此后的几天事务缠身，这让他耗去了几乎所有的时间；不过，他还是打发皮耶罗给奥蕾莉亚送去了一瓶玫瑰油。玫瑰油是从黎凡特刚来的一位商人那里买到的，所出的价格几乎让他承担不起。她没有拒收，这是一个好征兆。他为皮耶罗的机智和灵巧庆贺——他把玫瑰油送过去，而没让任何人发现。他给了他一斯库多[①]。这样，他可以追求尼娜了。

“我的男孩，你的情况进展得如何了？”他问。

“我觉得她不讨厌我，”皮耶罗说道，“但她害怕她们那个男仆，他是她的情人。”

“这个我不太信，不过不要泄气；如果她喜欢你，她会找到办法把一切都安排妥当的。”

下午，下起雨来了。巴尔托洛梅奥派人来问马基雅维利，是否有时间到他家下一盘棋。马基雅维利觉得把手头要做的工作推迟一下没什么不可以，于是就去了。巴尔托洛梅奥在书房接待了他。房间里没有壁炉，但有一个火盆，多少能让房间变得暖和一些。

“在这里下棋，要比周围有两个叽叽喳喳的女人便利多了。”巴尔托洛梅奥说道。

---

① 斯库多，16至19世纪意大利流通的金币或银币。

马基雅维利前来，是希望能见到奥蕾莉亚的，心情便有些不悦，但他还是回答得客客气气。

“女人喜欢说话，而下棋是需要全身心投入的游戏。”

他们下起棋来，或许是马基雅维利分心的缘故，巴尔托洛梅奥轻轻松松地击败了他，这令巴尔托洛梅奥很开心。他叫人送酒来，酒到后，马基雅维利又把棋子重新摆好，准备再下一盘。巴尔托洛梅奥靠在椅子上说道：

“尼科洛，我请你来下棋，不只是图个乐，我还想征求一下你的意见。”

“我乐意为你效劳。”

“你听说过圣维塔莱吗？”

马基雅维利的两唇间发出了轻微的、满意的呼气声——提莫窦修士没有让他失望。

“很奇怪——你问这事！你是说拉文纳教堂吗？那里埋着圣人的骸骨。不久前，佛罗伦萨的每个人都在谈论他。”

“二者有什么联系？”

“人类要多愚蠢就有多愚蠢，我们优秀的佛罗伦萨人，一向自豪于自己聪明过人，但事实上却轻信得让人难以置信。”

马基雅维利看着巴尔托洛梅奥急切询问的神情，心想要好好地吊吊他的胃口。

“你指的是哪方面？”

“事情太荒唐，我都羞于开口。在圣教会所限定的范围内，我的同胞们抱有一种适度的怀疑精神，他们不愿相信任何不能亲身所见、所闻、所触摸的东西。”

“所以他们能够成为优秀的商人。”

“或许是吧。但是他们经常会成为荒谬迷信的牺牲品。告诉你真相吧，我都无法鼓起勇气透露给你这件事，他们真是太可笑了。”

“我基本上就是一个佛罗伦萨人，你不告诉我，我心里将永不安宁。听你说话总是一件令人开心的事，这样一个乏味的日子里，笑笑多好啊！”

“那好吧。情况是这样的：朱利亚诺 · 德利 · 阿尔贝特利是佛罗伦萨的一名市民，正当壮年，广有资财，城里有一座漂亮的房子，有一个他深深爱恋着的妻子。他本应该是一个幸福的人，但一直没有自己的孩子，这给他带来了极大的痛苦，因为他总是跟他哥哥吵架。一想到他哥哥这个人和他那帮哭哭啼啼的小屁孩将来的某一天要继承他所有的财产，他就无法忍受。他带他的妻子去洗温泉，到各个圣地去进香，还咨询了很多医生和老年妇女。那些老太婆装模作样地说，她们有神奇的草药可以让女子怀孕，但什么用都没有。”

巴尔托洛梅奥大口地喘着气，听着马基雅维利的话，好像他的生命全系于此。

“后来发生的情况是这样的：一个去过圣地朝拜的修士告诉他，在他的归途中，他在拉文纳逗留了一下，那里有一座圣维塔莱教堂，里面的圣人有神奇的力量，能治愈男子的不育症。尽管他的朋友劝阻他不要去，但朱利亚诺还是坚持去拜访了神殿。你可以想象，当他出发的时候，人们怎样极尽嘲笑之能事。讽刺文章纷纷出笼，人人争相传阅。当他回来时，人们从他眼前跑开，以免控制不住自己当着他的面发出爆笑。他回来九个月后的一天，他的妻子生下了一个九磅重的儿子。现在轮到朱利亚诺笑了。整个佛罗伦萨都感到困惑不解，那些虔诚者更是大声宣布：奇迹就是这么诞生的！”

汗水在巴尔托洛梅奥的眉毛上闪烁。

“这不是奇迹，又是什么？”

“在此四壁之内，亲爱的朋友，我不妨跟你直说，创造奇迹的时代已经一去不复返了。毫无疑问，我们自身的罪过使我们不配拥有奇迹，但我必须得承认，这件事让我极为震撼。我也只能重复一下你的话，如果这不是奇迹，又是什么呢？我把情况给你陈述过了，怎样理解就看你自己了。”

巴尔托洛梅奥灌了一大口酒。马基雅维利决定再给提莫窦修士教堂中制造神奇的圣母献上一支蜡烛——修士的创意真是帮了他的大忙。

“亲爱的尼科洛，我知道你是值得信赖的，”巴尔托洛梅奥停顿了一下说道，“对于人性我是有鉴别力的，我肯定，你是一个小心谨慎的人。我问你是否听说过圣维塔莱并不是无缘无故的，但我没想到你这么快就肯定了我所获知的信息。”

“你在打哑谜呢，朋友。”

“你很清楚，我也热切地渴盼有一个儿子，这样我就可以把我的资产、土地和房屋留给他，他也可以继承公爵赐予我的财富和头衔。我有一个寡居的姐姐，她有两个儿子，因为我自己没有孩子，我正在考虑收养他们。尽管这对他们有好处，但她仍不愿意跟儿子们分开；坚持要跟我们住在一块儿。她跟我一样，性格都比较独断专行，这种性格成就了今天的我，但在一个屋檐下生活着三个尖声尖气的女人，我看是居无宁日了，争吵恐怕是无止无休的。”

“我相信会这样。”

“得不到片刻的安宁了。”

“你的生活将变成一种折磨。她们会把你撕扯得支离破碎。”

巴尔托洛梅奥深深地叹了口气。

“那么你是想在这个问题上听听我的建议？”马基雅维利问。

“不。昨天我刚跟提莫窦修士聊过我的问题，真是奇怪，他跟我谈到了圣维塔莱。在这个事情上，我绝不认为自己有什么毛病，但是，如果圣人的遗骸真的像人们所说的那样，有着神奇的力量，我不妨到拉文纳看一看。我去那里还要做点儿生意，即使主要任务无法完成，也不至于空手而归。”

“要是这样，你还犹豫什么呢？只有收获，没有损失。”

“提莫窦修士是一个好人，也是一个圣徒，但他对世俗之事一无所知。如果圣人拥有人们所说的神力，他的名声早就应该远播到他国了。这似乎很奇怪。”

马基雅维利一时间被问住了，但只持续了片刻。

“你忘了一点：男人们不愿承认自己有毛病，而是往往归咎于他们的妻子。我们可以肯定，男人们都是秘密前去找圣人祈祷的，他们的妻子是如何怀上孩子的，他们从来都是小心翼翼、秘而不宣的。”

“这个我没想过。但是不要忘了，如果我前去朝圣，而不能得到好的结果，被人知道了，我将成为全城人的笑柄。这就等于承认自己不能生育了。”

“别人怎么会知道呢？提莫窦修士没有告诉你如何去做吗？按照朱利亚诺的做法，你必须花上一宿的时间，在圣人遗骸前进行祈祷和冥想。”

“这怎么可能呢？”

“给看门人一点儿赏钱，他就会让你留下来。他锁上门后，你就可以在那里待上一个晚上了。你可以参加第二天早上的首场弥撒，然后开斋。做完这些，根据你的情况，你还可以处理一下自己的事务，然后，就可以回家见你即将怀孕的妻子了。”

巴尔托洛梅奥朝他友好地笑了笑。

“要是我尝试这么做的话，你不会认为我是一个大傻瓜吧？”

“我亲爱的朋友，上帝如何行事，我们是无从猜测的。我只能告诉你朱利亚诺·德利·阿尔贝特利身上发生的事。它到底是不是个奇迹，哪里轮到我来发表意见呢？”

“这是我最后的希望了，”巴尔托洛梅奥说道，“我要试一试。朱利亚诺大人都成功了，我没有理由不成功。”

“是没有理由。”马基雅维利说道。

二十二

接下来的一周，马基雅维利的情绪之丰富就如同百纳被褥的色彩。在某个时刻信心满满，另一个时刻则垂头丧气，从幸福的期待到愤怒的失落，他无不感受体验了。一会儿兴奋得癫狂，一会儿又陷入绝望的深渊之中。现在巴尔托洛梅奥迟迟下不了决心，他既渴望前去，又顾虑重重，就像一个受到诱惑的赌徒，要把赌注下在赢面甚小的赌局中，想赢怕输的心态让他备受折磨。某一天他打算成行，第二天又决定不去了。马基雅维利的消化功能本来就一直不佳，如此的反反复复更让他的胃功能深受其害。一切都已安排就绪，如果因为身体不适而无法把握住机会——一个历尽千辛万苦、耗资巨大而创造出来的机会——的话，那真是太残忍了。他给自己放了血，服了泻药，只能吃些流食。雪上加霜的是，他的工作量比任何时候都要多：公爵跟叛乱头领们的谈判已到了紧要关头，马基雅维利要不时地给执政团写信，会见代理人，到宫廷打探消息一待就是几个小时，还要拜访到伊莫拉来的代表各自国家的权势人物。但最后一刻，好运终于眷顾他了。巴尔托洛梅奥在拉文纳的代理人给他发来一封信，说如果不马上敲定他已谈了一段时间的交易，合同将会易主。这件事让他下定了决心。

马基雅维利的痛苦倏地消失了。那天跟巴尔托洛梅奥交谈之后，他就去拜访了提莫窦修士，他同意把马基雅维利吩咐的话传达给巴尔托洛梅奥。为了迎合奥蕾莉亚，他找到一位商人——在伊莫拉挣钱很容易，商人们都被吸引到这里来了，买了一副用金线缝制的带香味的手套。手套花去他不少钱，不过这不是节约钱的时候。他叫皮耶罗送过去，告诉他去了后找卡泰丽娜夫人，这样仆人们就会认为，他只不过是在给主人捎信；同时，他吩咐皮耶罗告知她，他想跟她在教堂里面谈一番，任何时间都可以，由她来定。皮耶罗回来后告诉他，卡泰丽娜夫人把奥蕾莉亚夫人喊了进去，她非常喜欢这件价值不菲的礼物，马基雅维利听了非常开心。这种手套极受珍爱，曼图亚的侯爵夫人认为，这样的一份礼物法国女王才配拥有。

“她看起来怎么样？”马基雅维利问。

“奥蕾莉亚夫人吗？她看起来很高兴。”

“别装傻了，孩子。她看起来漂亮吗？”

“跟往常一样。”

“笨蛋！卡泰丽娜夫人何时去教堂？”

“她今天下午去做晚祷。”

跟卡泰丽娜夫人见面回来后，马基雅维利满心欢喜。

“人类真是一种了不起的动物，”他在回家的路上想，“只要脸皮厚、头脑活，再加上有钱，还有什么做不成的。”

起初，奥蕾莉亚感到紧张，极力排斥提出的建议，但最终还是被卡泰丽娜夫人的看法一点点地说服了。马基雅维利觉得，这些观点都是无可争辩的——这很自然，因为这些都是他提出来的。提莫窦修士温和而坚定的规劝又强化了这些看法。奥蕾莉亚是一名通晓事理的女子，她不得不承认，为获大善，拒斥小恶是不明智的。总而言之，如果确定巴尔托洛梅奥不会造成威胁，她打算准许马基雅维利的请求。

下定决心之后，巴尔托洛梅奥觉得不能再耽搁了。于是，第二天中午，由仆人和马夫陪着，到拉文纳去了。马基雅维利以他惯有的礼貌，前去跟他道别，并希望他的旅程如愿以偿。女仆尼娜被打发回家，跟自己的父母住上一晚。当她离开后，马基雅维利派皮耶罗带着一个篮子到了巴尔托洛梅奥家，篮子里装有从河里直接捞上来的鲜鱼，一对肥大的阉鸡，糖果店里买来的糖果，水果以及一瓶城里生产的最好的葡萄酒。计划将这样进行：马基雅维利要等到晚上九点——就是日落三小时后，这时，塞拉菲娜已经上床睡着了，他来到院子的那个小门口。卡泰丽娜夫人会给他开门，然后，他们共进晚餐。在一个合适的时间，她会回到自己的卧室里去，接下来，就留下马基雅维利和他的心上人了。不过，她要他保证，一定要在黎明前早早离开房间。皮耶罗送完篮子回来，还带来了卡泰丽娜夫人最新的交代。教堂的大钟敲响的时候，她在家门口等她。为确保是他本人，要先快速地敲两下门；等一等，再敲一次；然后稍等片刻，再敲两次。这时，门就开了，进来时什么话都不要说。

“跟经验丰富的女人打交道就是省事，”马基雅维利说道，“真是百密而无一疏。”

他让仆人打了一桶热水送到卧室来，然后把全身上下洗了个干干净净。上次这样洗澡还是在跟玛丽埃塔结婚前的晚上。他记得结果是得了感冒，也自然而然地传染给了玛丽埃塔。洗完澡，他给自己喷了香水——香水是给奥蕾莉亚买玫瑰油时一起买的，然后穿上了最好的衣服。因为不想破坏对所盼盛宴的胃口，他拒绝去吃塞拉菲娜准备的简单饭菜，找的借口是，他要跟费拉拉公爵的代理人一起到酒店吃饭。他想读点儿东西，但人太兴奋了，根本看不进去。他漫不经心地弹了弹鲁特琴，手指也不听使唤了。他想起了柏拉图的那个对话——在对话中，柏拉图不无得意地证实：如果快乐跟痛苦糅合在一起，快乐就不再纯粹，这里面还是有一些道理的；不过，有的时候冥想那些永恒的事物，实在有些无趣。当脑子里滑过他所面临过的那些困难，以及采用的巧妙手段时，他在心里笑了起来。不承认自己是一个聪明绝顶的人，这种谦虚是一种虚伪，并不适合他。他不知道有什么人，能像他这样把各方面人士的情感、缺陷以及兴趣娴熟操控，最终屈从于他的意志。教堂的钟敲了八下。他把皮耶罗喊过来，想下下跳棋，把这漫长的一小时打发过去。平时击败皮耶罗轻而易举，但今天晚上，他有些心不在焉，让皮耶罗赢了一局又一局。一个小时看起来漫无尽头，不过，钟突然响了。马基雅维利一下子跳了起来，麻利地穿上外套，敞开房门，走进了夜色里。他正要进小胡同，忽然听到有人脚踏鹅卵石的声音。他把门关上一些，就在里面等着让人过去——甭管他们是谁。但是人没有往前继续走，而是在他的门口停下了，其中一人开始敲门。由于门没上锁，门一下子被推开了。马基雅维利看到有几个人站在过道里，两人举着火把。

“啊，尼科洛大人，”其中一人说道，马基雅维利马上认出来了，是公爵的一个秘书，“我们来请你。你正要去宫廷吗？公爵想见你，他有重要的消息要告诉你。”

前所未有地，马基雅维利一下子蒙了，他想不出任何的借口。如果他没有在出门的当口被碰个正着，他就可以给公爵写封信，说卧病在床，无法赴约之类，现在这话怎么能说呢？对公爵这样的人，你又不能说有其他事情等待处理。再说，如果有重要的消息，他必须去听一听，很可能涉及佛罗伦萨的安危问题。他的心开始往下沉。

“等一下，我告诉一下我的家仆，让他不用陪我了。”

“根本不用陪。有人会把你安全送回来的。”

马基雅维利回到客厅，关上身后的门。

“听着，皮耶罗，公爵派人来请我。我会告诉公爵我肚子绞痛，以便缩短会谈的时间。卡泰丽娜夫人一定会等我。到她家门口，按照他告诉的方法去敲门。告诉她发生的事情，说我会尽快前来的。请她同意你留在院子里，这样我敲门时，你可以给我开门。”

“好呀！”

“说我很痛苦、很窘迫、很不幸、很凄惨、很愤怒。半小时后我就赶回来。”

说完，他跟那些来请他的人去了宫里。他被带到了前厅，秘书告诉他，他去跟公爵汇报一下，然后离开了。马基雅维利就在那里等着。时间一分一秒地过去。五分钟，十分钟，十五分钟……这时，秘书回来说，公爵请他原谅，信使刚刚从罗马教皇那里回来，带回了一些信函，他正和埃尔纳主教、阿加皮托·达·阿马利亚商讨这些信件。一忙完就会让他过去。马基雅维利再次被一个人留了下来。他的耐心正经受着痛苦的考验。他烦躁不安，在椅子里晃来晃去，咬着自己的手指，在房间里来回踱个不停。他感到焦躁难抑，愤愤不平，怒气冲冲，抓狂不已。最后，在绝望之中，他跑出了房间，找到正来叫他的秘书，冷冰冰地问他，公爵是否已把他忘了个干净。

“我肚子绞痛，”他说道，“如果公爵不能见我，我回家明天再来。”

“真是不幸。公爵大人肯定不会让你干等的，除非他有重要的紧急情况要处理。我想他有话要跟你说，这对执政团来讲至关重要。请耐心一些。”

马基雅维利竭力抑制住怒火，一屁股坐在就近的一把椅子上。秘书想跟他聊一聊，马基雅维利用单音节词回答了他，显然根本没听他在说什么，但这位秘书却依然喋喋不休。马基雅维利费了很大的劲儿，才没让自己喝住这个话篓子的连篇蠢话。他满脑子念念不忘的是：如果他们当时晚去一分钟，就找不到我了。最终，阿加皮托·达·阿马利亚还是过来了，说公爵准备好了接见他。马基雅维利等了一个小时，但一想到皮耶罗正在院子里瑟瑟发抖地等着他，就不无揶揄地笑起来。受苦的人不止他一个，这让他得到了些许的安慰。

公爵身边还有他的堂兄埃尔纳主教，一见面就给他送上了亲切的问候。

“秘书先生，我对你一向开诚布公、无所保留。我希望现在向你清楚地表明我的立场，你根据执政团的指示传达给我的善意，我并不满意。因为教皇随时都会驾崩，我要保全我的领地，就必须采取措施来保护自己。法国国王是我的盟友，我自己也有一支武装力量；但这还不够，我希望能跟我的邻国们结成盟友，它们是博洛尼亚、曼图亚、费拉拉和佛罗伦萨。”

马基雅维利觉得现在不是对共和国的善意再次做出保证的时候，因而他很明智地缄口不语。

“至于费拉拉，我获得公爵的友谊是通过他跟我亲爱的妹妹卢克雷齐娅夫人的联姻，以及教皇赐给她的大笔嫁妆，还有我们授予公爵的哥哥以枢机主教这一好处。至于曼图亚，我们安排了两件事：一件是把枢机主教的位子送给侯爵的哥哥，为此侯爵和他哥哥要付上四万达克特的保证金；另外一件是，我把我的女儿嫁给侯爵的儿子，四万达克特作为嫁妆再返给他们。秘书先生，我无需向你指明，互利互惠是持久友谊的最坚实的基石。”

“这个我没有异议，阁下。”马基雅维利笑道，“那么博洛尼亚呢？”

博洛尼亚领主乔瓦尼·本蒂沃利奥加入了叛军头领的行列，尽管他的军队已经从公爵所在城池的边界撤离，但仍处于交战状态。瓦伦蒂诺轻抚着他精心蓄养的、尖尖的胡须，不尢故意地笑了笑。

“我无意占领博洛尼亚，但我要保证一点：它必须跟我合作。我宁愿把乔瓦尼大人当作我的朋友，而不是把他从这个国家赶走——他的国家我可能征服不了，甚至可能会让我付出沉重的代价。再说，如果我不跟博洛尼亚达成协议，费拉拉公爵也不会给我提供任何援助。”

“乔瓦尼大人已经同叛军签署了联盟条约。”

“这一次是你的信息有误了，秘书先生。”公爵和颜悦色地说道，“乔瓦尼大人认为条约不能保证他的利益，所以拒绝签署。我跟他的哥哥，教廷最高书记，一直保持联系，事情正朝着双方满意的方向前进。我们达成协议后，教廷最高书记会得到枢机主教的职位；或者他放弃圣职而娶我的堂妹——博尔贾枢机主教的妹妹。我们四个国家的力量，再加上法国国王的援助，将是非常可怕的。你们的执政者会更多地需要我的帮助，而不是相反。我不想说对他们怀有恶意，但形势比人强，如果没有一个明确的条约限制，我觉得怎样最好就怎样做。”

天鹅绒手套从覆着铠甲的拳头上滑了下来，真是赤裸裸的武力威胁啊！马基雅维利要把这个事情考虑一下。他注意到，阿加皮托和埃尔纳主教正目不转睛地看着他。

“阁下究竟要我们如何做呢？”他尽量若无其事地问道，“我明白，你已经跟维泰洛佐和奥尔西尼家族达成协议了。”

“到目前为止什么也没签，就我个人而言，我什么都不愿签。击垮奥尔西尼家族不符合我的方针：如果教皇驾崩了，我在罗马必须得有一些朋友。帕格罗·奥尔西尼来见我时，就曾抱怨过雷米罗·德·奥尔科的行为，我承诺会让他满意的，我应该做到言行一致。维泰洛佐的情况是另一回事。他就是一条蛇，用尽一切手段阻挠我消除与奥尔西尼家族之间的分歧。”

“如果阁下说得再清楚一些，或许更好。”

“好啊。我希望你给你们的执政者写封信，法国国王很有可能会给他们下一道命令，要他们把莫名其妙撤回的雇佣权重新派遣给我，他们将不得不遵守这一命令。主动来做这件事比被迫去做当然要好得多。”

马基雅维利停顿了一下，让自己保持镇定。他知道他说的每句话都可能会招致风险。当他开口时，他尽可能让自己的语气变得愉快、讨好。

“阁下在召集军队与结交盟友方面表现得很是审慎，但说到雇佣兵，阁下不应把自己跟那些雇佣兵头领们相提并论，他们只不过是些出卖自己和手下士兵的雇佣权的小人物而已。阁下您是意大利的大人物之一，跟您结盟要比征召您做雇佣兵更合适。”

“我愿意把这种征召看作一种荣耀，”公爵温和地说道，“来吧，秘书先生，我们当然可以做点儿对我们双方都有益处的事情。我是一名职业军人，我们的友好关系使我对你们的国家负有责任，你们的执政者拒绝我的请求，对我而言是一种侮辱。我要像服务他人那样为你们提供好的服务，我相信我这么想是没错的。”

“我斗胆指出，如果我们四分之三的军队都由阁下您来统帅，我们的政府将不会有太大的安全感。”

“这是不是可以说，你对我的诚意心存疑虑？”

“根本不是如此。”马基雅维利以他自己都不能感觉到的热忱说道，“不过，我们的执政者很谨慎，他们必须考虑周全。每一步都不能留下遗憾，否则他们负担不起。他们最大的愿望是跟所有的人和平相处。”

“秘书先生，你如此聪明不会不懂，确保和平的唯一途径就是为战争做好一切准备。”

“我们的政府如果认为有必要的话，会采取这些措施的。对此，我毫不怀疑。”

“也会雇佣其他头领为你们效力吗？”公爵厉声问道。

马基雅维利一直在等待的机会终于来临了。他知道，瓦伦蒂诺动不动就会大发脾气，雷霆一怒就把惹他的人轻蔑地轰走。马基雅维利急于脱身离开，根本不在意有没有惹恼他。

“我有充分的理由相信，这正是他们所打算的。”

令他惊讶的是，公爵笑了起来。他从椅子里站起来，背靠壁炉站着，以愉悦的态度回答道：[①]

“他们有没有想过，在目前悬而未决的情形下保持中立是否可行？当然，他们会有更明智的选择。当两个邻国交战时，其中一个跟你关系亲密而希望得到你的援助，因为它觉得你有义务跟它同呼吸、共命运，但如果你没这样做，它就会对你心存怨言；另一个国家会因为你的胆小怯懦、缺乏勇气而鄙视你。一方认为你是一个无用的朋友，而另

① 以下关于中立的论述，直接来自马基雅维利《君主论》第21章；马基雅维利关于中立的看法，也可以参见《书信集》书信241和书信243。

一方认为你是一个无需担心的敌人。

“所谓中立指的是它可以帮助双方中的任意一方。但最后它不得不面对的情形是，它将被卷入冲突中——这就违背了它的意愿，因为它最初是不愿以一种无畏而得体的方式参与其中的。相信我：选择一方或另一方，不要犹豫。这历来是明智之举，因为总有一方会获得胜利，否则你就会受制于胜利的一方。谁会来援救你呢？你会找不出任何人们应该来救助你的理由，也不会有任何人前来。胜利者不需要他不信任的朋友，被征服者即使能帮你也不会帮的，因为你的军队本可以救他于困境，你却没有伸出援助之手。”

这个时刻，马基雅维利根本不想听他探讨什么中立问题，只希望公爵把要讲的话赶紧讲完，但他没有结束。

“无论战争的风险有多大，中立的风险只有过之而无不及，它会让你成为仇恨和蔑视的对象。迟早有一天，会有人站出来，认为有必要把你摧毁，你会成为他的牺牲品。反过来说，如果你坚定地支持其中一方，而这一方获胜了，纵使它的力量强大到令你感到畏惧，你仍可以让它承担一定的义务，并通过缔结友好关系使你们团结在一起。”

“人们对过去所获得的恩惠如此感激涕零，以至于他们会对行使自己的权力却对阁下不利感到犹豫——这是阁下的经验吗？”

“胜利从来不会具有如此决定性的影响，以至于让胜利者可以疏远自己的朋友。公正地对待他们符合他的最大利益。”

“假如你选择的 方输了呢？”

“那么，你对你的盟友就更重要了。他会竭尽全力来帮助你，当好运再次来临时，你会蒙其眷顾。所以，不管你对中立如何看待，它都是愚蠢之举。我就跟你说这么多。我跟你讲的这一小段关于执政艺术的话，如果你转述给你的执政者们听一听，将是明智之举。”

说完这些话，公爵在一把椅子上坐下来，伸出手去烤火。马基雅维利弯了弯腰，正要离开，这时，公爵转向阿加皮托·达·阿马利亚说道：

“你告诉秘书没有，他的朋友博那罗蒂[①]在佛罗伦萨有事耽搁了，一时半会儿来不了了。”

阿加皮托摇了摇头。

“我不知道有这么一个人，阁下。”马基雅维利道。

“当然有——一个雕刻家。”

公爵笑眯眯地看着他，马基雅维利一下子猜出他说的是谁了。他给好友比亚焦写信要他寄些钱过来，比亚焦回信说，他让一个叫米开朗琪罗的雕刻家送过来。这个名字对他来说没什么意义，但公爵的话还是提醒了他，他的东西被搜过了，显然是经过塞拉菲娜默许的。他庆幸自己把重要的信函放在了安全的地方；他的住处仅放了一些无关紧要的文件，其中就有比亚焦的信。

“佛罗伦萨有很多凿石匠，阁下，”他冷静地说道，“我不可能全部都认识。”

“这个米开朗琪罗并非庸才啊。他用大理石刻了一个丘比特，然后埋在土里，当挖掘出来后，就可以当作古董了。圣乔治教堂的枢机主教购买了它，当他发现是赝品后，把它退给了经销商，最后，又到了

① 博那罗蒂即米开朗琪罗，他确实承担过给马基雅维利捎些钱的任务，但那是1506年的事情：那时马基雅维利受命在罗马与教皇尤利乌斯二世交涉有关事务，而米开朗琪罗应教皇之命从佛罗伦萨返回罗马，参见《书信集》书信115和书信C（比亚焦·博纳科尔西致马基雅维利）。

我的手里。我把它作为礼物送给了曼图亚的侯爵夫人。”[①]

瓦伦蒂诺以打趣的口吻说着这些话，马基雅维利不知怎么地不太明白他的意思，他感觉自己被愚弄了。他有着高度敏感者的暴躁脾气，他变得烦躁起来。他很想惹一惹公爵，只要公爵能让他获得自由去践行自己的约会。

“阁下是想从他那里订购一个雕塑，来跟达·芬奇为米兰公爵做的雕像来比试一番吗？”

尖锐的话语颤抖着划过空中。旁观的秘书们感到惊讶，瞥了公爵一眼，看他怎样应对。弗朗切斯科·斯福尔扎的大型骑马雕像被很多人认为是达·芬奇的杰作，不过在特里武尔齐奥元帅占领米兰时被士兵们毁掉了。那座雕像是弗朗切斯科的儿子——“摩尔人”洛多维科委托达·芬奇做的，他跟切萨雷·博尔贾本人一样是一个篡位者，后来被驱逐出城市，现在被关在洛什的城堡里。[②]马基雅维利的话意图很明显，就是提醒瓦伦蒂诺当前他的处境是多么岌岌可危，如果好运一去不复返，他将陷入怎样的深渊。公爵笑了起来。

“不，和制作雕塑相比，我有更重要的事情让米开朗琪罗这小子去

① 这个故事见瓦萨里著《意大利艺苑名人传·米开朗琪罗传》。

② 弗朗切斯科·斯福尔扎（Francesco Sforza，1401—1466），其父为有名的雇佣军头领穆齐奥·斯福尔扎，他本人也从军，娶米兰公爵菲利波·马里亚·维斯孔蒂的私生女为妻。1450 年迫使米兰最高会议拥立他为维斯孔蒂的继任者米兰公爵。洛多维科（Lodovico Sforza，il Moro，1451—1508，绰号“摩尔人”；今多拼写为 Ludovico，译卢多维科），弗朗切斯科的次子，篡其侄公爵位，1494 年引法国国王查理八世入侵意大利，后转而反对查理。1499 年法王路易十二以要求继承权为由夺取米兰，俘获洛多维科后将其关押在土伦的洛什堡。洛多维科曾广泛收罗人才，达·芬奇便长期效力于他。特里武尔齐奥（Gian Giacomo Trivulzio）是背叛洛多维科的米兰将军。

做。这个城市的防务形同虚设，我要他制订计划加强防务。不过你提到了达·芬奇，我给你展示展示他为我画的几幅画。”

他给其中一个秘书打了一个手势，后者离开了房间，很快带着一个纸夹回来，他把纸夹递给了公爵。公爵把绘画一幅幅展示给马基雅维利看。

“要不是您告诉我这是阁下您的肖像，我还真看不出来。”他说道。

“可怜的达·芬奇，他画肖像还真是天赋不足。但就素描而言，还是不无优点的。”

“这是可能的，但我觉得遗憾的是，以他的才华，画画、雕刻都是浪费时间。”

“我可以向你保证，他为我效劳时，绝不会做这些事。我把他派往皮翁比诺，为沼泽地排水。最近，他到切塞纳和切塞纳蒂科去开凿运河、建造港口了。”①

他把画像又递给了秘书，整个过程举止温文尔雅，以马基雅维利敏锐的眼光看来，其气势不亚于法国国王。他终于让马基雅维利走了。阿加皮托·达·阿马利亚陪着他走出了公爵的书房。在伊莫拉的一个月时间里，马基雅维利煞费苦心想赢得这位首席秘书的信任。他属于罗马著名的科隆纳家族——也就是与奥尔西尼家族矛盾重重的竞争对手，因而可以认为，他对奥尔西尼家族的敌人——佛罗伦萨人——抱有一种友好态度。他通过自己的判断，不时为马基雅维利提供一些他认为或可靠或不可靠的情报。现在，他们正穿过举行仪式所用的会见

① 达·芬奇在米兰公爵洛多维科倒台后，于1502年9月与博尔贾签署合同，担任其军事建筑师及工程师。

厅，他抓住马基雅维利的胳膊说道：

“到我的房间来。我有东西给你看——你会感兴趣的。”

“天太晚了，我也生了病。明天再来吧。”

“随你吧。我想给你看看公爵跟叛军签署的协议条款。”

马基雅维利的心提到了嗓子眼上。他知道文件已到了伊莫拉，他穷尽了各种办法想看上一眼，但毫无结果。对执政团来说，了解协议内容至关重要，他们已写信给他，埋怨他的疏忽大意。告诉他们“所有能找得到的情报都发给他们了”是没有用的。公爵宫廷的秘密一向保守良好，在公爵付诸行动之前，任何人都无从得知。这时候，钟声响起，他已让奥蕾莉亚等了两个钟头了。炸鱼早炸坏了，烤鸡也烤成灰了，他感到饥肠辘辘——中午前到现在他一粒米未进。据说“食”与“色”是人类最根深蒂固的本能，屈从于二者，谁会受到谴责呢？马基雅维利叹了口气：佛罗伦萨的安全命悬一线；她的自由危在旦夕。

“那走吧。”他说。

他痛苦地想，还没有哪个人为了国家的利益被要求做出如此巨大的牺牲。

阿加皮托·达·阿马利亚带着他上了一段楼梯，打开一把门锁，把他领进了一个小房间。房间里有一张靠墙的小床，一盏油灯摇曳着昏暗的光，把房间照得朦朦胧胧的。他在灯上点了一支牛脂蜡烛，递给马基雅维利一把椅子，自己也坐了下来。桌上散放着一些文件，他向后靠了靠，舒服地跷起二郎腿。一副时间对我不是问题的样子。

“我先前没法送你一份协议的复制品，至于原因我会告诉你的，同样的原因，我也没有送给费拉拉公爵的代理人或其他任何人。公爵和帕格罗·奥尔西尼起草了一份令双方都感到满意的草稿，帕格罗大人把它拿给那些头领们看，意思是如果他们同意这份协议的内容，他就代表公爵也表示同意——公爵已授予他代理权。但当他动身离开后，公爵又研读了一遍草稿，觉得还应再加上一项条款，这项条款考虑了法国的利益。”

马基雅维利一直听得烦躁不安，因为他想看看协议，如果可能，最好拿上一份然后就离开；但现在，他开始全神贯注地听起来。

“协议及时修改完了，公爵命我去追上帕格罗大人，告诉他，如果这一条款不被接受的话，他是不会签署协议的。我赶上了他，他断然拒绝接受这一条款；但经过一番讨论后，他说他会把协议带给别人，但他认为不会有人接受。于是我便离开了他。”

“这一条款的主旨是什么？”

阿加皮托笑了，回答道：

“如果这一条款被接受，它就打开了一扇窗，让我们从协议中脱身而出；如果不被接受，它就开了一道门，让我们可以大步跨出去，呼吸到外面的空气。”

“看起来，公爵所追求的好像不是和平，而是报复那些让他的国家陷入险境的人。”

“你尽管放心，公爵不会让自己的欲望影响到切身利益的。”

“你答应给我看协议内容的。”

“给你。”

马基雅维利急切地读起来。按照协议条款，公爵和叛军从今以后将和平相处、协调一致、团结一心：他们将像以前一样接受公爵的统领，为表忠诚，每个人都要把自己的一个嫡生儿子作为人质托付给公爵；同时，他们保证，每次至多有一名头领跟公爵共同扎营，不合适了就要撤回。他们作为一方要同意把乌尔比诺和卡梅里诺归还给公爵；相应的，公爵会负责保护他们的国家免受他人的侵扰，除罗马教皇和法国国王之外。这最后一条就是瓦伦蒂诺坚持要加上的——按照阿加皮托的说法，即使小孩子也能看出，它的存在使整个协议变成了一页废纸。博洛尼亚的本蒂沃利奥和锡耶纳的彼得鲁奇正要跟教皇签署一个单独的协定。马基雅维利眉头紧锁，又把协议读了一遍。

"他们认为公爵会原谅他们给他造成的伤害吗？"读完协议，他大声问道，"公爵会忘记他们带来的危险吗？"

"神欲使之灭亡，必先使之疯狂。[①]"阿加皮托笑眯眯地引用了一句话。

"你可以让我把这份文件拿去复制一份吗？"

"我每时每刻都得看好它。"

"我保证明天就归还。"

"不行。公爵随时都会要的。"

"公爵一直向我保证他对佛罗伦萨的友谊。我们的政府应该了解一下这个协定，这极其重要。相信我，你为我们做的这些，我们会'滴水之恩，涌泉相报'的。"

"我接触国家事务太久了，我并不指望得到君主或政府的感激。"

马基雅维利继续给他施压。最后他终于说道：

"你知道，我可以做很多很多，来帮助你们。我对你的才智的尊重，如同我对你正直人品的仰慕。我这样做是有一些担心，不过，我可以让你在这里复制一份。"

① 原文为拉丁语：Quem Jupiter vult perdere，dementat prius。

马基雅维利倒吸了一口气。这要花上半个小时的时间，时间正一分一秒地过去。哪个恋人遭遇过这样的窘境呢？但他毫无办法，只好屈从了。阿加皮托把他桌子旁的位置让出来，桌上放着一张纸、一支鹅毛笔。他坐在床沿上，马基雅维利尽可能快地誊抄了一遍。当写完最后一行时，他听到巡夜者在大声地报时。教堂里的大钟也随之敲响——半夜了。

阿加皮托和他一起走下楼，当他们来到宫殿中心的庭院后，喊来两名守卫，点上火把把马基雅维利送回住处。一场冷雨飘落下来，夜色阴冷。到家后，马基雅维利给了两名守卫一些赏钱，然后把他们打发回去了。他打开门锁，进了门，直到听不到他们的脚步声了，他才又悄悄地溜了出来。他穿过了胡同，按事先交代好的办法轻轻地敲门。没人开门。他又敲了一遍，两下——停顿——一下——停顿——两下，他等着。刺骨的寒风从狭窄的胡同里吹过来，阵阵雨滴洒在脸上。尽管他包裹得严实，用围巾挡住夜晚烦人的空气以免吸进肺里，但他仍冻得哆哆嗦嗦。两位女士是不是等烦了呢？皮耶罗在哪儿呢？他让他在院子里等着直到他回来，皮耶罗以前可从没让他失望过。他一定解释过晚来的原因了。无论如何，尽管出于不同的原因——对他来说，事情很急迫，但对两位女士而言，机会同样不可错过。在从宫里回来的路上，从她们的房子前面走过时，他就注意到屋里没有亮灯，他现在想到，最好到房子后面看看灯亮不亮。他又敲了一次门，仍然没有回音，于是他回到自己的房子里，进了卧室——在这里，他可以看到巴尔托洛梅奥家的院子以及对着的窗子。他的目光穿过密密实实的黑暗，但什么也看不到。皮耶罗或许在那会儿进了房间想喝口酒暖暖身子，现在又回去值守了吧。马基雅维利又一次出了门，走进冷酷的夜色里。他又敲门——等待，如此重复了不知有几遍，手脚冷如冰块，牙齿咯咯作响。

“我会患上致命的感冒的。”他嘟囔道。

突然间，一股愤怒的情绪把他攫住了，他举起双拳就要朝门猛砸，但理智又使他放下了手，如果吵醒了邻居，他就没有进一步发展的余地了。最终，他被迫得出了结论：她们已不再等他，上床睡觉了。他转身离开，凄凄惨惨地回到了自己的房间。他感到又冷又饿，失望至极。

“即使我明天没患上重感冒，肚子恐怕也会绞痛了。”

他进了厨房想找点儿东西吃，但塞拉菲娜在每天早上会买好一天的食物，如果吃不完就锁起来，因而他一无所获。火盆已从客厅里搬走，房间里冻得要死，要命的是，马基雅维利连上床睡一觉的安慰也得不到——他要坐下来，根据他和公爵的谈话写一份报告。这花了他很长的时间，因为那些最重要的部分必须用密码书写。然后他把协议的条款誊写了一份，装入信封。当他写完时，已到了凌晨时分。信函紧急，没法等着让要价一两个金弗罗林的普通信使来送信了。于是他爬上楼梯，来到两名仆人住的阁楼上，把他们唤醒，让那个更可靠一些的仆人赶紧备马，做好准备，城门一开就出城去。他等仆人穿戴好了，打发他从大门出去上了街，才终于上床去睡了。

“这本是一夜春宵啊！”他把睡帽扯过来盖在耳朵上，恨恨地嘟囔道。

二十三

他没能睡得很安稳。早上起得很迟，他发现最担心的事情到底还是发生了：他得了感冒。他走到门口大声喊皮耶罗时，嗓子听起来就像一头老母牛在叫。皮耶罗过来了。

“我病了，”他哼哼道，“身上发烧，我想我活不了啦。给我拿点儿热酒来，还有吃的东西。我发烧烧不死也得饿死。带个火盆过来，我骨头都冻僵了。昨晚你到底去哪里了？”

皮耶罗刚要开口，马基雅维利止住了他。

“这个先别管它，以后再说，以后再说。给我拿一些酒来。”

他喝了酒，吃了东西后，感觉稍微好了一些。皮耶罗告诉他，他按照他的吩咐，在院子里等了一个多小时——马基雅维利心情阴郁地听着——他一直在那里等，尽管瓢泼大雨把他浇了个透；他一直在等，虽然卡泰丽娜夫人请他到屋里去。

“你告诉她们发生的事情了吗？”

“你告诉我的话我一个字都没落下，大人。”

“她们怎么说？”

“她们说真是遗憾。”

“她们说真是遗憾？”马基雅维利狂怒地用嘶哑的声音说道，“天哪！想想吧，上帝创造女人，是为了让她们给男人做配偶。她们竟然说真是遗憾！对于赫克托耳之死和特洛伊的陷落她们又该说些什么呢？”

“最后，她们一定要我避一避雨，我的牙齿冻得咯咯作响。她们说可以从厨房里听到你敲门的声音，还让我脱下外套，在火上把衣服烘干。”

“鱼和鸡呢？”

“我们热了很长时间，最后卡泰丽娜夫人说快坏掉了，最好吃掉。我们都饿了。”

“而我都快饿死了。”

“我们给你留了一些。一些鱼，还有半只鸡。”

“考虑得真周全。”

“我们听到钟敲响了一次，后来又敲了一次，奥蕾莉亚夫人就上床睡觉了。”

“她干什么了？”马基雅维利气急败坏地问。

“我们尽力让她再等一等，说你随时会到。她说任何男人等上两个小时也够了。她还说，如果对你来说，工作比春宵更重要，那么跟你建立起亲密关系也不会有什么快活。”

“什么逻辑！”

“她说如果你爱她爱得就像你装出来的那副样子，你就能找到一个借口拒绝跟公爵会见。我们试图劝服她。”

“好像女人能劝好一样！”

“但她听不进去。所以卡泰丽娜夫人告诉我，我在那里等着没用，她又让我喝了一杯，然后就让我走了。”

马基雅维利这时想到，皮耶罗没有钥匙进不了门的。

“你昨晚怎么过的？”

男孩狡黠地、得意地笑了。

“和尼娜一起过的。”

“那你这一夜过得比我强多了。”马基雅维利阴沉着脸说道，“但我想她该回家跟父母住的。”

“这是她告诉卡泰丽娜夫人的话。我们早就提前安排好了。她让巴尔贝里娜给她留了一个房间，我一得空就去找她。”

巴尔贝里娜是一名鸨母，在伊莫拉的生意底子雄厚、规模庞大。马基雅维利沉默了好几分钟。他不是一个愿意接受失败的人。

“听着，皮耶罗，”他充分考虑后说道，“那个老傻瓜巴尔托洛梅奥天黑前就回来了，我们必须尽快行动。不要忘了，当宙斯希望赢得美丽的达娜厄的青睐时，他化做金雨的样子来向她求爱。去找商人卢卡·卡佩利，我送给奥蕾莉亚夫人的手套就是从他那里买的，让他给你拿一条他给我看过的带蓝丝线、银色刺绣的头巾，告诉他，佛罗伦萨的钱一到我就付钱给他。然后拿着它去见卡泰丽娜夫人，让她把头巾交给奥蕾莉亚，告诉她，因为爱，因为在门口等待时淋了雨得了感冒，我就要死掉了。等我病情一好，我们就会见面。我会再重新制订一个计划，来慰藉我和奥蕾莉亚之间的渴慕之情。”

他心神不宁地等着皮耶罗去执行这个使命，然后回来给他报告所受到的接待。

“她喜欢那条头巾，”皮耶罗回来报告说，“她说很漂亮，还问花多少钱买的。我告诉她价格后，她更喜欢了。”

“这很自然。还有呢？”

“我告诉她你没法离开宫殿，她说根本没关系，这件事不必多想。”

“什么！”马基雅维利怒道，“女人真的是世界上最不负责任的生物。难道她看不出来这关系到她的整个将来吗？你有没有告诉她我在雨里等了一个小时？”

“我说了。她说太莽撞了。”

“谁会希望自己的恋人谨小慎微呢？天空中狂风怒吼时你不妨试试要求大海去保持平静。”

“卡泰丽娜夫人说她希望你能照顾好自己。”

二十四

马基雅维利在床上躺了几天，经过通便和放血疗法后，他就痊愈了。然后他做的第一件事情就是去找提莫窦修士。他跟他讲了他的“悲惨”经历，修士深表同情。

“现在嘛，”马基雅维利说道，“让我们共同想一想，看看有没有办法再把好人巴尔托洛梅奥赶出去。”

“我已尽了最大的努力了，大人，我现在爱莫能助。”

“神父，我们伟大的公爵在攻打弗利城时被击退了，但他并没因为这个原因而放弃继续攻城；他采纳了他的情报部门提出的各种战略，最终迫使该城投降。”

“我见到了巴尔托洛梅奥大人。他严格按照我说的去做了，他已被劝服，相信圣维塔莱的祈祷是灵验的。他确信他从拉文纳回来的当晚，奥蕾莉亚夫人就能怀上孩子。”

“这个人是一个傻瓜。”

“尽管我是一名修士，但我还不至于无知到不懂得，他这种信念是对是错要过一段时间才见分晓。”

马基雅维利有些恼怒，修士没有他预料的那样容易配合。

“得了，得了，修士，别把我也当成傻瓜。圣人的遗骸不管有什么样的神力，大家都知道，让一个不育男子获得生育能力是不可能的。这是我编造的故事，你跟我一样清楚，里面没有一句话是可信的。”

提莫窦修士温和地笑了，再开口时，他的话语里有了些许抚慰的味道。

“上帝的运作是神秘难测的，谁能知道永生者是怎么回事呢？你听过匈牙利的圣伊丽莎白的故事吗？伊丽莎白冷酷的丈夫禁止她救助穷人，为他们提供日常必需品。一天，在大街上，当她携带面包准备去送给穷人时，正好让丈夫碰了个正着。他怀疑她没有服从他的命令，于是问她篮子里装的是何物，惊慌之中，伊丽莎白回答说，篮子里是玫瑰花。她丈夫从她手里一把夺过篮子，打开了它，发现她讲的是对的：面包奇迹般地变成了芳香四溢的玫瑰。”

“故事很有启发意义，”马基雅维利冷冷说道，“但我不太明白它的主旨。”

“不是这样吗？——圣维塔莱在天堂里听到了虔诚的巴尔托洛梅奥所做的祈祷，这个好人的纯洁信仰让他感动，于是在他身上创造出了奇迹——这个奇迹是你向他担保过的，圣人的神力能够制造出来的。《圣经》不是告诉过我们，信仰可以移山吗？”

如果不是马基雅维利有极强的自控力，他的怒火就要爆发了。他很清楚修士为什么拒绝再次给他提供帮助。他拿了二十五达克特，他答应的事也都做过了，计划没成功不是他的过错。他要得到更多的钱，而马基雅维利没钱给他。他给卡泰丽娜夫人买项链，给奥蕾莉亚买手套，玫瑰油已经花光了他的闲钱。现在，他欠巴尔托洛梅奥的钱，欠几个商人的钱，他从执政团领的钱只够他目前的开销。他除了口头承诺什么也拿不出手，他模模糊糊地觉得，承诺对于提莫窦修士来说没什么用处。

“神父，你的口才和虔诚证实了我听到的关于你的好名声。如果我递交给执政团的推荐信能够产生我们都希望的效果的话，我敢肯定，佛罗伦萨人民将在精神上受益良多。”

修士严肃而不无尊严地弯了弯腰，不过马基雅维利看出了他的无动于衷，于是继续说道：

“一个聪明的人不会把所有的鸡蛋都放在一个篮子里。如果一个计划没能成功，他会尝试另外一个。我们不要无视这一事实：倘若巴尔托洛梅奥的希望破灭，他就会收养他的外甥，他的妻子和岳母会因此受到伤害，最终你的教堂也将遭受损失。”

“那将是一种不幸。如果这样，我的基督教职责会让我规劝所有相关的人去忍受、顺从。”

“我们被告知，天助自助者。在以前，你不觉得我是个一毛不拔的人，将来也是如此。巴尔托洛梅奥的希望不应落空，这对你，对那两位女子都有益处。”

提莫窦脸上露出了淡淡的微笑。

“你知道，对于你这样的杰出人士，我是非常乐意帮忙的，但如果好人巴尔托洛梅奥的希望破灭了，你说我们应该怎样通过自助来获得上帝的帮助呢？”

马基雅维利突然间有了主意——主意极其有趣，差点儿让他大笑起来。

“神父，与世界上其他所有人一样，你一定也会不时地服些泻药，假设你晚上服了一剂芦荟汁，第二天一早再服一剂泻盐，你一定会发现效果更好。你想过没有？假如巴尔托洛梅奥去圣维塔莱进香后，再到另外一个地方——比如，里米尼——进一次香，那效果将会大为加强，这样他就可以离开这个城市在外面待上二十四小时了。”

“大人，你是一个充满渴望的人，不由得让我感到钦佩。但这一次太迟了。巴尔托洛梅奥大人可能是一个傻子，但如果我指望他再傻一些，那我只能比他更愚蠢。”

“你对他的影响是很大的。”

“所以我更不应该失去它。”

“这么说，我无法指望你帮忙了？”

“我没这么说。等过一个月，我们再谈吧。”

“对一个恋人来说，一个月等于一百年哪。”

“不要忘了，我们的祖先雅各等拉结等了七年。”

修士在讽刺他，马基雅维利心里跟明镜似的。如果不出一个合理的价，他才什么都不会管呢。马基雅维利心头的怒火在升腾，不过他知道，把愤怒表现出来将是致命的。他控制住自己，跟修士告别，并开了一个玩笑：他请求修士能接受他的一弗罗林，买上一支蜡烛在神奇的圣母像前点燃，这样，巴尔托洛梅奥的愿望可能就会实现了。如果在精神上能够接受失利，它就不会让人感到痛苦。

二十五

现在他跟奥蕾莉亚交往的唯一希望就是寻求卡泰丽娜夫人的帮助。很显然，这次意外毁掉了他们精心制订的计划，当然，这件事对马基雅维利的影响远没有对卡泰丽娜夫人大。对他来说，不过是满足自己对一名漂亮女子的渴慕而已，但对卡泰丽娜夫人而言，她的安全岌岌可危。他不能再依赖修士了，而卡泰丽娜夫人是一个存有私心的同盟，是可以指望的。他对她作为女人的灵巧坚信不疑；对她们来说，骗人就像吃喝一样自然，她会尽自己所能把他们的计划成功执行的，这是她本身具有的优势。他决定跟她安排一次会谈。两位女子所过的离群索居的生活使会谈很不容易安排，不过幸运的是，皮耶罗可以去她们那里做个中间人。他为自己安排皮耶罗向尼娜求爱的深谋远虑感到庆幸。

第二天，他到市场买了一条看上去挺不错的鱼，趁着胖子巴尔托洛梅奥在城里忙自己事务的时候，让皮耶罗送到了他的家里。如果找不到一个机会单独见到奥蕾莉亚，并再约幽会之事，那真是倒霉透顶。皮耶罗像往常一样能干，完成使命后回来告诉主人，卡泰丽娜夫人几经犹豫后，最终同意跟他见面——三天后在圣多米尼克教堂见面。地点选得很巧妙，很明显，她以女人特有的直觉已经意识到，提莫窦修士已不可信赖，最好不要让他看到她跟马基雅维利在一起。

马基雅维利去了圣多米尼克教堂，脑子里毫无主意，不过他并不感到烦恼，卡泰丽娜夫人会有主张的，对此他很有把握。他唯一担心的是，这次会让他破费太多。啊——好吧，如果最坏的情况发生的话，大不了再找巴尔托洛梅奥借上一笔；无论怎样，马基雅维利是在给他帮忙，他不出钱谁出？

教堂里空无一人。马基雅维利告诉卡泰丽娜夫人为什么他那天没有守约，他如何在雨里敲门，如何患上了严重的感冒。

“我知道，知道。”卡泰丽娜夫人说道，“皮耶罗告诉我们了，真是让人难过。奥蕾莉亚一直在念叨：‘可怜的先生，如果他死了，我将良心不安的。’”

“我可不想死，”马基雅维利说，“即使到了天堂门口，对奥蕾莉亚的思念也会把我拉回来的。”

“真是太不幸了。”

“事情过去了就不要再想了，我已经痊愈了，现在活力十足啊，让我们想想将来吧。我们的计划没有成功，得再重新制订一个；你是一个聪明的女子，想个办法来满足我们的愿望吧，我不信你想不出办法。”

“尼科洛大人，我今天本不想来的，因为你的皮耶罗哀求我，我才来的。”

“他说你有一些犹豫。我不明白为什么。”

“谁都不愿做坏消息的传递者。”

“你什么意思？”马基雅维利大声嚷起来，“巴尔托洛梅奥不可能会怀疑到的。”

“不，不，我不是指这个，是奥蕾莉亚。我跟她吵架了，都给她跪下了，真拿她没办法。哎，我可怜的朋友，现在的女孩子跟我们那时候不一样了，我们年轻的时候从来都没想过会违背父母的意志。”

“不要拐弯抹角了，女士。你指的是什么，说吧。”

“奥蕾莉亚不想继续下去了。你的建议她不同意了。”

“你有没有给她指出后果会怎样？难道你没告诉她你和她将来的处境吗？如果巴尔托洛梅奥收养了他的外甥，科斯坦扎夫人成了家里的主人，那会怎样呢？”

“我什么都说了。”

“但为什么呢？即使是女人，做任何事情也都是有原因的啊。”

“她相信上帝对她的行为进行了特殊的干预，她得到了上帝的佑护，不会再去犯严重的罪过了。”

“罪过？”马基雅维利大叫起来。狂躁之下，他忘了应该保持的礼仪——他们谈话的地方可是神圣的地方。

“不要生我的气，尼科洛大人。一个母亲不应劝女儿去做违背她良心的事。”

“恕我冒昧，卡泰丽娜，你说的都是废话、蠢话。你是一个人生经验很丰富的女子，而她只是一个无知的小女孩。你有责任给她指出，两害相较取其轻，理性还有上帝都会告诉我们应该这样去做。一个神志清醒的人，为了获得巨大的利益，是不会拒绝犯下一点儿轻微的过错的，而且其本身还能让人感到很大的快乐。”

“没用的，大人，我了解我的女儿，她倔强得像头骡子；她一旦下了决心，我是毫无办法的。她让我告诉你，为记住你对她的爱慕之情，她会永远珍藏你送她的精致手套和丝织头巾，但她不会再接受你的礼物了，也希望你不要再送了。你也不要再试图见到她了，无论是以直接的还是间接的形式。就我而言，我会永远铭记并感激你的善意，我希望能为你遭到的失意做些补偿。”

她停顿了片刻，但马基雅维利没做任何回答。

“对你这样一位充满智慧且懂得人情世故的人来说，我没必要告诉你，女人是任性且反复无常的。如果选对了合适的机会，贞洁的女子也会接受情人的拥抱；但如果错过了，荡妇也会将人拒之门外的。希望你今天快乐。”

卡泰丽娜夫人向他行了一个屈膝礼，然后走了——马基雅维利敏锐地想到，这个屈膝礼，在旁观者看来，既可以理解为嘲弄或者怨恨，也可以单纯理解成礼貌的举止。

他有些不知所措了。

二十六

在接下来的一个月里，尽管马基雅维利使出了浑身的解数，但只是在他要离开伊莫拉的时候才又见到了奥蕾莉亚。幸运的是，他因忙于自己的事务而无暇去考虑内心的失望情绪。据报道，叛军之间产生了冲突，但在最后，他们仍签署了阿加皮托给马基雅维利展示过的那份协议；不过，佩鲁贾的巴利奥尼没有签，他说他们都是傻瓜，在协议上签字是上了当。当他看到他们下定决心、不惜任何代价与敌人讲和，盛怒之下大步离开了集会的教堂。公爵任命帕格罗·奥尔西尼为乌尔比诺的统治者——这个城市按照协议已被收回，并送给他五千达克特作为礼物。维泰洛佐写了封措辞谦卑的信，为自己的行为做了辩解。

“叛徒朝我们后背捅了刀子，”阿加皮托说道，“他现在认为用温言软语就可以撤销他的伤害。”

但瓦伦蒂诺看起来神采奕奕，仿佛他准备既往不咎了，打算把那些悔过自新的叛军重新引为知己。在马基雅维利看来，他的友善颇值得怀疑。他给执政团写信说，难以猜出，也不可能搞懂公爵脑子里怎么想的。现在，公爵拥有强大的军队可以任意调遣，每个人都明白他将利用这些军队为自己服务。当前已有流言传出，他正准备带兵离开伊莫拉，不过，他要南下袭击那不勒斯王国，还是北上攻打威尼斯人，却无人知晓。令马基雅维利感到不安的是，他听说比萨城里有重要人物跑来向他献上城池。佛罗伦萨费时费钱，也搭进去不少生命，以便能重新占领该城，这正是佛罗伦萨发展商业所必需的；但如果被公爵夺取了，无论从经济角度还是军事角度看，佛罗伦萨都将陷入险境。卢卡近在咫尺，公爵谈起这个城市时说话的方式让马基雅维利感到不妙。他说卢卡是一块富饶的土地，贪食者都想吃上一口。倘若公爵占领比萨后再攫取了卢卡，佛罗伦萨也将难以摆脱他的魔掌。在马基雅维利跟公爵的一次会见中，公爵再次提到了雇佣权的问题，可怜的特使很难向他解释，为什么执政团不愿意授予他他所渴望的指挥权，特使很注意说话的方式以免冒犯他。事情显而易见，他们坚决不让自己受制于一个肆无忌惮、毫无诚信可言的人。不管在公爵英俊的面孔下酝酿着什么邪恶的计划，他最多也不过是在旁敲侧击地做些威胁，以便诱使佛罗伦萨接受他的指挥，因为马基雅维利讲话时，他听得心平气和。最后，他告诉马基雅维利，他将马上带兵去切塞纳，一到那里，他就会根据自己的判断采取必要的行动。

十二月十日，公爵前去弗利，十二日抵达切塞纳。马基雅维利做了安排，准备随同前往。他派皮耶罗和一名仆人去打前哨，务必找到一个住所。然后去跟他逗留伊莫拉期间帮助过他的一些人告别。现在没事了，公爵已带着他的宫廷人员及随从走了。最后他去跟巴尔托洛梅奥道声再见。在后者家里见了面，他被领进书房。这个胖子像往常一样咋咋呼呼而又热诚地欢迎他的前来。他已听说马基雅维利就要离开了，于是说了些非常漂亮的话来表达他的遗憾。他说跟这样杰出的来访者相识多么令人开心，他不再有机会跟他下棋了——以前下得太少了，也没机会在家里再用音乐及寒酸的食物款待他了。马基雅维利也说了些适宜的恭维话，然后不无尴尬地提到心头所想到的一件事。

“我亲爱的朋友，你听我说，我来这里不只是感谢你对我的帮助，我还要再让你发一次善心。”

“直说无妨。”

马基雅维利有些涩涩地笑了笑。

“我欠你二十五达克特，目前没钱还你。我必须请求你再等一些时间。”

“这个无所谓的。”

“二十五达克特可是一笔不小的数目哪。”

“不急，不急，如果不方便，干吗一定要还呢？把它当作我送给你的礼物好了，不要看成什么债务。”

“送我这样一个礼物说不过去。我不能接受你的好意。”

巴尔托洛梅奥向后靠在椅子里，爆发出轰鸣般的笑声。

“难道你猜不出来？这不是我的钱。我们好心的公爵早知道了，由于物价上涨以及你在这里必要开销的增加，你已陷入捉襟见肘的境地。大家都知道执政团吝啬成性，我收到公爵阁下财务官的指令，让我给你提供一些资助，需要多少给多少。如果你要的是两百达克特而不是二十五达克特，我也会给你的。”

马基雅维利目瞪口呆，大惊失色。

“不过，要是我知道钱是公爵给的，说什么我都不会接受的。”

“因为公爵知道你有顾虑——他对你的正直很是欣赏，所以让我来做中间人。他对你的心思缜密表示尊重。我背叛了他的信任，但我认为，对这样慷慨而无私的示好你不应该一直蒙在鼓里。”

马基雅维利把已到嘴边的脏话咽了下去。他不怎么相信公爵的慷慨，无私更谈不上。公爵认为花上二十五达克特就能买通他吗？马基雅维利紧紧抿着他薄薄的嘴唇，整个嘴巴看起来就变成了带有几分讥讽意味的一条线。

“你不觉得吃惊？”巴尔托洛梅奥笑道。

“公爵所做的一切都不可能再让我感到惊讶。”

“他是一个了不起的人物。我们将因为能够为他效劳而被子孙后代铭记，对此我深信不疑。”

“我的好人巴尔托洛梅奥啊，”马基雅维利说道，“人不是因为他们的丰功伟绩而被后人铭记的，而是通过那些文人所记载的好话被后人记住的。如果修昔底德没有记载下伯里克利赖以成名的那个演说，[①]伯里克利就只是一个名字而已。”

说着这些话，他站了起来。

“没见到我家的女士们你一定不能走。不跟你道个别她们会难过的。”

马基雅维利跟着他进了客厅。他的嗓子被什么东西哽住了，感到心脏也跳得很奇怪。女子们没料到有客人前来，都穿着平日里的衣服。看到他，她们吃了一惊，或许连一点儿喜悦都没有。她们站起来行了屈膝礼。巴尔托洛梅奥告诉她们说，马基雅维利就要前去切塞纳了。

“没有你我们该怎么办呢？”卡泰丽娜夫人大声说道。

马基雅维利肯定，没有他她们一样过得极好，他只能苦笑了一下。

“尼科洛大人当然乐意离开这样一个地方，陌生人在这里几乎得不

---

① 指伯里克利著名的《葬礼演说》，载修昔底德《伯罗奔尼撒战争史》第2卷第4章。

到什么娱乐。”奥蕾莉亚说。

马基雅维利不由得感觉到她的语气里暗含着怨恨的情绪。她又开始忙手头的活儿，他注意到她做的是精美的衬衣刺绣，材料正是他从佛罗伦萨带来的。

“我几乎搞不清楚最钦佩你哪一样，奥蕾莉亚夫人，”他说道，“是耐心呢，还是勤劳。”

“有人说，人闲得无聊，魔鬼就会让你干坏事。”她回答说。

“有时也许是好事。”

“但很危险。”

“所以更诱人。”

“不过，小心即大勇呢。”

马基雅维利不喜欢在口头上吃亏，尽管脸上在微笑着，他嘴上却尖刻地反驳道：

“人们说，谚语是众人的智慧，但众人往往都是错的。”

奥蕾莉亚今天看起来并不是最漂亮的。一段时间以来，天气很糟糕，为了染发她已等了很久，发根已经变黑了。她现在的模样看上去让人觉得她今天早上的妆也是草草处理的，因为她本来的橄榄色皮肤并没有被化妆品掩盖住。

“等她到了四十岁，她的魅力就跟她母亲一个档次了。”马基雅维利心里想。

做了适当停留后，他便起身而去。他很高兴再次见到奥蕾莉亚，对她仍充满了渴望，但已经不像以前那样强烈了。他不是这样一个人：因失望吃不上答应过的肥鹌鹑，就连摆在面前的猪蹄子也不想吃了。当他看到再追求奥蕾莉亚也没有什么结果时，就偶尔去找一找通过巴尔贝里娜的风月场所结识的那些各类廉价女子，以释放难抑的激情。现在，当他反省自身时，他很难不意识到，他的虚荣心所受到的伤害一点儿也不比对奥蕾莉亚一厢情愿的爱给他带来的痛苦要少。他得出的结论是，这个女人相当愚蠢，否则她就不会一气之下上床睡觉了——他让她等了不过区区三个小时；她也绝不应产生跟他上床是罪过的念头，至少上床之后再这么想才说得过去。假如她对生命有着跟他一样的彻悟，就应该明白，生命中你感到遗憾的，不是你所屈服的诱惑，而是你所抵抗的诱惑。

“好吧，如果巴尔托洛梅奥收养了他的外甥，”他心里想，“她就会后悔自己如此蠢不可及。那也是她咎由自取。”

二十七

两天后，马基雅维利到了切塞纳。公爵的炮兵正在开进，他的部下跃跃欲试，资金上也得到了很大的补充。显然，将有大事发生，但没人知道到底会发生什么。尽管出现了种种迹象，但空中仍弥漫着人们所说的地震前才会有的那种静寂：人们心神不定、烦躁不安，说不出什么原因会这样。突然间，毫无任何征兆地，大地就在脚下颤抖起来，房屋在耳畔呼啦啦坍塌下来。马基雅维利两次请求公爵接见他，公爵虽然感谢他的好意，但给他传回消息说，需要时会派人请他的。从秘书们那里，他也得不到任何信息，他们对他一再重复说，公爵在付诸行动前不会有任何表态，他总是根据需要采取行动。显而易见，对于公爵的计划他们跟其他任何人一样一无所知。马基雅维利头脑混乱、气急败坏，而且他很快又没钱了。他给执政团写信请求把他召回，建议派另一个大使来替代他，并赋予他比自己更多的权力。

马基雅维利在切塞纳待了不到一周的时间，一件意想不到的事情发生了。一天早上，他到公爵征来作为己用的宫里去，在那里他看到了所有的法国军官，他们一个个怒气冲冲、群情激奋。看来他们是突然间接到了命令要他们两天内走人，他们为自己突然被驱逐感到受了侮辱。马基雅维利绞尽脑汁想对公爵的这一举动找出一个合理的解释。

他在宫里的朋友告诉他，公爵对法国人已经忍无可忍，因为与他们本身的作用相比，他们制造的麻烦更多；但把这么一支重要的军队扫地出门看起来真是愚蠢透顶，因为剩下来的军队并不比奥尔西尼、维泰洛佐、奥利韦罗托等头领指挥下的军队强到哪里去——而且这帮人历经叛乱且并非甘心的投降后，公爵对他们当然不那么信任。是不是有这样一种可能：公爵对自己信心十足，他想给法国国王看看，他不再需要他的帮助了？

法国人走了。几天后又发生了另外一件事，吸引了马基雅维利这位人性及政治研究者的特别的兴趣。雷米罗·德·奥尔科被召到了切塞纳，他对公爵一直忠心耿耿，不仅是一名好战士，还是一位才干卓越的管理者。他曾担任过一段时间罗马涅的总督，但他的残暴和口是心非让民众对他充满了憎恨和恐惧，最后终于超出了忍受极限，他们派出代表到公爵面前诉说他们的苦情。雷米罗到后，随即锒铛入狱。

圣诞节这天，皮耶罗把马基雅维利唤醒了。

“到广场上去看看，大人，你会看到有价值的一幕。”他说道，年轻的眼睛里闪烁着兴奋。

“什么呀？”

“我不告诉你。有一大群人聚集在那里。每个人都好像吃惊不浅。”

马基雅维利很快就穿戴好了。天上下着雪，早上天气阴冷。广场上，雪地里的草席上躺着雷米罗·德·奥尔科的无头尸体：身着盛装，戴着所有的饰物，手上还戴着手套。在稍远处是他的脑袋，戳在 ·杆矛上。马基雅维利转身离开了这一令人震惊的场景，然后慢慢回到了自己的住处。

“你怎么看待这件事情，大人？”皮耶罗问，“他是公爵最勇敢无畏的头领。人们经常说，公爵对他的信任和依赖，谁都比不上。”

马基雅维利耸了耸肩。

“这么做的确很合公爵的心意。看起来，他是根据一个人应得的奖惩，随心所欲地成就他或毁掉他。我想，雷米罗对公爵来说，已没有更多的利用价值了。通过这样一个正义的行动来展示一下：他是把民众的利益放在心里的。他乐意这么去做。”[①]

人们一般认为，雷米罗是卢克雷齐娅·博尔贾的情人，但无论做切萨雷·博尔贾妹妹的丈夫还是情人都是一件冒险的事。切萨雷爱自己的妹妹。她的第一任丈夫——乔瓦尼·斯福尔扎免于死于非命，只是因为她警告他，切萨雷已经下令要把他处死。他爬上了一匹马逃命，最后到了佩萨罗的安全地带。当她的哥哥甘迪亚公爵从台伯河里被人

① 雷米罗·德·奥尔科（Remirro de Orco/ Don Ramiro de Lorqua），原为切萨雷·博尔贾的头领，1501 年被派往罗马涅代理博尔贾统治，1502 年 12 月被处决。对此，马基雅维利在 1502 年 12 月 23 日、26 日的报告中，谈到了雷米罗被囚和民众对雷米罗的反感，以及目击曝尸实况。他在《君主论》第 7 章中详细评论说：“当公爵占领罗马涅的时候，他察觉罗马涅过去是在一些孱弱的首领们统治之下，他们与其说是统治他们的属民，倒不如说是掠夺属民，给他们制造种种事端，使他们分崩离析而不是团结一致，以致地方上充满了盗贼、纷争和各式各样横行霸道的事情。他想使当地恢复安宁并服从王权，认为必须给他们建立一个好的政府，于是他选拔了一个冷酷而机敏的人物雷米罗·德·奥尔科，并授予全权。这个人在短时期内恢复了地方的安宁与统一，因此获得极大的声誉。可是公爵后来因为害怕引起仇恨，认定再没有必要给他这样过分大的权力。于是他在这个地区的中心设立了一个人民法庭，委派了一名最优秀的庭长，在那里每一个城市都设有他们自己的辩护人。因为他知道，过去的严酷已经引起人们对他怀有某些仇恨。为此，他要涤荡人民心中的块垒，把他们全部争取过来。他想要表明：如果过去发生任何残忍行为，那并不是由他发动的，而是来自他的大臣刻薄的天性。他抓着上述时机，在一个早晨使雷米罗被斫为两段，曝尸在切塞纳的广场上，在他身旁放着一块木头和一把血淋淋的刀子。这种凶残的景象使得人民既感到痛快淋漓，同时又惊讶恐惧。”

打捞上来时，身负九处伤痕。一般人都认为是切萨雷谋杀了他，真实原因是他也爱卢克雷齐娅。佩德罗·卡尔德龙是一名西班牙人，也是罗马教皇的宫廷大臣，被切萨雷下令处死，是“因为做了损害卢克雷齐娅夫人名声的事情”。据说，她实际上怀上了他的孩子。她的第二任丈夫，比谢列公爵阿方索也遭遇了同样的不幸。在他结婚一年后的一天，那时他只有十九岁，正当他要离开梵蒂冈时，遭到了武装人员的袭击，身负致命重伤。在他人的帮助下，他回到了教廷的公寓，在那里，他在生死之间盘桓了一个月之久。后来，据伯查德讲，他竭力不让自己死于伤病，但是一天，在夕阳落下去一个小时后，他被人掐死在床上。比谢列的阿方索是整个罗马最英俊的男子，卢克雷齐娅对他过于倾心的爱恋是个错误。在意大利没人怀疑，是切萨雷·博尔贾的嫉妒夺走了他的性命。[①]

马基雅维利记性良好，他没忘记公爵在伊莫拉告诉过他的一件事。帕格罗·奥尔西尼曾抱怨雷米罗生性残忍，公爵答应会给他一个满意的答复。但公爵心里是瞧不起帕格罗的，对他的抱怨，他不可能会在意什么，但通过处死雷米罗来消除叛军头领们最后的置疑不也可能吗？当他为了让他们当中的一人感到满意，而牺牲掉自己最能干、最值得信赖的副官时，他们如何能够不信任他的诚意呢？马基雅维利

① 关于博尔贾家族，有很多传说，除了擅长使用毒药之外，最流行的就是乱伦。卢克雷齐娅·博尔贾（1480—1519）也是亚历山大六世的私生女、切萨雷的胞妹。卢克雷齐娅先后嫁给过乔瓦尼·斯福尔扎（Giovanni Sforza，佩萨罗公爵）、阿拉贡的阿方索（Alfonso of Aragon，比谢列公爵）和埃斯特家族的阿方索（Alfonso d’Este，费拉拉公爵）。传说她与两个哥哥乔瓦尼（甘迪亚公爵）和切萨雷都有私情，正是切萨雷谋杀了她的第二任丈夫比谢列公爵，而甘迪亚公爵之死可能也与切萨雷不无关系。

在心里笑了起来。这种一举多得的事情正是瓦伦蒂诺喜欢干的：既可以抚慰罗马涅那些愤慨的民众，又能让他那些虚心假意的朋友对他的信任感到安心，与此同时，他还可以对那个赢得卢克雷齐娅青睐的人公报私仇。

“无论如何，”他开心地对皮耶罗说，“我们优秀的公爵把这世上的又一个无赖给消灭掉了。让我们找个酒店喝上一杯热酒，驱驱彻骨的寒意吧。”

二十八

无论如何马基雅维利都无法探明瓦伦蒂诺的计划，因为计划本身根本没有制订出来。必须要展开一定的行动，因为拥有一支军队而不去使用它是荒唐的，但至于怎样使用不是那么容易决定的。头领们派了代表到切塞纳，跟公爵讨论这个问题，但没有达成一致意见。因此，几天之后，他们又派奥利韦罗托·达·费尔莫把一份具体建议呈送给公爵。

这个奥利韦罗托·达·费尔莫是一名年轻人，前不久曾成为众人谈论的焦点。[①]奥利韦罗托幼年丧父，由他舅舅，也就是他母亲的哥哥乔瓦尼·福利尼亚抚养成人。到了合适年龄后，他被送到保罗·维泰利手下学习军事技能。在保罗被处死后，他加入了保罗的弟弟——维泰洛佐·维泰利的军队。由于他为人聪明且活力四射，不久就成了最优秀头领中的一员。不过他也是一个野心勃勃的人，他认为自己可以发号施令却只能服从于他人是可耻的，因此，他制订了一个巧妙的计划来寻求高升之道。他给他舅舅，也是他的资助人写信说，因为离家已有数年，他想回去见见他，看看自己的故乡，同时照料一下父亲的

① 以下这个故事直接引自《君主论》第8章。

庄园。因为他唯一关心的事情是博取名声，所以他觉得应该让他的同乡们看看他这些年来没有白过。他希望回去时能带上一百名骑兵，队伍里还要带上朋友、仆人，这样就能给人以深刻的印象。他请求他的舅舅一定要保证，要以体面的方式来迎接他的到来，这不仅对他是一种荣誉，而且对于作为养父的舅舅来讲，同样如此。乔瓦尼·福利尼亚欣慰地看到，他的外甥没有忘掉他给予的关爱与恩情。当奥利韦罗托到费尔莫后，乔瓦尼非常自然地让他跟自己住在一起。但几天之后，奥利韦罗托不愿意给舅舅造成负担，便搬回到了自己家里，并邀请舅舅和费尔莫城所有最显要的人物去参加他举行的一次盛大的宴会。

就在大家觥筹交错、把酒言欢之时，奥利韦罗托突然提到一个每个人都关心的话题。他谈及伟大的教皇以及他的儿子切萨雷，还有他们做出的丰功伟绩；说话当中，他突然站了起来，说这些话只能私下交流，于是把客人们领进另一个房间。就在他们刚刚坐下来时，士兵们从隐蔽之处冲了出来，一个不留地把人全都杀光。由此他就控制了整个城市，因为那些有可能反抗他的人全都死掉了。他自己重新制定了规章制度，无论是民用的，还是军事的都积极有效。不到一年，他在费尔莫就变得安然无忧；不仅如此，对邻邦也形成了强大的威慑力。

当时，头领们派去见公爵的就是这样一个人。他所携带的提议是，他们合兵一处进攻托斯卡纳，如果公爵觉得不合适，那就去占领塞尼加利亚。托斯卡纳是一份丰厚的奖品。占领锡耶纳、比萨、卢卡还有佛罗伦萨将给所有的参与者带来众多的战利品，维泰洛佐和奥尔西尼跟佛罗伦萨有宿怨，他们自然乐意去征服它。不过，锡耶纳和佛罗伦萨受到法国国王的保护，公爵不打算激怒他可能用得着的盟友。因此，他告诉奥利韦罗托，他不会跟他们合兵去攻打托斯卡纳，但是占领塞尼加利亚他会很乐意。

塞尼加利亚面积很小，但并非无足轻重，因为它地处海上，有一座优良的港口。它的统治者——不幸的乌尔比诺公爵孀居的姐姐——已经在马焦内跟叛军头领签署了协议；不过在和解之后，她不能得到任何权力，于是她带着年幼的儿子逃到了威尼斯，只留下一个热那亚人安德烈亚·多里亚来守卫城堡。奥利韦罗托向该城进军，没有遭到任何抵抗就攻克了这座城市。维泰洛佐和奥尔西尼带兵驻扎在附近。整个行动只出了一个意外：安德烈亚·多里亚拒绝献出城堡，要献只能由他本人亲自献给瓦伦蒂诺公爵。城堡很牢固，要强行夺取不仅耗时耗资，而且还会有人员伤亡。理性最终占据了上风。现在，公爵遣返了他的法国分遣队——头领们不再觉得他有那么可怕了，他们告诉了公爵安德烈亚·多里亚的要求，邀请他前来塞尼加利亚。

当公爵收到这份请求时，他已离开切塞纳，到了法诺。他派了一个可靠的秘书去通知头领们，他会马上起身前去塞尼加利亚，请他们在那里等他前去。自从签署协议以来，他们从没表现出觐见公爵本人的意愿。为消除他们的怠慢所表露出的不信任，公爵给秘书做出指示，要他用友好的方式通知各位头领：他们所坚持的疏远行为只能阻碍已签订好的协议的有效执行；对他本人而言，他唯一的愿望就是能够取得他们军队的指挥权，并吸收他们好的建议。

当马基雅维利听说公爵接受了头领们的邀请后，他感到惊愕不已。他仔细研究过协议内容，在他看来，他们彼此之间没有一丁点儿的信任。当获悉头领们请瓦伦蒂诺前去塞尼加利亚跟他们会合——因为城堡的指挥官拒绝把城堡献给他们中的任何一名头领，他确信他们在为他设置一个陷阱。公爵已遣散了他的法国重骑兵，因而极大削弱了他的力量。头领们已把全部军队部署在了塞尼加利亚及其周围的紧邻地区。显然，事情看起来是，指挥官提出了自己的条件并获得了他们的默许，公爵一到达那里，他们就会对他发动袭击，把他还有他的人马彻底击垮。令人难以置信的是，他竟冒险置身于死敌之间而不做任何防备。唯一的解释只能是，他认为自己福星高照，另外，狂傲使他变得盲目，认为他可以通过自己的意志和人格力量吓退那些残暴之人。他知道他们害怕他，但他或许忘了一点：恐惧感也可以把人从懦夫变成勇士。诚然，好运迄今为止一直眷顾着公爵，但是好运并不能持久，骄者必败。马基雅维利轻声笑了起来。如果公爵掉进了为他设置的陷阱而被彻底打败的话，对佛罗伦萨而言无疑是天大的好事。公爵是敌人；而那些只是出于对他的恐惧而联合起来的头领，是可以通过妙计拆而分之、逐个击破的。

马基雅维利笑得太早了。在奥尔西尼给城堡的指挥官提供一笔钱，让他拒绝把城堡献给公爵之外的任何人之前，实际上指挥官已经得到了公爵送给他的金币，让他准确无误地去执行这个计划。公爵已猜到了头领们的计谋，预测到他们将如何诱使他前去跟他们会合。他是一个秘而不宣的人，不到执行计划的那一刻就去谈论计划不符合他的习惯。在他离开法诺的前一天晚上，他从他最可靠的随从中召集来八个人。他告诉他们，当头领们前来跟他见面时，八个人中的每一个都要待在一位头领的身旁，仿佛要突显他们的尊贵，一直陪同他们走到公爵下榻的寝宫。他吩咐他们要确保不让任何人逃离。一到宫里他们那些人就要受他控制，没有一个人能活着离开。他把军队分散驻扎在这个国家，这样就没人知道他所部署的军队有多大的力量了。现在，他发出了命令，让他们早上到距塞尼加利亚六英里的河岸集结。为表达对他们的真正信赖，公爵安排行李车走在前面。想到头领们注视着以为即将到手的大笔战利品而垂涎三尺时，他笑了起来。

一切安排就绪后，他上床休息了。他睡得很好，早上准时起了床。这天是一五〇二年十二月三十一日。法诺到塞尼加利亚有十五英里的距离，道路在山地和大海之间。一千五百人的先头部队由洛多维科·德拉·米兰多拉统帅；然后是一支一千人的由加斯科涅兵和瑞士兵组成的队伍；接下来便是公爵，他全身穿着盔甲，骑在一匹配备华丽的军马之上；后面则是其余的骑兵部队。马基雅维利不大容易受到审美情趣的感染，但他觉得他从来没见过比这支蜿蜒地、缓缓行进在雪山碧海之间的军队更好看的一幕了。

头领们在离塞尼加利亚三英里的地方等候着。

维泰洛佐·维泰利的身体一直非常壮实，直到那场法国病把他的健康给毁掉。在这之前，他长得高大而结实，虽然身材瘦削，甚至有些枯瘦。他长着一张刮得干干净净的土黄色的脸，咄咄逼人的鼻子，小小的、向后紧缩的下巴，上眼皮下垂得厉害，耷拉在眼睛上，使他的脸看起来很奇怪，总像是愁云密布。他为人残酷无情、贪婪成性而又好勇斗狠，是一名不错的战士，享有“欧洲最好的炮手”之美誉。他为自己的领地——卡斯泰洛城而骄傲，同时骄傲于所拥有的几座华美的宫殿。宫殿装饰有壁画、铜器、大理石人物以及佛兰德挂毯等，这些东西都是由他及家人不断丰富起来的。他爱自己的哥哥保罗，佛罗伦萨人砍去了保罗的脑袋，他的仇恨并没有随着时间的流逝而减弱。由于使用了医生给他开的汞，他罹患了无法忍受的抑郁症，现在被折磨得已大不如从前了。当头领们聚在一起讨论和解的时候，帕格罗·奥尔西尼把瓦伦蒂诺起草的条款带来并展示给他们看，佩鲁贾领主吉安·保罗·巴利奥尼不愿意接受条款，维泰洛佐一度也不信公爵提出的内容，与巴利奥尼站在同一边，但他没有力气忍受他人喋喋不休的争论，即使他感到这样做并不明智，最后也只好同意签署协议。的确，他写了一封措辞谦卑的妥协致歉书，瓦伦蒂诺反过来向他保证，过去的一切他都会原谅、都会忘却，但维泰洛佐仍坐卧不安。他的本能告诉他，公爵既不会忘记，也不会原谅。协议中一项条款规定：头领们每次只能有一人到公爵的营帐里服役，但如今这里聚集了公爵手下所有的头领们。帕格罗·奥尔西尼已数次拜见过公爵，他们经常在一起长时间地交谈，开诚布公，无遮无掩，真诚坦率，不相信他的真诚是不可能的。他把法国枪骑兵都打发走了，而且他需要依靠他们来开创基业，还有比这更好的证据吗？如果不是为了向他们表明他把他们的需求放在心上，公爵又为什么要处决雷米罗·德·奥尔科呢？

“相信我吧，叛乱已经给了这个年轻人一些教训，我们可以充分地相信，今后没有理由会对他不满。”

但帕格罗·奥尔西尼认为没有必要把他跟公爵的会谈告诉维泰洛佐。教皇已年届七十，患有多血症，其黄金时代已经一去不复返了，随时发作的中风很可能把他的命夺走。如果瓦伦蒂诺能够控制西班牙枢机主教们的选票——这些主教都是他父亲任命的，他打算一定让帕格罗的哥哥奥尔西尼枢机主教通过选举获得教皇的职位，以此报答他们让他重获故土的保证。展望前景让人目眩神迷。帕格罗更倾向于信任公爵，因为公爵跟奥尔西尼家族之间的需求是相互的。头领中，维泰洛佐是第一个走上前去向公爵表示欢迎的。他没有携带武器，身着破旧的黑色长袍，上身披着带绿条的黑斗篷，面色苍白，神情迷惘，从他脸上就能够看出，他已经知道了等待着自己的命运。现在碰到他的人，谁也不会想到，这就是那个试图靠一己之力把法国国王驱逐出意大利的人。他正要从骑着的骡子上下来，但公爵没有让他这样做，而是俯下身来，用胳膊友好地揽过他的肩膀，吻了吻他的两个面颊。几分钟后，帕格罗 · 奥尔西尼和格拉维纳公爵带领侍从骑马前来，由于这些人身份非凡，切萨雷 · 博尔贾对他们表现得彬彬有礼，同时又如多年未见的老朋友般兴奋而热诚地对他们致以问候。但他注意到，奥利韦罗托 · 达 · 费尔莫并未前来，问起他的情况时，他被告知：人正在城里等他。公爵派唐米凯洛托把这个年轻人找来。就在他们等着的时候，他跟头领们有一搭无一搭地闲聊起来。他这个人，如果认为有必要的话，会比任何人更富魅力。从表面上，你一点儿也看不出曾发生过什么事，损害了他跟三位头领的关系。他看起来和蔼可亲，跟他的身份很是吻合——没有任何架子，举止中没有一丝一毫的傲慢自大。他安详自若、温文尔雅、平易近人，还问起了维泰洛佐的健康情况，并提出把自己的医生派过去给他治病。当开心地谈起格拉维纳公爵的一桩艳事时，他顽皮地笑起来。他怀着令人欣喜的兴趣倾听帕格罗 · 奥尔西尼讲述正在阿尔邦山区建造的别墅。

唐米凯洛托在城外河对岸的一个广场上找到了正在训练士兵的奥利韦罗托。他告诉后者，他的士兵最好能占住自己的营房，否则有可能被公爵夺去。建议不错，奥利韦罗托对这一明智的提议表示感谢，并立马实施。发布完必要的命令后，他同唐米凯洛托一起到众人等着的地方跟他们会合。公爵用同样的热忱和友好对他表示欢迎。当奥利韦罗托要表达自己的敬意时，公爵止住了他——因为自己把他看作自己的战友而不是属下。

公爵下令队伍前进。

维泰洛佐一下子惊呆了。他终于看清了公爵身后带着的是一支多么强大的队伍。他现在彻底明白了头领们制定的阴谋绝无胜算。他决定重新回到自己的队伍中去，他的军队就驻扎在几英里外。他推辞说自己有病，这倒很有说服力，但帕格罗不让他走，争辩道，在这个时候让公爵以为他们仍然怀疑他的诚意并不合适。维泰洛佐的精神已近崩溃，他的本能告诉他这是逃生的唯一机会，但他下不了决心这样做，他被说服了。

"我确信，如果我跟着去了，我必将遭遇死亡，"他说道，"既然你无论生死都想冒一次险，我愿意跟你及大伙儿一起来迎接命运的到来——上天已经注定，我的命运跟大家的连在一起。"

应公爵命令陪同头领的八个随从已经各就各位，这几位倒霉的头领每人身边都站着一人。骑兵部队身着闪闪发光的盔甲，威武雄壮，在指挥官的带领下进了城。一到给公爵安排好的住宿宫殿前，头领们就要跟他告别，但他坦率而真诚地竭力劝服他们到里面坐一坐，这样他们可以讨论一下他要提供的计划。他有很多的话要对他们讲，一定能引起他们的兴趣。时间很珍贵呀，决定下来的事情得赶紧处理。他们答应了他的要求。他领着他们穿过门口，沿着一段精致的楼梯上去，进了一间大接待室。刚一进去，他便请求他们原谅，他要去方便一下。他一离开，一些武装人员就冲了进去把头领们抓了起来。这一简单有效而又干净利落的花招曾被缺德的奥利韦罗托在他舅舅和费尔莫的重要人物身上使用过，现在被公爵照搬了过来，而且连宴会也省了。帕格罗·奥尔西尼对公爵的背信弃义表示抗议，要求见他本人，但公爵早已离开了宫殿。他下令解除四位头领手下军队的武装。奥利韦罗托的士兵近在咫尺，遭到了偷袭，反抗者立即遭到了屠戮。驻扎地较远的士兵要幸运得多，他们一听到头领遭难的风声，便联合了起来，虽然遭遇了严重失利，但还是成功地逃到了安全地带。切萨雷·博尔贾只得满足于除掉维泰洛佐和奥尔西尼那些最亲近的追随者。

但公爵的士兵们不满足于仅仅掠夺奥利韦罗托的部队，他们开始洗劫这座城市。要不是顾忌到公爵严厉的规定，他们会把整座城市劫掠一空；公爵可不想得到一座废城，而是希望得到一座繁荣富庶的城市，这样，他才可以从中征得税收。于是，他把劫掠者都送上了绞刑架。城市陷入了混乱之中。店主们拉上了护窗板，老实的市民蜷缩在自己家里，把门上了锁。士兵们破门闯入葡萄酒商店，用剑锋逼迫店主交出酒来。街上尸体横陈，杂种狗舔舐着血液。

二十九

马基雅维利跟着公爵到了塞尼加利亚。他度过了焦虑的一天。一个人出去，或者不携带武器出门都非常危险。如果不得已离开他所避难的这座凄冷的客栈，他总要带上皮耶罗和仆人。他可不想被更嗜酒的暴躁的加斯科涅人杀掉。

这天晚上八点，公爵派人来请他。以往每次马基雅维利觐见公爵时都有他人在场，如秘书、教会人士、随从等；但这一次让他感到惊讶，那个把他领进公爵房间的官员立马就走开了，这是他们两个人第一次单独相处。

公爵兴致勃勃。红褐色的头发，精心修理的胡须，泛红的双颊，熠熠发光的眼睛，使他看上去比马基雅维利见到的以往任何一次都要俊逸。他的仪态中散发着自信，举止中透露出威严。他可能只是某个邪恶神父的私生子，但他却使自己看起来像一个国王。跟往常一样，他直奔主题。

“怎么样，我给你的主子们帮了大忙，把他们的敌人都消灭干净了，”他说道，“我希望你现在就给他们写信，让他们把步兵召集起来，连同骑兵一起发派到我这里。这样，我们就可以向卡斯泰洛和佩鲁贾进军了。”

“佩鲁贾？”

公爵脸上笑开了花。

“巴利奥尼拒绝跟其他人一起签署协议，他临走时说：‘如果切萨雷·博尔贾想找我，他可以到佩鲁贾来——带上他的军队。’这正是我计划要做的。”

马基雅维利心想，签署协议可没有给其他人带来好处，但他的脸上还是挂着微笑。

“打败维泰洛佐、击垮奥尔西尼家族将会让执政团花上一大笔钱，让他们来做这件事，利索劲儿连我的一半儿都赶不上。我认为他们不会不领情的。”

“他们肯定不会的，阁下。”

公爵的嘴唇上仍挂着微笑，但他的目光却变得严厉起来，长时间盯着马基雅维利。

“那就让他们展示一下吧。他们连举手之劳都没有付出，而我为他们所做的可值十万达克特啊。这笔债务并不是法律意义上的，而是一种双方心照不宣的约定，如果他们开始偿付这一债务，那就再好不过了。”

马基雅维利很清楚，执政团对这种要求会大为光火，所以他不愿当这件事的传话者。令他高兴的是，他找到了解决问题的办法。

“我应该告诉阁下，我已经请求我们的政府把我召回了。我跟他们讲，他们应该派一名地位更高、权力更大的特使到这里来。阁下跟我的继任者谈论这件事可能会获得更多实惠。”

“你是对的。我讨厌你们政府的拖拖拉拉。他们跟我合作还是反对我，该是痛下决心的时候了。我本来今天就要离开这里，但如果我走了，这个城市将遭到洗劫。安德烈亚·多里亚明天早晨将献出城堡，然后我将离开这里前往卡斯泰洛和佩鲁贾。等我把事情处理完后，会转而关注锡耶纳。”

“法国国王同意你占领他保护的城市吗？”

“他不同意，我也不会愚蠢到认为他会同意。我打算以教廷的名义去占领它们。我想得到的只是我自己的罗马涅。”他说道。

马基雅维利叹了口气。尽管并不情愿，他仍对这个人充满了钦佩：他的精神如火焰般熊熊燃烧，对自己获得所渴盼的一切信心十足。

“没有人会怀疑运气是站在您这一边的，阁下。”他说。

“运气青睐那些能够把握机会的人。城堡的指挥者拒绝向任何人投降，但却单独向我投降，你认为这是一场令人开心、恰好让我从中受益的意外吗？”

“我不会那样不公正地评价阁下的举动。从今天发生的事情来看，我想您做了该做的事。”

公爵笑了。

“我喜欢你，秘书先生。你是一个可以交谈的人。我会想念你的。”他停顿了一下，以一种探寻的眼光看着他，似乎看了很久很久，最后开口道：“我差点儿就希望你能为我效劳了。”

“阁下是一个好人，但能为共和国服务我已经心满意足了。”

“它让你得到什么好处呢？你的薪水可怜巴巴的，入不敷出，还要向朋友们借债。”

这话让马基雅维利感到有些意外，不过这时他想起来了，公爵一定知道巴尔托洛梅奥借给他二十五达克特的事。

“我对钱不是太在意，喜欢大手大脚的。”他回答道，脸上浮现出愉快的笑意，“我经常会陷入捉襟见肘的境地，这是我的个性缺陷。”

“如果你跟着我做事，这种事情就不大可能会发生。要想赢得一位漂亮女士的好感，送她一条项链、一只手镯或胸针是一件非常令人开心的事。”

“我经常会找那些放荡而毫不做作的女人来满足我的欲望。”

“如果能够掌控自己的欲望，这样做也无可厚非。不过，谁能说出爱神会对人使出怎样离奇的花招呢？秘书先生，你难道一直没有意识到，如果爱上的是一个贞洁的女子，一个人要付出怎样的代价？”

公爵用讥讽的眼神看着他，在那一瞬间，马基雅维利不安地想到公爵是否已经知晓他对奥蕾莉亚的失意恋情，但这个念头只是在他脑子里闪了一下，随即便被否定了。公爵让他来有更重要的事情要商讨，而不是讨论他这位佛罗伦萨特使的恋爱故事。

“我愿意把这个看作理所当然的，并且愿意把欢乐还有‘代价’都留给别人体验。”

公爵若有所思地看着他。你可以想象到，他正在心里寻思这是个怎样的人呢——当然不是出于什么更长远的动机，而只是出于纯粹的好奇心。同样，在办公室的会议室里，当你发现自己在跟一个陌生人单独相处时，为打发时间，你也会从他的外表猜测他前来要处理什么事务，他有什么样的职业、习惯和个性等。

“我想你是一个如此聪明的人，不会满足于在一个从属的职位上了此余生的。”公爵说道。

“我从亚里士多德那里学到一点：中庸之道乃是智慧的高级形式。”

“是不是你缺乏雄心壮志呢？”

“绝不是，阁下，”马基雅维利笑道，“我的志向就是尽我所能为我的国家服务。”

“这恰恰是你不被允许做的。你比谁都清楚，在一个共和国里，天才是不被信任的。一个人之所以获得高位是因为他平庸无能，无法对他的同僚构成威胁。因此，统治那些民主国家的，不是那些最具才干的人，而是那些不会让人感到忧惧的无能之辈。你知道，毁掉民主根本的是什么吗？”

公爵抬头看看马基雅维利，好像在等他做出回答，但他什么都没说。

“嫉妒和恐惧。执政者中的一些猥琐小人物对他们的同僚充满了妒忌之心，他们不愿意让某个同僚获得好的名声，因而阻止他实施对国家安全和繁荣至关重要的某些措施；他们之所以感到惶恐不安，是因为他们知道，他们周围所有的人无时不刻不想用谎言和诡计将其取而代之。结果会怎样？结果是他们会更加害怕出现任何过错，而不是积极地把一件事情做好。人们说狗不咬狗，不管是谁发明了这句谚语，他一定是从来没有在民主体制里生活过。”

马基雅维利一直沉默不语。他非常清楚公爵的话有多么真实。他记得围绕着自己的那个卑微职位曾有过多么激烈的竞争，而他击败对手获得那个职位又是多么艰辛！他知道他的一些同僚在审视着他所走的每一步，随时对他出现的任何过错发动攻击，从而让执政团把他解雇掉。公爵继续说道：

“像我这种地位的君主，可以任意挑选才华出众的人士为他服务。他不必因为他需要这个人的影响力，或者他必须考虑这个人背后的党派的效忠这些原因而把职位授予一个不能胜任的人。他害怕没有竞争，因为他超越于竞争之外，所以他不会支持平庸——平庸是对民主的诅咒，是民主的毒药；他会寻求那些才能卓越、精力充沛、富有创造精神和智慧的人士为他效劳。怪不得你们的共和国每况愈下呢，任何人获得他的职位竟然直到最后才考虑他是否胜任！”

马基雅维利微微笑了笑。

“阁下，请允许我提醒您，众所周知，君主的青睐并不靠谱。他们既可以把一个人擢升到高位，也可以把他打入深渊。”

公爵咯咯笑起来，笑得很快活，而不加任何掩饰。

“你想到雷米罗·德·奥尔科了吧？君主必须知道怎样赏罚严明。他的慷慨必须是广泛的，司法必须是严厉的。雷米罗犯下了令人憎恶的罪行，他的死罪有应得。这件事如果发生在佛罗伦萨，会怎样呢？把他处死将会触犯一些人，因此会有人替他求情，因为他们曾从他的罪行中获得利益；执政团会犹豫不决，最后会把他任命为派驻法国国王的大使，或者派到我这里来。”

马基雅维利笑了。

“相信我，阁下。他们提出派往您这里的大使具有无懈可击的受人尊敬的好品质。”

“那会让我无聊至死的。毫无疑问，我会想念你的，秘书先生。”这时，好像刚刚想起来一般，他冲马基雅维利温和地笑了笑，“你为什么不加入我的部门呢？我会为你提供一份工作，能让你敏锐的头脑和丰富的阅历有用武之地，你会发现我可不是一个小气的人。”

“对于一个为了金钱而背叛自己国家的人，你对他会有怎样的信心？”

“我不会要求你背叛你的国家。为我服务要比你做第二秘书厅的秘书会给你的国家带来更多的益处。还有其他一些佛罗伦萨人也进入了我的部门工作，我知道他们对此并不感到后悔。”

“梅迪奇家族被驱逐后，他们的那些流亡的拥护者为了生存，你要他们干什么他们就会干什么。”

“不光是他们。达·芬奇和米开朗琪罗也没高傲到不接受我提供的差事。”

“艺术家！只要有资助人提供佣金，他们去哪里都行，这是一些不负责任的人。”

公爵的眼睛里仍然笑意盈盈，长时间地盯着马基雅维利，这时，他开口道：

“我在紧靠伊莫拉的近郊有一处庄园。里面有葡萄园，有可耕的土地，还有草场和树林。我很乐意把它送给你。它的收成将是你在圣卡夏诺那几英亩贫瘠土地收获的十倍之多。”

伊莫拉？切萨雷怎么会想到这个城市，而不是别的城市呢？他再一次飞快地猜想到公爵已经知道了他对奥蕾莉亚无果的追求。

“我们家拥有圣卡夏诺那几亩薄田已经三百年了，”他尖刻地说道，“伊莫拉的庄园我用它干什么呢？”

“别墅是新的，美观而坚固。在酷热的夏天，可以从城里搬过去住——这是令人开心的事。”

“阁下，您在让人猜谜啊。”

“我派了阿加皮托·达·阿马利亚去乌尔比诺做总督。我知道没人比你更适合代替他做我的首席秘书了，不过这会使你跟新任佛罗伦萨共和国大使之间的谈判有些尴尬。我准备让你做伊莫拉的总督。”

马基雅维利感觉到他的心脏好像一下子停止了跳动。这是一个重要的让人梦寐以求的好职位。佛罗伦萨通过武力征服或签订协议控制了一些城市，但派去的管理者要么出自名门望族，要么有强大的关系势力。如果他能够成为伊莫拉的总督，奥蕾莉亚就会为成为自己的情人而感到自豪；况且如果需要，任何时候他都可以轻松地找到借口摆脱开巴尔托洛梅奥。公爵如果没有考虑到这些而仅仅为他提供一份职务，这几乎不大可能。但他怎么会知道这些呢？马基雅维利意识到，他的内心自始至终都没有为这两种诱惑所动摇，他很为自己感到骄傲。

“阁下，我爱我的祖国甚于爱自己的灵魂。”①

瓦伦蒂诺不习惯被人反驳，马基雅维利认为公爵听了这话后肯定会愤怒地摆一下手，然后把他扫地出门。令他惊讶的是，公爵悠闲地玩弄着他的圣米迦勒项圈，继续若有所思地盯着他。似乎过了很久，公爵终于开口道：

“秘书先生，对你我是一直开诚布公的，”他最后说道，“我知道你不是一个容易欺骗的人，我也不想浪费时间这样做。我把我的一切都跟你挑明了吧。我的计划也向你和盘托出，但我并不要求你对此保守保密——你不会背叛我对你的信任的，因为没有人会相信我会把这些告诉你。执政团会认为你把自己的猜测当成了事实，以便使你自己显得更为重要。”

公爵只是停顿了片刻。

“我牢牢掌控着罗马涅和乌尔比诺。过不了多久，我将占领卡斯泰洛、佩鲁贾和锡耶纳。比萨只要我开口就是我的。卢卡在我命令下也会投降于我。如果佛罗伦萨被我统治或掌控的国家包围，情况会怎么样呢？”

“毫无疑问，会很危险——但我们有跟法国签订的盟约。”

① 马基雅维利的这句著名告白出自他1527年4月16日致弗朗切斯科·韦托里的信（书信331）。

马基雅维利的回答看起来让公爵感到很有趣。

“盟约是两个国家为了共同的利益而缔结的协议。如果协议条款不能再为自己带来利益，一个谨慎的国家就会拒绝接受它。假如法国国王默许我占领佛罗伦萨，作为回报，我主动加入他的军队去共同攻打威尼斯，那么你认为，他会怎么说呢？”

马基雅维利全身战栗起来。他再清楚不过，为获得所追求的利益，路易十二对抛掉自己的荣誉不会有丝毫的犹豫。他花了些时间来考虑怎样回答，最后他谨慎地说道：

“如果阁下认为轻轻松松就能占领佛罗伦萨，那您就错了。为了自由，我们会决战到死。”

“用什么来决战呢？你们的国民忙于赚钱，哪有时间进行军事训练，从而来保卫自己的国家呢？你们花钱请雇佣兵来为自己打仗，这样你们就可以继续寻欢作乐了。真是愚蠢！雇佣兵打仗只是为了得到一点儿钱，其余什么都不会做。这不足以让他们为你们送死。一个国家要保卫自己，就必须从自己的公民中征募士兵，并把他们打造成一支训练有素、纪律严明、装备优良的队伍。如果保卫不了自己，那这个国家必然会走向灭亡。这里面包含的牺牲，你们佛罗伦萨人准备好了吗？我不这么认为。你们的国家由商人统治，而商人的全部心思就是在考虑以某一价格达成某一桩交易。他们关注的是短期效益，快速回报，只图眼前得过且过，不惜蒙羞含辱，甚至置可能发生的灾难于不顾。你的李维曾经教过你，一个共和国的安全取决于其国民的正直品性。你们的国民软弱无力，政府腐化堕落，遭遇灭亡是其应得的结果。”

马基雅维利的脸色变得阴沉，他无法做出回答，公爵已经把话讲得很清楚了。

“现在，西班牙已经统一，法国摆脱了英国的统治，也变得强大起来。小邦国各自为政的时代已经一去不复返了。他们的独立并不是真正的独立，因为它们靠的不是自己的力量，大国让它们存在多久它们就只能存在多久。在意大利，教廷掌管下的各国都将由我来统治；博洛尼亚会落入我手中，佛罗伦萨也在劫难逃。到那时，我将成为所有国家——从南部的那不勒斯王国到北部的米兰和威尼斯——的主人。我将拥有我自己的炮兵和维泰利的炮兵。我会创建一支跟我的罗马涅部队一样高素质的军队。法国国王和我将共分威尼斯的财产。”

“不过，阁下，如果事情真如你想象的那样发生的话，”马基雅维利冷冷地说道，“你所得到的一切只能是让法国变得更加强大，你会让法国和西班牙对你感到担心和嫉妒的。它们中的哪一个都可以把你击垮。”

“的确如此。不过，我有自己的军队，还有黄金，我会成为一个强有力的盟友，我所支持的一方必定会成为胜利的一方。”

“但你仍然只是胜利方的一个封臣而已。”

“秘书先生，你到过法国，跟法国人有过交往。跟我说说，你对他们印象如何？”

马基雅维利耸了耸肩，露出些许轻蔑来。

“他们都是一些浮躁之人，绝不可靠。当敌人对他们凶猛的首次进攻进行抵抗时，他们就会左右彷徨，勇气全失。他们忍受不了艰辛和不适，时间稍长就会变得漫不经心，这时可以轻松地攻其不备。”[①]

---

① 参见马基雅维利《李维史论》第3卷第36章：“为什么一直到现在法兰西人都被认为在战斗开始时极其勇猛，而在战斗后期却连女人都不如。”也可参见他在早年的论文《法兰西事务概览》（*Ritratto di cose di Francia*）中对博尔贾的转述。

“我知道。当冬天来临，天寒地冻，飘着冷雨时，他们会一个个偷偷溜出营房当逃兵，这时他们的命运便掌握在一个更加强大的敌人手里。”

“另一方面，这个国家资源丰富、土地肥沃。国王摧毁了贵族们的势力，而使自己变得非常强大。他这个人有些愚蠢，但周围有聪明的人为他提供建议——那些人跟意大利的任何人一样聪明。”

公爵点了点头。

“那么现在，说说你对西班牙人的看法。”

“我几乎从未跟他们打过什么交道。”

“那么让我来告诉你好了。他们勇敢、坚韧、果决，不过经济上都很贫困。他们不会失去什么，而是会获得一切。对他们你根本无法抵抗，除非一种情况：他们被迫率领军队携带军备跨海过来。如果把他们驱逐出意大利，防止他们再度前来倒是不困难。”

两人不再说话。瓦伦蒂诺用手托着下巴，看起来沉浸在思考中，而马基雅维利神情轻松地看着他。公爵的眼神很坚毅，透射出光芒，目光延伸到了将来——那里充满了尔虞我诈的外交和血腥的战斗。白天发生的事件以及他的欺骗行径获得的令人惊叹的成功已经使他感到兴奋，如此一来他做的任何事情似乎都不会让他觉得困难或者有什么危险。对于他大胆的想象力而言，还能有什么样的伟大或荣耀的展望会让他目眩神迷呢？他笑道：

“在我的帮助下，法国人能把西班牙人赶出那不勒斯和西西里，或者西班牙人会把法国人赶出米兰。”

“不管你帮助哪一方，它都会成为意大利和你的统治者，阁下。”

“如果我帮助西班牙人，情况会是这样；但如果我帮法国人就不会。

我们以前曾把他们赶出了意大利，我们可以把他们再赶一次。”

“他们会等上一段时间，然后卷土重来。”

“我会做好准备等着他们。斐迪南国王[①]那只老狐狸，不是一个会为过去的事情懊悔叹息的人。如果法国人攻打我，他会抓住机会进行复仇，把他的军队开进法国。他把自己的女儿嫁给了英国国王。英国人不会错失对他们的世敌宣战的机会。法国人害怕我的理由比我怕他们的理由多得多。”

“不过教皇已经老了，阁下，他的驾崩会让您失去一半的支持力量和大部分的荣耀。”

“你认为我没有考虑过这个吗？我已经为我父亲离世后可能发生的一切做好了准备。我打算下一任教皇将由我来选出，他会得到我的军队的保护。不，我不害怕教皇的辞世。这不会影响我的计划。”

突然，公爵一下子从椅子上站起来，开始在房间里踱起步来。

“是教廷使这个国家分崩离析的。它从来没有强大到把整个意大利置于自己的统治之下，而且它还阻止任何人这样做。没有统一，意大

① 斐迪南（Ferdinand，1452—1516），即“天主教徒斐迪南”，原为阿拉贡的国王（阿拉贡的费迪南二世），后与卡斯蒂利亚的伊莎贝拉结婚，成为卡斯蒂利亚的统治者（1474—1504 年任卡斯蒂利亚国王，称斐迪南五世），他也是西西里国王（1468 年起，称斐迪南二世）和那不勒斯国王（1504 年起，称斐迪南三世）。斐迪南实际上是统一的西班牙的第一个国王。在意大利，他曾出兵援助那不勒斯驱逐法国查理八世入侵，后于 1500 年与法国路易十二瓜分那不勒斯；1508 年与法国、神圣罗马帝国及教皇组织“康布雷联盟”反对威尼斯，其后为了争夺意大利，加入“神圣同盟”与法国作战（1511—1513 年）。

利就不会繁荣。”[①]

“如果说，我们可怜的国家已经成为了蛮夷人的捕食对象，那正是因为它被众多的领主和君主统治的缘故，这一点是确定无疑的。”

瓦伦蒂诺停止了踱步，他性感的嘴唇上浮现出揶揄的笑意，他直视着马基雅维利的眼睛。

“为了寻求解救办法，我们必须求助于福音书，我的好秘书。福音书告诉我们：凯撒的物当归凯撒，神的物当归神。”

公爵的意思很清楚。马基雅维利倒抽了一口凉气，又惊又怕。他奇怪自己被这个人所迷住——他能轻描淡写地谈论所要采取的一次行动，但这个行动可能会让整个基督教世界感到恐怖不安。

“一位君主应该支持教廷在精神上的权威性，”他继续以冷冷的语调说道，“因为这会让它的信徒感到美好和快乐，我找不出比剥夺教廷的世俗权力更好的办法来恢复他们的精神权威了。”

对于这种蛮横、玩世不恭的话应该怎样回应，马基雅维利感到不

---

① 参见马基雅维利的如下评论：“罗马教廷不论是过去还是现在，总是使这个地区四分五裂。确实，没有哪个地方在任何时候都是团结和幸福的，除非它完全受某个共和国或某个君主统治，如同法国和西班牙的情形那样。意大利没有到那种相同的地步，它也没有一个共和国或君主来统治自己，其原因仅仅在于罗马教会本身。因为，虽然罗马教会位于那里，并把持着世俗的权力，但它既不是那么强大，也没有那么大的能力，以至于能够独揽意大利的一切权力并使自己成为其统治者；而另一方面，它也不是那么弱小，以至于在它担心失去自己对世俗事物的统治权时不能召集一个强有力的人来保护它，对付那个在意大利已经变得过分强大的人。……教会没有强大到足以能够占据意大利的程度，又不允许任何其他人占据它。因此，是教会导致意大利不能团结在一个首领之下，而由多个君王和领主来统治，这些人又产生如此大的不和与羸弱，以致意大利已经沦为不仅是外邦列强的猎物，而且也是它的任何一个侵袭者的猎物。”（《李维史论》第1卷第12章）

知所措，但他不得不做出回答。就在这时，敲门的声音把他给救了。

“谁？”公爵因被打扰而突然愤怒起来。

没人回答，但是门突然被撞开了，一个人走了进来，马基雅维利认得是唐米圭尔，一个西班牙人，通常人们叫他米凯洛托[①]。据说是他亲手掐死了卢克雷齐娅所钟爱的倒霉帅小伙——比谢列的阿方索。米凯洛托身材高大，体格健壮，蓄着长发，眉毛浓密，眼神严厉，鼻子扁平，总挂着一副冷漠、凶残的表情。

“噢——是你呀！”公爵叫道，脸色缓和了很多。

“Murieron.”

马基雅维利几乎不懂西班牙语，但他还是明白了这个冷酷词语的意思：他们死了。这个人站在门口没有过来，公爵向他走了过去。他们低声地用西班牙语交谈着，马基雅维利听不清他们在说些什么。公爵直截了当地问了一两个问题，那人看起来给出了很详尽的回答。

瓦伦蒂诺显现出很好奇的样子，他愉快地大笑着，这表明他感到很满意、很开心。过了一会儿，唐米凯洛托走了，公爵脸上带着欣喜的微笑，又坐回到他的椅子上。

“维泰洛佐和奥利韦罗托死了。他们的死远没有活着时那样勇敢。奥利韦罗托哭着请求我的宽恕。他把他的背叛归罪于维泰洛佐，说是被他带上了歧途。”

“那帕格罗·奥尔西尼和格拉维纳公爵呢？”

---

① 唐米凯洛托（米圭尔·德·科雷拉，Don Michele Coreglia/ Miguel de Corella，don Michelotto），西班牙籍雇佣军头领，曾效力于瓦伦蒂诺公爵，瓦伦蒂诺倒台后经马基雅维利举荐被任命为佛罗伦萨国民军指挥。

“明天我会把他们关在我身边。在得到教皇的指示之前，我会一直把他们控制住的。”

马基雅维利用询问的眼光看着他，公爵回答道：

“一把这些流氓抓起来，我就派了信使到教皇那里，请他去抓捕奥尔西尼枢机主教本人。帕格罗和他的侄子必须为自己犯下的罪行接受惩罚，但要等到我确定奥尔西尼主教被抓住之后。”①

博尔贾的脸色变得阴沉，仿佛一片厚重的乌云停在了他的两眉之间。两人谁都不再说话，马基雅维利认为会见已经结束，他站了起来。但公爵突然做了一个不耐烦的手势，示意让他继续坐着。当他开口时，他的嗓门很低，但语气很生硬，愤怒而果断。

“在这些僭主的暴政之下，他们的臣民呻吟呼号，但这都是一些微不足道的小人物，打败他们还远远不够。我们现在是蛮夷人的猎物：伦巴第正遭受洗劫，托斯卡纳还有那不勒斯都被迫缴纳贡税。我一个人就能打垮那些可怕的、残忍的野兽！我一个人就能让意大利获得自由！”

“上帝知道，意大利在祈求一位解救者，来把他们从桎梏中解放出来。”

“时机已经成熟。我们的事业会让参与其中的人得到荣耀，也给这片土地上的人民带来益处。”他转过头来看着他，两眼放光，眉头紧皱——好像通过这样施压，他就可以让马基雅维利改变自己的意志一

① 1502年12月31日，维泰洛佐和奥利韦罗托被绞死；1503年1月18日，格拉维纳公爵（弗朗切斯科·奥尔西尼）和帕格罗（保罗）·奥尔西尼也遭到了同样的命运。

样。“你怎么能退缩呢？肯定没有一个意大利人会拒绝跟我前行的。”[①]

马基雅维利满脸严肃地看着切萨雷·博尔贾，深深地叹了口气。

“我心中最大的愿望就是让意大利摆脱那些野蛮人的蹂躏和掠夺，阻止他们毁损我们的土地，强奸我们的女性，劫掠我们的国民。你可能就是上帝挑出来拯救我们国家的那个人。但你要我付出的代价是加入你的队伍，破坏我的诞生地的自由。”

“有没有你，佛罗伦萨都会失去自由。”

“那么我就跟它一起毁灭好了。”

公爵不满地耸了耸肩，带着一腔怒火。

“你说话像古罗马人，但并不是明智的人。”

他傲慢地挥了挥手说，会谈结束了。马基雅维利站了起来，鞠了一个躬，然后说了番寻常的以示尊重的话。等他走到门口时，公爵开口了，让他等一下。现在公爵又变成了一个好演员，换成了好朋友间的亲切语气。

“在你走之前，秘书先生，我希望你能给我提供一些有益的建议。在伊莫拉，你跟巴尔托洛梅奥·马尔泰利很友好，他帮我做过一两件杂活，做得很不错。我需要一个人去蒙彼利埃跟那里的羊毛商人进行谈判，接下来再到巴黎帮我做几件事，这样安排比较方便。根据你对

---

① 参见马基雅维利《君主论》第26章的著名呼吁：“虽然最近在某个人身上可看到一线希望，使我们认为可能是上帝派来赎救意大利的，可是后来在他的事业登峰造极的时候，他被命运抛弃了。于是意大利仍旧缺乏生气，她等待一位人物将来能够医治她的创伤和制止对伦巴第的劫掠以及在那不勒斯王国和托斯卡纳的勒索，并且把长时期郁抑苦恼的恨事消除。我们看到她怎样祈求上帝派人把她从蛮族的残酷行为与侮辱中拯救出来。我们还看到，只要有人举起旗帜，她就准备好并且愿意追随这支旗帜。”

巴尔托洛梅奥的了解，你认为我派他去是否明智呢？”

他说得漫不经心，仿佛只是随便问问，但马基雅维利听出了弦外之音。公爵主动提出让巴尔托洛梅奥去出差，这样他就可以离开伊莫拉相当长的时间。现在看来，毫无疑问，他已经知晓马基雅维利对奥蕾莉亚的爱慕了。马基雅维利双唇紧闭，但脸上却不动声色。

“既然阁下如此大发仁慈让我提供建议，那我就跟您说说吧。巴尔托洛梅奥使伊莫拉的人民非常认可您的统治，在这方面他可谓居功至伟，把他打发走是一个严重的错误。”

“或许你是对的。那他留下好了。”公爵说。

马基雅维利又鞠了一个躬，然后离开了。

三十

皮耶罗和仆人正在等他。街上黑咕隆咚的，空荡荡的，看不到一个人影。地上横七竖八地躺着一些尸体，大部分被剥得精光。中心广场的一座绞刑架上吊着几个劫掠者，算是对他人的警告。他们向客栈走去。笨重的大门锁、门闩都已上过了，但他们刚敲了一下，就有人从窥视孔里往外探看，然后开了门。一晚上冻得够呛，马基雅维利能就着厨房里的火苗烤一烤，已经感觉很满意了。有几个人在喝酒，几个在玩骰子或纸牌，其他人在长椅上或地板上睡着了。店主在自己房间的大床脚下给马基雅维利和皮耶罗铺上了垫子，大床上睡着的是他的妻子和孩子们。马基雅维利和皮耶罗裹着外衣，紧挨着躺在一起。皮耶罗骑了一上午的马从法诺赶过来，再加上白天发生的刺激性事件，以及在宫殿里的漫长等待，让他很快进入了梦乡；但马基雅维利却毫无睡意，还有千头万绪等着他去理清。

他跟奥蕾莉亚未竟的私情瓦伦蒂诺显然是清楚的。马基雅维利冷冷地嘲弄地笑着，这个头脑扭曲的人竟然以为可以利用他的激情而诱使他放弃为佛罗伦萨服务，真是荒谬！他本以为瓦伦蒂诺这么有头脑的人，无论怎么也不会认为一个理智的男人会因为沉迷于一名女子而让她影响到人生里的严肃事务。女人嘛，有的是。对了，当公爵劫持了威尼斯步兵团指挥官的妻子多罗泰娅·卡拉乔洛时，威尼斯曾派出特使请求把多罗泰娅放回，他问他们是否认为他觉得罗马涅的女人如此不可接近，所以他不得不绑架一些恰好遇上的女人。除了上次马基雅维利跟奥蕾莉亚告别时见了一面，他已经几周没见到她了；如果说现在还想得到她，那并非是因为他心中仍燃烧着炽热的爱意，而是因为他不喜欢挫败感。但如果屈从于这样微不足道的情绪，在他看来就太荒谬了！但公爵怎么会发现他的秘密呢？他对此很是有些好奇。肯定不是从皮耶罗那里得知的，他已试过他了，他不会说假话的。是塞拉菲娜吗？他一直很小心，对发生的事情她不大可能了解。卡泰丽娜夫人和奥蕾莉亚作为当事人深陷之中，不可能背叛他。尼娜？不，他们已关照过她了。突然，马基雅维利拍了拍脑门，真笨啊！事情如同脸上的鼻子一样——明摆着的，他竟然没有一下子想起来，他恨不得踢上自己一脚。是提莫窦呀！他拿的是公爵的工资，跟塞拉菲娜以及巴尔托洛梅奥一家关系亲密，要监视佛罗伦萨特使自然是便利的。通过他，公爵一定对他的一举一动，他的访客，给佛罗伦萨发信的时间，收到回复的时间，都是一清二楚的。马基雅维利意识到自己一直处于被监视之下，心里有了一种特别的不安。但这一猜想让一切都变得明朗起来。巴尔托洛梅奥在圣维塔莱的遗骸前安心做祈祷的那个夜晚，就在他要前去跟奥蕾莉亚幽会的当口，瓦伦蒂诺不早不晚地派人来请他，这哪里是什么巧合？！提莫窦修士知道这一安排，早已把信息传过去了。马基雅维利怒不可遏，很想把这个老滑头修士的脖子拧断。马基雅维利判断，切萨雷·博尔贾认为他遭遇的失意反而会让他欲望倍增，所以会按照自己的设计行事。这就可以解释提莫窦不再帮他的原因了。肯定是他告诫奥蕾莉亚，上帝不让她做出任何罪恶的行为，她必须从这件事中脱身出来。

“除了我那二十五达克特，不知道他还得了多少钱。”马基雅维利喃喃低语道——他忘了那笔钱是从巴尔托洛梅奥那里借的，而巴尔托洛梅奥是从公爵那里拿的。

尽管如此，想到公爵挖空心思诱惑自己为他服务，马基雅维利还是感到有几分得意。他如此看重自己绝不是一件令人难过的事。在佛罗伦萨，执政团认为他是一个有趣的家伙，他的文字令他们忍俊不禁；但对于他的判断力他们并不放心，也从来没有听取过他的建议。

“先知在自己的家乡是没有人尊敬的。”他叹了口气。[①]

他知道，他小手指头缝里的智慧也要比其他人加在一起的多。皮耶罗·索德里尼，这个国家的最高统治者，是一个懦弱、浅薄，同时又很和善的人。公爵说对有些人来说不出错胜于主动把事情做好，可能是说他吧。[②]其他那些人——他身旁的那些政务会委员们，都是一些胆怯平庸、优柔寡断之人。马基雅维利的顶头上司——执政团的秘书马尔切洛·维尔吉利奥之所以获得其职位，是因为他的翩翩风度和滔滔辩才。马基雅维利身为其下属，对他的能力颇有微词。[③]在他们眼里，马基雅维利是一个无足轻重的小人物，所以他们派他前来跟公爵

---

①《约翰福音》4：44（和合本修订版译文）；参见《马太福音》13：57：“先知除了在本乡和自己的家之外，没有不被尊敬的。”

② 很可能是在皮耶罗去世之后，马基雅维利写了一首小诗，讽喻他的这位前上司和政治恩主：“那一夜，皮耶罗·索德里尼刚完蛋，他的幽灵来到地狱门槛。冥王却喊道：笨汉，你跑来地狱，有啥活好干？不如去灵泊，与早夭儿作伴。”

③ 马尔切洛·维尔吉利奥（Marcello Virgilio，1464—1521），佛罗伦萨著名人文主义者，1498起担任第一秘书厅首长。马基雅维利可能曾受教于他，并可能是他把马基雅维利推荐到第二秘书厅的。

会见，如果这些愚蠢的同僚们知道了他被任命为伊莫拉的总督，并成为公爵最为信赖的顾问之一，他们会怎么样吃惊呢？马基雅维利压根儿不会接受公爵的邀请，但在脑子里想一想还是很有意思的，执政团的人一定惊讶得嘴都合不拢了，他的敌人则会气得暴跳如雷。有趣啊，有趣！

伊莫拉只是第一步，如果切萨雷·博尔贾当上了意大利的国王，他就有可能成为他的第一大臣，位置跟法国国王属下的安布瓦兹枢机主教[①]相同。博尔贾就是意大利寻觅的救世主，这可不可能呢？尽管他的动力来自个人的勃勃野心，但他的目的是崇高的，跟他的伟大的意志力是相契的。他智慧过人、精力充沛，让民众敬畏，还赢得了军队的尊重和信任。意大利横遭奴役和侮辱，但意大利人自古即有的勇武精神并没有消失。在强大的统治者的领导下，她的人民将尽享渴盼已久的和平，追寻自己热衷的事物，并生活在繁荣和幸福之中。给这片不幸的土地带来永久的和平，还有什么比这更好的机会能给人带来荣耀呢？

但突如其来的一个念头强烈地攫住了马基雅维利的内心——他如此震惊，以至于让睡在身边的皮耶罗也受到了干扰，不安地动了动。他想到的是，或许整个事件不过是公爵跟他搞的一个恶作剧。他很清楚，公爵尽管表面上假装热诚，但实际上对他并不满意，因为他觉得，马基雅维利并没有尽力说服执政团授予他雇佣权——这对于他提升威望、扩大资源是很重要的。公爵那样做或许只是出于报复。一想到在

① 乔治·安布瓦兹（Georges d' Amboise，1460—1510），鲁昂枢机主教，法国的权臣，法国占领伦巴第后出任米兰总督。1500 年马基雅维利第一次出使法国宫廷时，曾与他晤谈。

伊莫拉的所有时间里，他的每一次巧妙举动都被公爵、阿加皮托及其他一些人尽收眼底并在狂笑中想方设法地去应对，他就全身刺痛。他试图让自己相信这不过是一种猜想，无根无据，最好尽快忘掉，但对此并不能确定——这让他备受折磨，度过了一个难眠之夜。

三十一

第二天早上，公爵只留下一支小部队戍守塞尼加利亚，他带领大部队直接去了佩鲁贾。

这天正是新年。

天气很糟糕，在最好的天气下也很差劲的道路现在在马匹、行军士兵和行李车的践踏和碾压之下变得更加泥泞不堪。军队在小城镇里暂时驻留，但这样一支庞大的队伍何处可以藏身呢？只有那些幸运者才能找到避身之所。马基雅维利向来喜欢舒适，但现在却睡在一个农舍的裸露的地面上，摩肩并足挤着过多的筋疲力尽的人，找块地儿伸伸胳膊和腿脚都难，这影响了他的情绪。食物找到什么就吃什么，可怜的肠胃功能让他遭罪不浅。在萨索·费拉托，有消息传来，维泰利的余部逃到了佩鲁贾；在瓜尔多听到的消息是，卡斯泰洛的民众期待着要把自己的城市和领土献给公爵。这时信使到了，宣布说，吉安·保罗·巴利奥尼，连同奥尔西尼家族、维泰利家族以及他们的部队，已放弃保卫佩鲁贾的希望，逃往锡耶纳了；佩鲁贾的市民造了反，第二天有大使前来投降。这样，公爵不动一兵一卒便占据了两个重要城镇。他接着发兵前往阿西西。在阿西西，锡耶纳派来特使质问公爵为什么要袭击他们的城市——大家都说这是公爵的意旨。公爵回答说，他对阿西西充满了友爱之情，但他决心要把潘多尔福·彼得鲁奇——他们的领主，也是他的敌人——驱逐，如果他们自己愿意做这件事，对他就没有什么可惧怕的；但如果不愿意，他会率领军队亲自前往。他向锡耶纳进发，但绕了一条远路，这样，锡耶纳的市民就可以有时间再权衡一下。行军路上还占领了不同的城堡和村庄，士兵们则对这个国家进行了掠夺。居民们望风而逃，若抓到那些老弱病残不能逃离者，士兵们就捆住他们的胳膊把他们吊起来，然后再在脚下点上一把火，这样他们就会交代出藏珍宝的地方；如果不愿意说出来，或者真的不知道，就会受尽折磨而死。

与此同时，从罗马传来好消息。教皇收到了儿子的信，获悉塞尼加利亚发生的一切，他于是给奥尔西尼枢机主教发去通告，当然不是通知他关于他朋友和亲人的遭遇，而是告知他一个好消息——城堡已经投降了。第二天，主教义不容辞地前往梵蒂冈向教皇表示祝贺。他由亲戚和家臣陪同前往，被带到了接待室。在那里，他连同他的家人一起遭到逮捕。公爵这时候杀掉他的俘虏已毫无后顾之忧，米凯洛托绞死了帕格罗·奥尔西尼——这个傻子被公爵的好话骗昏了头，一块儿绞死的还有他的侄子格拉维纳公爵。枢机主教被关在圣安吉洛城堡，不久后就死了，这给大家带来了不少便利。教皇和他的儿子可能在私下庆贺呢，这个家族的势力终于遭受重创——长期以来，它一直是基督教神父的眼中钉、肉中刺。这真是一件令人开心的事。把敌人消灭掉，也给教廷帮了一个大忙。他们实际上证明了一点：同时为上帝和财神服务是完全可行的。

三十二

公爵抵达一个叫皮亚韦城的地方后，马基雅维利听到了他的继任者即将离开佛罗伦萨的消息，这让他松了一口气。皮亚韦城是一个小有名气的城镇，有一座城堡和大教堂。他比较幸运，找到了一个相当不错的住处。公爵提出在这里做短暂停留以便让军队得以休整。在他再次行军之前，马基雅维利希望新大使贾科莫·萨尔维亚蒂能够到来。马背上的长期颠簸让他颇感疲倦，糟糕的食物使他反胃，一天下来，还要忍受破破烂烂的住处，这让他几乎夜不成眠。

两三天后发生了一件事：一个下午，他正躺在床上准备放松一下累得麻木的四肢，但实际上很难做到，因为满脑子纷乱复杂的思绪让他得不到片刻的休息。尽管几乎每天都给执政团写信，给他们汇报应该了解的一切，但他不愿把他跟公爵在塞尼加利亚的一些更重要的对话内容告诉他们——公爵为他提供的财富和权力，非同寻常的擢升机遇等。执政团可能认为，他现任的职位已经是他所渴望得到的最高职位了，其诱惑力是他所不能抗拒的。他们都是一些微不足道的人物，像善于诡辩的律师那样嘀嘀咕咕，猜疑成性。他们会想，马基雅维利一定跟瓦伦蒂诺有什么交易，他这么做是想让他们觉得马基雅维利应该获得重用。这将是马基雅维利的一个污点，这样一个人最好不要过于信任，找个貌似合理的理由把他免职并不难。马基雅维利心想，他们有什么理由认为他应该把佛罗伦萨的利益置于个人利益之上呢？他们自己都不愿意这样做——正因如此，他们在破坏着佛罗伦萨的安全。现在看来，保持沉默乃是明智之举，但公爵的提议如果让执政团得到了什么风声，他的沉默恰恰会成为他的罪证。情况真是棘手啊！他正想着呢，突然思绪被一个大嗓门硬生生地打断了，有人在问房子的主人，尼科洛·马基雅维利是否住在这里。

“是巴尔托洛梅奥大人。”皮耶罗大声说道，他正坐在窗边读着主人的一本书。

“见鬼，他来干吗？”马基雅维利问道。他站了起来，很是恼火。

片刻之后，这个粗鲁的家伙闯了进来。他张开双臂抱住了马基雅维利，然后吻他的双颊。

“找到你真像下了趟地狱。一个一个的房子我都查了个遍！”那家伙说。

马基雅维利从他怀里挣脱出来。

“你怎么到这里来了？”马基雅维利问。

巴尔托洛梅奥用同样夸张的方式问候了他年轻的侄子，然后回答道：

“公爵派我跟伊莫拉的几位商人联络。我必须经过佛罗伦萨，所以和你们大使的几位仆人一块儿来了，大使明天到。尼科洛，我亲爱的朋友，你救了我的命！”

他又一次把马基雅维利抱在怀里，又一次亲吻他的双颊。马基雅维利再次挣脱出来。

“巴尔托洛梅奥，见到你我很高兴。”他开始说道，但多少有些冷淡。

不过，商人打断了他的话。

“奇迹，奇迹啊！我得谢谢你。奥蕾莉亚怀孕了。”

“什么？！”

“再过七个月，亲爱的尼科洛，我就将成为一个活泼男孩的父亲了，全是你的功劳。”

倘若事情是以另外一种形式发生了，听到这番话，马基雅维利可能会感到尴尬，现在他只有目瞪口呆的份儿。

“巴尔托洛梅奥，冷静冷静！告诉我你什么意思。”他恼怒道，“怎么会是我的功劳呢？”

“我的最大心愿已经达成，我冷静的了吗？现在，我可以心安理得地走向坟墓了。我要把所有的荣耀和财富留给我自己的孩子。科斯坦扎——我的姐姐，现在她已气疯了。哈哈！”

他突然洪亮地大笑起来。马基雅维利满脸迷惑地看了皮耶罗一眼，真是让人摸不着头脑！他看到皮耶罗跟他一样惊讶不已。

“当然是你的功劳了。要不是你，我根本不可能去拉文纳并在圣维塔莱神坛前祈祷一个晚上。那一夜多冷啊！不错，这是提莫窦修士的主意，但我根本不相信他，他让我们拜过一位又一位圣人，什么用也没有啊！提莫窦是个好人，也是一名圣徒，但跟修士交往，你必须要有警惕之心，因为你从来搞不清他们给你的建议里面是不是另有玄机。我不会指责他们，他们是我们圣教堂的忠实之子，但是如果不是你告诉我朱利亚诺·德利·阿尔贝特利大人的事，我是不会乐意去的。我可以相信你，你心里只是为我着想，你是我的朋友呀！我在想，佛罗伦萨一个显贵者身上发生的事情在伊莫拉的小人物身上也会同样发生吧。我从拉文纳回来的那天晚上，奥蕾莉亚就怀上了孩子。”

兴奋和不间断的说话让他大汗淋漓，他用袖子把亮闪闪的额头擦了擦。马基雅维利看着他，满脸的困惑、憎厌和烦躁。

“你肯定奥蕾莉亚夫人怀上了？”他不悦地问道，“在这种事情上女人往往会出错。”

“肯定，就像我们信仰的信条那样肯定。在你离开伊莫拉前我们就怀疑这事儿了，那时我就想告诉你，但卡泰丽娜夫人和奥蕾莉亚不让我这样做，她们说：‘在未确定之前什么都不要讲。’你有没有注意到，我带你去跟奥蕾莉亚告别时，她看起来实在不是那么漂亮。后来她生我的气，说在她看起来如此令人生厌的时候让你见到她，真让人受不了。她担心你会心生疑窦，在消除所有猜疑之前她谁都不想见。我劝过她，但你知道女人怀上孩子后想法会有多么怪异！”

“我没有什么好猜疑的，”马基雅维利说道，“我结婚不过几个月，在这方面的经验也有限，这是真的。”

“我希望让你第一个知道，因为如果不是你，我肯定不会像现在这样成为一名快乐的准父亲。”

一切迹象表明，他要随时再给马基雅维利一个拥抱，但马基雅维利挡住了他。

“我全心地向你表示祝贺，不过我们的大使明天就要到了，不能再浪费时间了，我得把这个消息马上报告给公爵。”马基雅维利说。

“我会让你去的，但今晚我们必须喝一盅，你，还有皮耶罗。这事儿成功了，我们要庆祝一下。”巴尔托洛梅奥说。

“在这里庆祝有困难呀！”他愠怒道，“几乎没啥可吃的，即使找到一些酒，也不会是什么好酒。”

“这个我早想到了，”巴尔托洛梅奥搓着两只肥厚的手掌哈哈大笑道，“我从佛罗伦萨把酒带来了，还有一只野兔、一头乳猪。我们要好好地吃一顿，为我头胎儿子的健康干一杯！”

尽管到目前已完全失去了幽默感，但马基雅维利自离开伊莫拉以来吃得太糟糕了，他抵御不了一顿丰盛美餐的诱惑，于是他尽可能友善地接受了邀请。

“我会到这里来接你的，”巴尔托洛梅奥说，“但我走以前还要再听听你的建议。你当然记得我曾许诺过提莫窦修士，我要献一张我们神奇的圣母的画像挂在圣坛之上。虽然我知道我的好运应该归功于圣维塔莱，但我不想对她有什么冒犯，她当然已经尽了最大的努力了。所以，我决心找人画一张圣母的画像：她坐在价格不菲的王座上，怀里抱着她的圣子，我和奥蕾莉亚跪在两边，双手紧合，就像这样。”他把自己的一双大手并拢，眼睛抬起来，看着天花板，露出恰当的虔诚的表情，“我想让圣维塔莱站在王座一侧，提莫窦修士建议另一侧应该画上圣弗朗西斯，因为教堂是为他而建的。这个主意你喜欢吗？”

“非常好。”马基雅维利说道。

“你是一个佛罗伦萨人，一定知道这类事情，告诉我应向谁下这个订单。”巴尔托洛梅奥问。

“我真的不清楚。那些画家都是一些非常不可靠且放荡成性的人，我跟他们素无交往。”

“这不怪你。但你肯定可以推荐一个人。”

马基雅维利耸了耸肩。

“去年夏天我在乌尔比诺时，他们曾跟我谈起过一个年轻的家伙，是佩鲁吉诺[①]的学生，他们说他已经画得比老师都好了。他们还说，他会画得越来越好。”

“他叫什么名字？”

“我不知道。他们说过，但一个名字对我来说毫无意义，一只耳朵进另一只耳朵出。不过，我敢说我可以找到他，我认为他要价不会太高。”

“花费不是问题，”巴尔托洛梅奥夸张地抡了一下胳膊，“我是一个商人，我知道，如果你想要最好的货，你必须付够钱。最好的才是我想要的。我想找一个名画家，如果需要花钱，我不会吝啬。”

“哦，那么回到佛罗伦萨后，我去问一问。”马基雅维利不耐烦地说道。

巴尔托洛梅奥离开后，马基雅维利坐在床沿上，眼睛盯着皮耶罗，满脸的迷茫。

“这类事情你听说过吗？”他说，“这个人是不能生育的。”

“显然是一个奇迹了。”皮耶罗说道。

“不要说这种废话。我们当然相信上帝以及他的使徒创造的奇迹，我们的圣教堂也接受了它的圣徒们所创造的奇迹的真实性，但发生奇迹的时代已经过去了呀！无论如何，圣维塔莱怎么能以上天的名义特地为巴尔托洛梅奥这样一个肥胖的蠢货制造奇迹呢？”

但在他说这话时，他想起了提莫窦跟他提过的一件事。尽管圣维塔莱的神力是马基雅维利编造出来的，但提莫窦说，巴尔托洛梅奥对

① 佩鲁吉诺（Perugino，约 1450—1523），意大利画家，这里所说的年轻画家，应是指他的学生，文艺复兴三杰之一的拉斐尔。

圣人的绝对信仰可能会有助于他所期待的奇迹的出现。这个是否可能呢？在这之前，他一直认为这不过是提莫窦的一个虚伪的借口，以免他再找他帮更多的忙——除非可以拿到更多的钱。

皮耶罗张口说话了。

“住嘴，”马基雅维利说道，“我在思考。”

他从来不会把自己描述为一个好的天主教徒。事实上，他经常从主观上希望奥林匹亚的众神仍生活在他们古老的居住之地。基督教教义教给人们关于救赎的真相与方式，但它让人们去遭罪而不是真正地救赎他们。它使世界变得脆弱不堪，并把它变成一个无助的猎物交到邪恶者的手里。因为为了获得通往天堂的门径，公众想的更多的是忍受伤害，而不是保护自己。它教给人们，最大的善在于谦逊、卑微和对世俗事物的蔑视；而古人的宗教则教给人们，最大的善在于精神、勇气以及力量之伟大。[①]

这件事很是蹊跷，让他感到震惊。尽管理性告诉他不可能，但内心还是倾向于相信这一神迹干预发生的可能性，这使他感到不安。他的头脑拒绝承认这一事实，但他的骨子里、血液里、神经里都有着不能平息的猜疑。仿佛相信这类事情的各辈先人控制了他的灵魂，并把

① 参见马基雅维利《李维史论》第2卷第2章中的评论：“我们的宗教更多地颂扬谦卑的和忏悔祈祷的人，而不是实干家。因此，它把谦卑、自我的禁欲修行和蔑视尘世事物确立为至善；而异教徒的宗教将至善置于精神刚毅、身体强健以及其他所有能够使人强大有力的东西中。虽然我们的宗教要求你在内心坚强，但它是要你适合于忍受痛苦，而不是去做一件大事。因此，这种生活模式似乎使尘世变得软弱了，并使世界成为邪恶者掠夺的对象。这些人可以安心地统治这个世界，因为他们明白，大部分人为了进入天国，考虑的更多的是容忍邪恶者的蛮横行径而不是为此进行报复。虽然可能看起来这个世界变得柔弱了，天堂也被解除了武装。”

他们的意志强加于他。

“我的祖父也遭遇过胃痛。”他突然说道。

皮耶罗没听懂他的话，马基雅维利叹了口气。

“情况可能是这样的：如果说人类变得软弱可欺，那是因为人类自身变得毫无价值，他们对宗教漠不关心、无动于衷，这也影响了对宗教的理解。他们忘了，宗教要我们爱我们的国家，尊重我们的国家，要做好准备随时捍卫她。”

看到皮耶罗的一脸迷茫，他突然大笑起来。

“不要紧，我的男孩，别在乎我的胡说八道。我要准备一下去见公爵了，我要告诉他大使明天到来的消息。不管怎样，那个老蠢蛋会好好招待我们一顿的。”

三十三

他们的确吃得不错。自从离开伊莫拉以来，这是他们第一次吃上一顿像样的饭，再加上巴尔托洛梅奥从佛罗伦萨带来的不错的基安蒂红葡萄酒，马基雅维利吃得肚子鼓鼓的。他讲下流笑话，讲淫荡故事，时而胡说乱侃、粗俗不堪，时而豪放不羁、不拘礼节，时而嬉皮笑脸、放浪形骸，让巴尔托洛梅奥狂笑不止，肚子都疼了。三个人都喝得微微醉了。

塞尼加利亚发生的事情在意大利引起了震动，一大批想象力发达的意大利人以各自不同的方式讲述着这个事件。巴尔托洛梅奥急于从见证者那里获得真相，而快活、老成的马基雅维利非常乐意给他帮这个忙。他已给执政团写了三四封信来描述事件的始末，部分是因为其重要性，部分是因为至少有一封信可能没有到达目的地。他从各个侧面回顾了整个事件发生的经过，寻找机会从瓦伦蒂诺身边的人那里搜罗各个细节。现在，一度让他困惑的大部分情况都了解得清清楚楚了。

他编了一个让人惊心动魄的故事。[①]

---

① 参见马基雅维利的《记叙瓦伦蒂诺公爵杀害维泰洛佐·维泰利、奥利韦罗托·达·费尔莫、帕格罗（保罗）·奥尔西尼大人及格拉维纳公爵奥尔西尼等人的方法》。

“维泰洛佐离开卡斯泰洛城前往塞尼加利亚之前，他跟家人和朋友告别，仿佛他已经知道这是他最后一次跟他们分别了。他让朋友们帮忙看管房子和财产，告诫侄子们不要忘记先人的美德。”

“如果他知道会遇到危险，为什么还要离开自己有城墙保护的安然无忧的城市呢？”巴尔托洛梅奥问。

“人类逃脱得了自己的命运吗？我们试图征服人们的意志，试图改变事情的进程以达到自己的目的。我们努力抗争，我们出力流汗，到头来仍然一无所获，而只是成为命运的玩物。当头领们被捕后，帕格罗·奥尔西尼痛斥公爵的背信弃义，维泰洛佐只是责备他说：‘你看你犯了多么大的过失，你的愚蠢让我和朋友们陷入了怎样的困境！’”

“他是一个混蛋，死不足惜。”巴尔托洛梅奥说道，“我曾经卖给他一些马匹，但他从来没有付钱给我。我跟他要时，他让我到卡斯泰洛自己去取，我只好自认倒霉。”

“你做得很明智。”

马基雅维利心里在想，那个既老又衰、疾病缠身的残忍家伙跟奥利韦罗托背靠背地拴在绞刑椅上，被冷酷的米凯洛托一起绞杀，在他被捕到绞死之前的时间里他是怎么想的？米凯洛托这个人很有意思。他会跟你喝上一瓶酒，讲一个下流笑话，用六弦琴弹几首你从未听过的西班牙曲调，然后再唱几首该国狂放的、忧伤的歌曲。这时候，你很难相信他是一个嗜杀成性的人。在他亲手操持的邪恶的工作里，他得到的是怎样让人恐怖的满足感呢？马基雅维利想到，在公爵利用完他的这些日子里，公爵随时都可以让人杀掉他，而且跟杀掉自己最信赖、最忠诚的雷米罗·德·奥尔科一样不会有任何悔意。想到此，他不由得笑了。

“是一个怪人啊，”他嘟囔道，“或许也是一个伟人。”

“你在说谁啊？”巴尔托洛梅奥问。

“当然是公爵。我还能说谁呢？他如此完美地运用欺诈的手段把敌人消灭掉，旁观者只有迷惑和钦佩的份儿了。画家们用颜料和画刷作画，常对自己的艺术作品喋喋不休；但公爵的颜料是活生生的人，画刷是他的智慧和狡诈，这样画出的作品他们怎么能比呢？公爵是一个行动至上的人，果敢勇猛，你绝不会认为他是一个谨慎耐心的人——他不会小心翼翼、耐心十足地去实施自己的巧妙策略。四个月来，他一直让他们揣摩他的打算；他让他们恐惧不安；他把他们的相互猜忌作为交易的筹码；他花招迭出，使他们晕头转向，他用虚假的承诺骗得他们不知所以；他的手段应有尽有，在他们中间挑起纷争，所以，博洛尼亚的本蒂沃利奥和佩鲁贾的巴利奥尼最终背弃了他们。你知道巴利奥尼的结局有多糟糕，也快轮到本蒂沃利奥了。为达到自己的目的，他时而友好亲切，时而严厉恫吓，最终，他们一个个走进了他设好的陷阱。这是经典的欺人之作，其计划之精密、执行之完美，应该传之后世。”

巴尔托洛梅奥是一个饶舌的家伙，刚要开口——不过，马基雅维利还没有畅所欲言呢。

“他让意大利摆脱了带给她灾难的一个个小僭主的统治。他现在要做什么呢？在他之前的一些人，似乎被上帝选中来拯救意大利，但在其后的一系列的事件中，他们都被命运抛弃了。”

他突然站了起来。他厌倦这次聚会，不想再听巴尔托洛梅奥的陈词滥调了。他感谢了他的款待，由忠实的皮耶罗陪着回到了住处。

三十四

第二天，巴尔托洛梅奥做完生意后，踏上了回家的路，下一站是佩鲁贾。稍后，马基雅维利、皮耶罗和两个仆人，还有公爵的几位男仆，骑马出城去迎接佛罗伦萨大使的到来。大使的名字叫贾科莫·萨尔维亚蒂，他换下了骑马服，穿上符合他的佛罗伦萨身份的贵重服饰。马基雅维利陪着他前往城堡递交国书。他急于回到佛罗伦萨，但走以前必须把大使需要了解的各色人物给他介绍清楚。马基雅维利不得不告诉他的继任者，在公爵的宫廷，不要谈什么友爱，以及能指望公爵这个人做些什么和他希望得到什么样的回报。他还得给他指出，哪个人值得信赖，哪个人并不可靠。尽管贾科莫·萨尔维亚蒂读过马基雅维利写给执政团的信函，但还有很多内容他根本不敢写进去，因为危险无时不在，信件随时可能被截留。因此，他不得不花上大量的时间给大使口述他应该知道的很多情况。

结果，六天之后，他才踏上归程。路途漫漫，路况糟糕，而且毫不安全。为了白天尽可能多走些路，他决定早上早些出发。黎明时分他就起床了，很快穿戴完毕。马鞍包前一天晚上就打好了，仆人从楼上取下来。房子的女主人几分钟后过来告诉他，一切准备就绪，出发吧。

“皮耶罗在马厩吗？”他问。

“没有，大人。”

“他在哪里？”

“他出去了。”

“出去了？干什么去了？烦人的家伙，他不知道我讨厌等人吗？派个仆人过去找找，快点！”

她忙跑出去传话，但还没等关好身后的门，这时门又开了，皮耶罗走了进来。

马基雅维利惊讶地盯着他：他穿着的不是破旧的骑马服，而是红黄相间的公爵的士兵服，嘴唇上挂着调皮的微笑，但似乎有些信心不足。

“我是来跟你告别的，尼科洛大人。我已应征加入公爵的军队了。”

“我想你穿上那身艳丽的制服不只是找乐子吧？”

“不要生气，大人。在过去这三个多月的时间里，我一直跟你在一起，我看到了这个世界的一些真实情况，亲眼目睹了一些大事件的发生，跟这些大事相关的一些人我也有过交谈。我强壮、年轻，也很健康，我不能再回到佛罗伦萨，靠在第二秘书厅耍笔杆子度过一生，我不是这样的人，我要自己的生活。”

马基雅维利看着他，陷入了沉思。一丝猜疑的微笑浮在他刀锋般的嘴唇上。

“你脑子里想什么怎么不告诉我？”

“我想你会阻止我的。”

“我觉得我有义务给你指出，士兵的生活艰辛、危险、待遇微薄。他们要去冒险，而得到荣耀的则是头领。他们要忍饥受渴，遭遇恶劣的天气。如果被敌人捉住，他们身上的衣服会被扒个精光。如果受了伤，他们就等着去死了，假如他们的身体恢复了却无法再进行战斗，他们就将一无所获，只有沿街乞讨。他们的生命在粗俗、残暴、放荡的人群中度过，他们的道义感丧失殆尽，他们的灵魂遭遇重重危险。我还有义务向你指出，在共和国的秘书厅，你将很快拥有一个稳定的、受人尊重的职位；通过个人努力并顺从你的上司的怪异念头，你会得到一份仅能维持生活的薪水。通过多年的忠诚服务，如果你足够机敏，脸皮稍厚些，并且非常幸运的话，你可以指望获得提拔——当然前提是，某一重要人物的小舅子或内侄碰巧不想要那份工作了。我给你指出这些是出于义务，但我不会进一步阻止你去做你渴望的事情。”

皮耶罗放心地笑起来，尽管他敬慕、钦佩马基雅维利，但仍然很是怕他。

“这么说，你不生我的气了？”

“不生气，我亲爱的男孩。你给我帮了很大的忙，我觉得你诚实、忠诚，而且充满活力。命运眷顾公爵，你追随他，我是不会责备你的。”

“那么，你会把我的情况跟我母亲和舅舅比亚焦交代好吗？”

“你的母亲会心碎的，她会认为我把你带上了歧途而谴责我；不过，比亚焦是一个通晓事理的人，他会尽最大的努力去安慰她。现在，我亲爱的男孩，我该走了。”

他把男孩抱在怀里吻了吻他的双颊，但在这个过程中，他注意到了他穿着的衬衣。他把那个绣得密密麻麻的领子竖了起来。

“衬衣是从哪里来的？”

皮耶罗的脸红到了发根。

“尼娜送给我的。”

“尼娜？”

“奥蕾莉亚夫人的女仆。”

马基雅维利认出这正是他从佛罗伦萨带给巴尔托洛梅奥的亚麻布，他皱着眉头看着这份精致的手工活儿，然后看了看皮耶罗的眼睛，男孩的额头上满是汗珠。

“奥蕾莉亚夫人的布料多得用不了，巴尔托洛梅奥大人和她把不要的东西都给了尼娜。”男孩解释说。

“那些漂亮的刺绣都是尼娜自己做的吗？”

“是的。”

这是一个笨拙的谎言。

“她总共给了你几件衬衣？”

“只有两件。没有更多的布料了。”

“那太好了。你可以穿一件，换洗另外一件。你是一个幸运的年轻人。当我跟女人睡觉时，她们是不会送礼物给我的，而是希望我给她们送礼物。”

“我这样做只是给你帮忙，尼科洛大人，”皮耶罗微笑道——笑得很是迷人，“是你让我追求她的。”

马基雅维利十分清楚，奥蕾莉亚绝不会想到送给女仆几码昂贵的亚麻布。他还知道，尼娜肯定画不出那些复杂的图案，卡泰丽娜夫人曾亲口告诉过他，只有奥蕾莉亚本人才能织出那种精美的手工品。是奥蕾莉亚送给男孩衬衣的——为什么呢？是因为他是她丈夫的第三个侄子？胡闹！真相，令人不快的真相现在一下子豁然开朗了。在那个幽会之夜，马基雅维利被公爵叫去了，跟皮耶罗睡觉的不是女仆，而是她的女主人！巴尔托洛梅奥的妻子马上就要生儿子了，这不是由于圣维塔莱的神迹干预，而是因为面前站着的这个年轻人使用了最天然的手段。这就可以解释，为什么卡泰丽娜夫人不再安排机会让他跟奥蕾莉亚见面了，还编造出那些可笑的借口；也可以解释，为什么奥蕾莉亚不再跟他有任何进一步的接触了。马基雅维利强忍着怒火，他们把他当成了大傻瓜——那两个寡廉鲜耻的女人，还有这个他待之如友的年轻人。他向后退了退，以便好好地看看他。

马基雅维利从来不认为男人的相貌有多么重要，他本人具有的令人赏心悦目的行为举止，轻松自然的谈话方式以及无所顾忌的手段，使他拥有了他心仪的所有女人。跟这些相比，相貌算什么呢！尽管他认为皮耶罗是一个美男子，但从没有仔细看过他。现在，他观察着他，两眼冒火。皮耶罗个子挺拔，身材匀称，肩宽腰细，腿形优美。在制服的衬托下，体形优势更加凸显。他卷曲的头发呈棕褐色，覆在头上像一顶紧紧扣着的帽子，清晰的眉毛下是一双又大又圆的褐色眼睛，橄榄色的皮肤光洁得跟女孩无异，鼻子小巧挺直，嘴唇红润性感，耳朵紧贴在头颅两侧。他的表情大胆、直率、单纯而迷人。

“是的，”马基雅维利想，“他的英俊会吸引那些愚蠢的女人。这个我从没注意到，否则我会小心的。”

他咒骂自己竟如此蠢笨，不过他怎么会想到奥蕾莉亚会动一个少年的心思呢？尽管他是她丈夫的侄子，但只不过是一个涉世未深的供差遣的小子罢了。马基雅维利让他帮忙带带东西，取取货，这儿那儿的跑跑，随叫随到。如果说对他有些放任——这是马基雅维利现在正在懊悔的，那也是因为比亚焦是他舅舅。皮耶罗不笨，但你在人生人世界里打磨出来的魅力他怎么会有呢？在长辈面前的大部分时间里，他根本无话可谈，只有保持沉默。对自己而言，应付女人有的是招法，如果想要取悦于谁，从来没有失手过，这一点他是心知肚明的。他认为，对于献殷勤这门艺术和科学，几乎没有人有资格做他的老师。皮耶罗不过是一个乳臭未干的年轻人。奥蕾莉亚的石榴裙下已经有了他这样一位地位卓越、明白事理、谈吐优雅的倾慕者，一个头脑冷静的人，谁会想到，她的那双美目会如此多地关注那个年轻人呢？真是荒唐！

皮耶罗冷静地承受着主人长久的审视，他已从尴尬中摆脱出来，举止中透露出谨慎，表明他很警觉。

“我很幸运，”他沉着地说道，但他似乎有意把他的好运看作应得之物，“洛多维科·阿尔维西伯爵的童仆在从塞尼加利亚前来的路上病倒了，不得不返回罗马，伯爵让我取代了他的位置。”

这个洛多维科·阿尔维西伯爵是瓦伦蒂诺的至交，一位罗马绅士，在他手下做一名枪骑兵。

“这件事你是怎么搞定的？”马基雅维利问。

“巴尔托洛梅奥大人跟公爵的财务大臣提到了我，是他安排的。”

马基雅维利微微扬了扬眉。这个年轻人不仅引诱了巴尔托洛梅奥的妻子，还让他在公爵的红人儿身边为自己谋到了一份好差事。如果事情不是跟自己密切相关的话，他会觉得这件事非常滑稽可笑。

“幸运青睐胆大年少者，”他说道，“你会有好的前程的。不过，我还是要给你一些建议。你要当心，像我一样，不要让人觉得你机智过人，倘若如此，人们会认为你缺乏判断力；你要注意人们的情绪，调整自己来适应他们；他们高兴时跟他们一起笑，他们严肃时你也要把脸拉长。跟傻瓜讲智慧是可笑的，跟聪明人讲智慧是愚蠢的：见什么人就讲什么话。要有礼节，这个让你所费不多，但会让你受益匪浅。要让自己变成有用之人，同时让别人知道你很有用，这会让你的用处翻倍。倘若你不能取悦他人而只是取悦自己，那是徒劳无益的。记住帮人干坏事比帮人行善更能取悦于人。不要和朋友过于亲密，假如他变成了你的敌人，就会对你造成伤害。绝不要用恶劣的方式对待你的敌人，否则，他永远也不会成为你的朋友。说话要谨慎。要插一句话有的是时间，但要收回则是不可能的。真相是最危险的武器，必须要小心挥舞。多年来，我从没有说过我相信什么，或者相信我说过的话，如果有时碰巧我说了真话，我就会讲上一大堆假话把它掩盖起来，让人无从发现。”[①]

就在马基雅维利喋喋不休地说着这些格言警句和老生常谈之时，他的思绪突然停留在一件更重要的事情上面，这让他几乎听不到自己在说些什么。他知道对于一个公众人物来说，腐败无能、残酷无情、蓄意报复、优柔寡断、自私自利、软弱愚蠢，或者追逐在该国的最高荣耀，其实都没有什么，但如果成了大家的笑柄，他就完了。他可以反击诽谤，可以蔑视辱骂，但对于人们的嘲笑，他毫无还手之力。尽管这听起来似乎很奇怪，但上帝的确缺乏幽默感，嘲弄成为坏人的工具，用来阻遏有志之士努力做到尽善尽美。马基雅维利很看重他的同胞对他的尊重以及共和国的头头脑脑们对他意见的关注。他对自己的判断力很有信心，渴望在重要的事务中担任职务。他如此聪明，不会想不到，在与奥蕾莉亚的夭折的私情中，他扮演了一个多么可笑的角色。如果这件事在佛罗伦萨传开，他将成为众人的笑料，成为残忍玩笑和无情讥讽的可怜对象。他的不幸遭遇会激起佛罗伦萨人那邪恶的

---

① 参见马基雅维利 1521 年 5 月 17 日致弗朗切斯科·圭恰迪尼的信（书信 270）：“一段时期以来，我从不说出我所相信的，也从不相信我所说的。如果某些时刻我的确讲了真话，我也会将它隐藏在众多谎言里，以致它难以被发现。”

灵感，长长短短的讽刺诗歌将会纷纷出笼。一想到此，一股凉意沿着马基雅维利的脊梁骨嗖地传了下去。就是他的朋友比亚焦——他的玩笑靶子，也会瞅准这个机会跟他翻翻旧账。他必须堵住皮耶罗的嘴，否则他就完蛋了。他以友好的方式把手放在年轻人的肩膀上，和善地笑起来，但那双明亮的小眼睛利矛般地直盯着皮耶罗的眼睛，冷淡而生硬。

“我还有最后一件事要告诉你，亲爱的男孩。命运是反复无常、永无止歇的。她可能会赋予你权力、荣耀和财富，也可能让你遭受奴役、贫困和臭名远扬。公爵也不过是她的一个玩物，她的车轮翻转一下同样会让他遭遇毁灭。到时你在佛罗伦萨就需要有一些朋友。跟那些在困境中帮助过你的人为敌是轻率的。共和国对于那些不愿为其服务而为其不信任者做事的人总是充满了猜忌。几句闲话就可能会把你的财产充公，如果那样，你的母亲就会被赶出家门，只能靠亲戚们不情愿的救济来生活了。共和国的臂膀伸得很长，如果她认为合适，就会轻易地找到一个加斯科涅人，给他几个达克特，一把匕首就会刺进你的后背。或许会有一封信递到公爵手里，说你是佛罗伦萨的间谍，拷问台会迫使你承认这一切是真的，那么你就会像一个普通的小偷那样被绞死。你的母亲会为此感到悲伤。为了你自己——因为你是珍惜生命的，我建议你要保守秘密。把你知道的一切告诉他人是不明智的。”

马基雅维利盯着皮耶罗褐色的水汪汪的眼睛，看到他听懂了自己的话。

“不要担心，大人。我会守口如瓶的。”

马基雅维利轻轻笑了起来。

“我本来就认为你不傻。”

尽管剩下的钱只够返回佛罗伦萨的路费了，但他认为现在是要表现出慷慨的时候，即使有些过也没关系，所以他从钱夹里掏出五达克特递给皮耶罗，算是一个告别礼物。

“你为我提供了很好的、诚心诚意的服务，”他说道，“你对我、对共和国的利益表现出的热情，我会很乐意跟比亚焦好好说一说的。”

他亲切地吻了吻他，然后两人手牵手下了楼。皮耶罗牵着马头，让马基雅维利上了马。他走在马基雅维利一侧，两人朝城门口走去。在那里他们分了手。

三十六

马基雅维利用马刺把马轻轻刺了一下，它轻快地慢跑起来，两个仆人紧随其后。他的情绪糟透了，这个无可否认——他们都把他当成了超级大傻瓜！提莫窦、奥蕾莉亚和她母亲，还有皮耶罗，他不知道他的火气应该向谁发。最糟糕的是，他不清楚这笔账如何跟他们了结；他们从中获得了巨大的欢乐，却由他来付账，而他根本没有办法让他们偿还。当然，奥蕾莉亚是一个傻子，跟所有的女人一样狡诈——但仍是一个傻子；如果不傻，她就不会看上一个面皮光光的帅小子，而去放弃一个正处在人生最好年华的人，一个见过大场面的人，一个受政府委托参与重大谈判的人。聪明人都不会否认这一点：在这种比较中他总是占据优势的，没有人认为他是讨人厌的。玛丽埃塔总是跟他说，她喜欢他的头发在头顶上生长的样子，用她的话来说就像黑色的天鹅绒。感谢上帝让他拥有了玛丽埃塔：有一个女人你是可以信赖的，你可以离开她半年，但你可以尽管放心，她的心不会偏离，不会左顾右盼。不错，近来她是令人心烦，老是通过比亚焦抱怨说，他总不回来，不给她写信，走时没有给她留下钱。唉，哪个女人遇到这种情形都是压不住火的，这个必须想到。他走了三个半月了，她的肚子一定相当大了，他在想，她何时分娩呢。他们已经决定好，男孩就叫贝尔纳多，是根据自己已故父亲的名字命名的。[1]如果她抱怨他离开得太久，那是因为她爱他，可怜的懒婆娘！回到她身边真是不错，这就是妻子的好处。当你需要她的时候，她总会在那里。当然，她不像奥蕾莉亚那样是个美人，但她是个贞洁的女子，在这一点上，卡泰丽娜夫人的女儿是谈不上的。他希望自己能想着给她带回一个礼物，但直到这时才想起来，而现在根本没钱了。

他希望在奥蕾莉亚身上没有花那么多钱。他为她买了头巾、手套、玫瑰油，还送给卡泰丽娜夫人一条金项链——哦，不，不是金的，是镀金白银的。如果她是个稍微正派点儿的人的话，她就应该把项链还回来。若是能把项链送给玛丽埃塔就好了，她会很高兴的。但是送给女人的礼物她们何时还过呢？

她就是个老鸨，甚至连可靠的老鸨都算不上。她很清楚，她为他安排了一切，项链就是付给她的报酬，她没有把货物交给他，至少她应该把购买货物的钱还回来。不过，她就是一个无耻的老荡妇，从看到她的第一眼起，他就猜想到，她通过诱使他人纵情声色而获得一种肮脏的满足感——当然她本人已无力参与其中了。他愿意用一个达克特打赌，是她把皮耶罗和奥蕾莉亚打发上了床。当他在倾盆大雨中站在门口时，他们一定一边在享用着他让皮耶罗送去的阉鸡、甜点和葡萄酒，一边在纵声大笑。如果巴尔托洛梅奥不是那么蠢笨的话，他应该知道，让她这样一个女人去监督他妻子的忠诚是多么荒唐。

过了一会儿，马基雅维利的思绪又转到了那个粗俗而愚蠢的人身

① 事实上，贝尔纳多并不是马基雅维利的第一个孩子，而且他是在1503年下半年出生的。

上。正是他的问题导致了所发生的一切。

“如果他能好好地看管她，”马基雅维利心想，“我就绝不会想到要做点儿什么，我就不会尝试了。”

巴尔托洛梅奥应该对整个事件负责。他——马基雅维利真是一个大傻瓜！为了表达无法赴约的歉意，竟然送给她那么昂贵的头巾。那天早上，他心情不佳，牢骚满腹，派了皮耶罗去送礼物：那么多人没派，单单派他去了，为的是让她在巴尔托洛梅奥回来之前拿到礼物。她们暗暗地不知怎样高兴着呢！皮耶罗竟然乘虚而入……他们两个倒也般配，不过他一定饶不了他们。

让人窝火的是，他不只是花大钱给她买礼物，还讲最动人的故事哄她开心，唱最拿手的歌来博取她的嫣然一笑，对她大献殷勤，一句话，一个男人讨女人欢心的所有招数他都用上了。这时——就在这时，那个坏小子进来插了一杠子，他什么本钱都没有投，仅仅凭他十八岁的年龄、一张俊脸蛋儿就得到了他处心积虑一个多月、透支了腰包而无法得到的一切。他很想知道皮耶罗到底用了什么鬼花招，或许是卡泰丽娜夫人的建议吧，她担心巴尔托洛梅奥会把自己的外甥过继过来。马基雅维利在脑子里把她说的话都想出来了：

“唉——我们怎么办呢？也不能等他一夜吧？这样一个好机会丢掉了好像怪可惜的。奥蕾莉亚，处在你的位置，我是不会犹豫的。看看他那张可爱的脸蛋儿、卷曲的头发，长得跟市政大厅的美少年阿多尼斯的画像多像啊！如果让我在他和那个皮肤灰黄、长鼻子、小泡泡眼的尼科洛大人之间选择的话——哦，这怎么能比呢？亲爱的，我敢说，他肯定要比那个瘦巴巴的秘书强得多。”

坏女人，邪恶的女人！她怎么会让那个年轻人，而不是他——这个精通人情世故的人——做她女儿儿子的父亲呢？真是令人百思不得其解。

不过，也可能无需卡泰丽娜夫人多费口舌。没错，这个年轻人看起来很是单纯，甚至有些羞涩。但人不可貌相，这家伙很善于掩饰自己，从来没有表现出跟奥蕾莉亚有任何瓜葛。他是一个不折不扣的厚颜无耻的骗子。他唯一感到尴尬的是马基雅维利注意到了他穿着的那件衬衣，不过转眼间他就恢复了平静，面对主人无声的谴责竟然表现得那样无耻！他那样肆无忌惮，上来就吻了奥蕾莉亚的嘴，当发现她没有拒绝后，就把手探进她敞开的紧身衣里，沿着双乳间滑了下去，下面发生的事谁都能猜到。马基雅维利愤怒地想象着他们进了巴尔托洛梅奥的卧室，又上了巴尔托洛梅奥的床。

“忘恩负义的小子！”他嘟囔道。

他把他带来，完全是因为自己的好脾气。他为他做了那么多，该介绍的人物都介绍了，尽自己所能地训练他，教给他言行举止，一句话，让他成为一个有教养的人。另外，还用自己全部的智慧教给他世人的处事方式，以及怎样交友，如何发挥自己的影响力，等等。而这就是自己所得的回报——自己的女人竟在鼻子底下被他给抢走了！

“不管怎样，他还是惧怕我的。”马基雅维利对自己说。

马基雅维利知道，如果你对你的恩人使用了卑鄙手段，而你又没法让他人知道的话，你得到的快乐就只能留下一半。这点让他得到了些许安慰。

但他对奥蕾莉亚、皮耶罗和卡泰丽娜夫人的愤恨加起来也赶不上对提莫窦的多，这个奸诈小人把他精心制订的计划全破坏了。

“现在他可有机会到佛罗伦萨做四月斋布道了！”他嗓子里发出了嘶嘶声。

他本来根本没有推荐他做布道的打算，如果原来有这一想法的话，那么他现在会毫不犹豫地摒弃它——这样想想，还是让人解气的。这个人就是一个流氓，怪不得基督教正在失信于人，那些职业修道士们丧失了诚实和是非观念，正变得邪恶、放荡而腐败不堪。被骗了，被骗了啊！全被他们骗了，那个混蛋修士把自己骗得最苦了！

他们停下来在路边的一家客栈吃饭。食物很糟糕，但葡萄酒还算能喝，马基雅维利喝了不少，当他骑上马继续赶路时，感到周围的世界也不那么可恶了。他们从牵着牛的，还有骑在满负货物的毛驴屁股上的农民身边经过，碰到了步行的或骑在马背上的旅行者。一度，他想到了公爵——自己的失望有一部分正是他造成的；那是不是一个秘而不宣的玩笑呢，正如他不肯泄露自己的计划一样，如果他真的打算让马基雅维利为自己效力的话，那现在他知道：已经不可能了。然后，他又想到了奥蕾莉亚，事情已经过去了，懊恼又有何益呢？四个月前，他跟她素昧平生，对一个仅见过五六次，说过五六句话的女人如此小题大做，真是犯傻。再说，在这个问题上，他也不是第一个吃女人亏、上女人当的。这类事情，一个睿智的人会从哲学的角度去思考——幸运的是，唯一了解事实真相的人唯有保持沉默才最终符合其自身利益。当然，被人愚弄会让人脸面尽失，但对于任何外人都不知道的耻辱，谁都可以忍受。自己应该置身事外来看待这件事，就好像发生在别人的身上一般，马基雅维利有意让自己这样去想。

突然间，他惊叫了一声，猛地拉了一下缰绳，马儿以为不走了，一下子停了下来，马基雅维利坐在鞍座上顿时向前趴去。仆人赶了上来。

“怎么啦？大人？”

“没啥，没啥。”

他继续赶路。脑中闪过的一个念头引起了马基雅维利的惊叫和本能的动作。开始，他以为要呕吐，但随即一个妙计涌上心头，他想到就这个事件可以编一部戏剧。他要对那些讥笑过他、劫掠过他的人进行报复。他要嘲弄他们，讽刺他们。坏情绪消失了，他一边前行，一边神思飞扬，蕴蓄着恶意的快乐使他脸上绽放出笑容。

他要把场景安排在佛罗伦萨，因为他觉得在那些熟悉的街道上施行自己的创意会更加得心应手。人物都在，他只需把他们的特质再强调一下即可，以便使舞台效果更加突出。比如说，巴尔托洛梅奥会比他本人更加愚笨，更加轻信于人；奥蕾莉亚会更纯真、更温柔；他把皮耶罗塑造成了制造骗局的皮条客；男主人公——一个漂亮的顽皮家伙利用了这场骗局，从而达到自己的目的。剧作的梗概在脑中已经成形。他本人将是那个男主人公，名字也随即取好了，就叫卡利马科。他是一个佛罗伦萨人，长相英俊、年轻富有，曾在巴黎待过几年。这样写，马基雅维利就有机会讥讽一下法国人了——对法国人他既不喜欢也缺少尊重。从法国回到佛罗伦萨后，他遇到了奥蕾莉亚，并狂热地爱上了她。应该叫她什么呢？卢克蕾佳！当决定把这个罗马女子的名字赋予她时，马基雅维利哧哧地笑了起来。卢克莱提娅[1]以贞德出名，被塔克文凌辱后，自戕而死。当然，该剧会有一个完美的结局，卡利马科

[1] 卢克蕾佳原文为Lucrezia，是罗马名卢克莱提娅（Lucretia）的意大利形式。卢克莱提娅为罗马贵妇，其受辱自杀事件导致塔克文家族被驱逐，结束了罗马的王政。Lucrezia又译卢克雷齐娅，《曼陀罗》中译本译为卢克蕾佳。

将跟他的意中人共度良宵。

天空碧蓝，阳光明亮，田野里的积雪仍未消融，但马蹄下的路面却甚是整洁。马基雅维利把自己包裹得严严实实，计划中的创造性活动让他感到快乐、兴奋。虽然内心里有一种奇怪的激动，但脑子里仍不过是一个主题。要达到目的，那些材料还太过平淡，他觉得还需找到一个喜剧的方法，把情节连贯起来，从而可以把各个场景串联起来。他要想出一个绝妙的主意，不仅能让观众大笑，还能自然而然地施展自己的报复。与此同时，还要展现出奥蕾莉亚的单纯，巴尔托洛梅奥的愚蠢，皮耶罗的卑鄙，卡泰丽娜夫人的放荡，当然，还有提莫窦的奸诈。修士将是一个重要的人物，马基雅维利搓了搓手，沉浸在自己的想象中，他想着如何揭露他的真面目——他的贪婪、无耻、狡猾和虚伪。他要给所有的人物赋予一个假名字，但提莫窦的真名要保留下来，这样，所有人就会知道他这个人是多么虚伪和邪恶了。

但让他的“木偶们”活动起来的主意还根本没有成形呢。它必须要出人意料，甚至超乎寻常，因为他要写的是一部喜剧，它首先要让观众惊讶不已，然后哄堂大笑。他很熟悉普劳图斯和泰伦提乌斯[①]，于是在脑子里把他们的剧作过了一遍，看看里面是否有些奇思妙想可以帮他达成自己的目的，但一无所获。不能让他安心考虑这一问题的更大困难是，头脑里乱七八糟的思绪让他感到混乱不堪——

① 普劳图斯（Plautus，约前254—前184）和泰伦提乌斯（Terentius，约前190—前159）是古罗马著名的喜剧作家，马基雅维利曾把泰伦提乌斯的《安德罗斯女子》从拉丁文翻译为意大利文，而他的另一部喜剧《克莉齐娅》则脱胎于普劳图斯的《卡西娜》。

这里那里的离奇场景，有趣的对话片断，还有可笑的关键场面等。时间过得真快！当他们到达晚上住宿的地方时，他对时间的飞逝觉得惊讶不已。

“让爱情见鬼去吧，”下马时他喃喃自语道，“和艺术相比，爱情算什么呢！”

三十七

这个地方叫卡斯蒂廖内·阿雷蒂诺，有一家客栈。无论如何，这家客栈都不比离开家乡以来住过的任何客栈差。户外活动加上满脑子的不曾停歇的疯狂念头，让他的胃口真的好了起来。一进门就订了晚饭，然后洗了脚——作为一个爱清洁的人，他每四五天就要洗一次。洗完后擦干了脚，他开始给执政团写短信，写完后立马让一个信使送了出去。客栈人满为患，但店主告知他，他可以睡他跟妻子的大床。马基雅维利看了他妻子一眼说，在厨房的地板上放几张羊皮，他就可以睡个好觉了。然后，他坐下来开始享用大盘的通心粉。

“跟艺术相比，爱情算什么呢？”他再次想到这个问题，“爱情转瞬即逝，而艺术是永恒的。爱情不过是大自然的把戏，诱惑我们加入这个邪恶的生物群体当中，而我们从生到死面临的是饥渴病痛、悲伤嫉妒，还有憎恨和邪恶。通心粉做得不错，比我想象的要好，汤汁多而浓稠。鸡肝、鸡杂也不错。人类的创造不仅是一个悲剧性的错误，它更是一场荒谬的灾难。那么人类存在的意义何在？是艺术，我认为。卢克莱修、贺拉斯、卡图卢斯、但丁，还有彼特拉克，倘若他们在生活中没有遭遇过无数的困厄和苦难，或许永远就不会有动力去写那些神圣的作品。如果我跟奥蕾莉亚上了床，也许就不会有写一个剧本的想法了。这个是无疑的。所以，倘使这样看问题的话，结果将证明这是最好的——我失去了一个小小的饰品，但捡到了一颗可以镶嵌到国王王冠上的钻石。”

美食和思考使马基雅维利恢复了平日的和善。他跟一名奔波于一个个修道院之间的旅行修士玩了一会儿纸牌，他小输了一把，但表现得很优雅。玩完牌，马基雅维利在羊皮上躺下来，很快进入了梦乡。没有受到任何干扰，一觉睡到破晓时分。

太阳刚刚升起，他又踏上了归程。这天看起来似乎是个好天气，他兴致很高。再过几个小时，他就可以回到自己家了。想到这真是令人开心。他希望玛丽埃塔对他的归来感到高兴，而不会谴责他忽略了自己；亲爱的、好心肠的比亚焦会在晚饭后来看他；第二天他要去见皮耶罗·索德里尼以及执政团的先生们，然后去拜访他的朋友。哇——回到佛罗伦萨真是令人高兴，天天可以到秘书厅去上班，从童年时就熟悉的街道上走过，身边经过的人他几乎每个都能叫出名字来——如果不需要跟他们说话的话。

“大人，欢迎回来。”其中一个道。另一个则会说：“好，好，尼科洛，你从哪里一下子钻出来的？”还有人会说：“你回来了，我想你的钱包一定鼓鼓的了。”他妈妈的一位朋友会问：“什么时候生孩子呀？”

家乡，佛罗伦萨，我的家乡！

还有拉卡罗莱娜——包养她的枢机主教因为太有钱而死于非命——现在正变得无所事事。她是个了不起的女人，谈吐机智，跟她说话是一件难得的乐事。有时候，你可以哄骗她为你做些事，而不需要任何花费，换了别人可要花上一大笔钱才行。

托斯卡纳的风景真美啊！再过一个月，杏花就要在枝头绽放了。

他又开始想萦绕在脑际的那个剧本，这让他兴奋，感到年轻，飘飘然好像空腹喝了几杯酒一般。他不断重复着要让提莫窦说的几句玩世不恭的话，突然拉了一下马。仆人赶上来看看他是否需要什么，但令人惊讶的是，他们看到他正偷偷地笑呢——笑得乐不可支，笑得全身都在抖动。当看到仆人脸上的惊讶表情后，他笑得更厉害了，然后一言不发地用马刺刺了一下马的侧腹，马儿飞快地奔跑起来。可怜的牲畜，哪里习惯这种折腾，速度逐渐慢了下来，像往常一样有条不紊地慢步前行。有办法了！他绞尽脑汁，终于有了结果——办法突如其来，但他不知道怎么来的，原因及其根源都无从得知，但这正是他想要找的办法！粗俗、夸张而充满戏剧效果，简直就是奇迹呀！人人都知道，为了受孕，那些轻信的女人会买上一些曼陀罗草根。这是一种常见的迷信，至于怎样使用，有许多下流的说法。现在他要劝服巴尔托洛梅奥——他已经给他取名叫尼洽老爷——如果她妻子喝上一些曼陀罗草根制成的药剂的话，就会怀上孩子，但是在喝药后跟她上床的第一个人会因此死去。怎样来劝说他呢？很简单！他，也就是卡利马科，把自己装扮成曾在巴黎学习过的医生，然后开出这个方子。显然，为了当父亲而把自己的命搭上，尼洽老爷是不会乐意的，于是就得找到一个陌生人代替他先和他太太上床。这个再次化装的陌生人当然还是卡利马科，也就是他，马基雅维利。

现在，情节已经设计好了，场景一个接着一个，环环相扣。它们有条不紊地出现，就像拼图游戏中的拼板。整个剧作仿佛是自发产生的，而他本人不过是一个抄写员。如果说，当初把自己的不幸改编成剧本的念头曾让他兴奋，那么现在他的高兴劲儿已经翻倍。一切就像花园一样，清清楚楚地呈现在自己的想象里。花园里有露台，有喷泉，也有浓荫小道和令人感到舒适惬意的凉亭。当他们停下来吃午饭时，马基雅维利的思绪仍围绕在自己作品中的人物上，以至于根本没注意到吃的是什么；当他们又出发后，走了多少路也没有意识到。他们离佛罗伦萨越来越近了，周围的乡村也越来越让人感到熟悉和亲切，如同他出生的那条街道一般，但他无心欣赏。太阳早就偏西了，正朝着天地交界处挪移着，他也没有注意到。他沉浸在想象的世界里，这使真实的世界反而变得虚无缥缈起来。他觉得自己不只是自己了——他还是卡利马科，年轻、英俊、富有、无畏、快乐的卡利马科，他对卢克蕾佳的狂风骤雨般的恋情使他本人对奥蕾莉亚的倾慕不值一提。那个是一道阴影，这个是一种真实。倘若马基雅维利知道的话，他享受着的正是人类所能得到的最大的快乐——创造的快乐。

"看，大人！"仆人安东尼奥大声叫道，"佛罗伦萨！"他骑马赶上来，跟他并肩前行。

马基雅维利看了看。远远的，在冬日的天空下，他看到了那个穹顶——布拉曼特[①]建造的令人骄傲的穹顶，在不断变暗的天色下，正变得模糊起来。他勒住了马，这就是那座他热爱它胜过热爱自己灵魂的城市，这话他曾跟瓦伦蒂诺说过，绝非空洞之词。佛罗伦萨，这座鲜花之城，有的是钟楼、洗礼堂、教堂、宫殿以及花园、弯曲的街道；每天到宫殿[②]要穿过的老桥，还有他的家，他的弟弟托托，玛丽埃塔和他的朋友；这座城市的每一块石头他都熟悉，这是一座有着辉煌历史的城市，也是他的诞生地，他祖先的诞生地；佛罗伦萨是但丁和薄伽丘的

① 布拉曼特（Bramante，1444—1514），文艺复兴时期意大利最杰出的建筑师。

② 即市政厅。

故乡；这座为自己的自由奋斗了数个世纪的城市，一座让人衷心热爱的城市，一座鲜花之城！

泪水盈满了他的眼眶，顺着脸颊流了下来。他咬紧牙关，抑制住让他发抖的啜泣。她现在软弱无力，统治者勇气全无、腐化堕落；先前，市民的自由遭到威胁时，他们会奋起反抗，而现在他们却斤斤计较于买卖的得失。她的自由现在只能依赖于法国国王的恩赐，为此要交给他大量的贡品，真是丢尽脸面；她的防卫者都是一些毫无诚信的雇佣兵，怎么抵抗得了那个无所顾忌的厚颜无耻者的猛攻呢？那个人认为，进攻她的危险如此之小，以至于从不掩饰他的狼子野心。佛罗伦萨在劫难逃了！她即使不会落入切萨雷·博尔贾之手，也会落入他人之手；即使今年或明年不会，但在这批中年人变老之前肯定会如此。

"让艺术见鬼去吧，"他说道，"跟自由相比，艺术算什么呢！失去了自由就失去了一切。"

"如果我们想在天黑前到达，还得必须加快点儿，大人。"安东尼奥说道。

马基雅维利耸了耸肩，拉紧了缰绳，疲惫不堪的马儿开始向前缓行。①

---

① 1503 年 1 月 23 日，马基雅维利回到了佛罗伦萨。

尾　声

四年过去了。这期间发生了很多事。亚历山大六世驾崩了。瓦伦蒂诺为他父亲的去世做好了一切的准备，不过没料到的是，当他父亲真的去世后，他自己也到了死亡的边缘。尽管病入膏肓，但他的良好体质拯救了他。他成功地让一名枢机主教通过选举获得了教皇职位，即庇护三世，对这个人他是无须担心的。但遭他攻击且逃跑的领主们抓住机会，重新掌控了自己的领地，他已经无力阻挡了。圭多巴尔多·达·蒙泰费尔特罗又回到了乌尔比诺，维泰利家族收复了卡斯泰洛城，而吉安·保罗·巴利奥尼则占领了佩鲁贾。只有罗马涅还保持着对他的耿耿忠心。然后，庇护三世，那个病恹恹的老头也死掉了，朱利亚诺·德拉·罗维雷——博尔贾家族的死敌——登上了教皇皇位，也就是尤利乌斯二世。为获得瓦伦蒂诺控制的主教们的选票，他承诺重新任命他为教廷的总兵，并保证让他掌握他的各个邦国。可能切萨雷认为谁的承诺要都比他自己的承诺更可信。结果，他犯了一个致命的错误，尤利乌斯二世是有仇必报的人，而且狡诈多变、肆无忌惮、冷酷无情。不久他就找了个借口拘捕了公爵；接下来，他强迫公爵交出罗马涅的各个城市——公爵的头领们仍控制着这个地区。完成这些之后，他准许公爵逃亡那不勒斯。不久，国王斐迪南下令再次把他投入监狱，很快又把他转移到了西班牙：先是关押在穆尔西亚的一座城堡里，然后为了获得更大的安全保证，又把他带往处于老卡斯蒂利亚中心区的梅迪纳·德尔·坎波城。看来，意大利似乎最终并永远摆脱了这位冒险家带来的麻烦——在如此长久的时间里，他无尽的野心让意大利不堪其扰，不得安宁。

但几个月后，整个意大利获得一个惊人的消息：公爵逃跑了。经过了一段危险重重的旅途后，他化装成一名商人，到达了潘普洛纳——也就是他的内兄纳瓦拉国王的首府。这一消息让他的效忠者们颇为振奋，在罗马涅的各个城市，都有疯狂的庆祝场面。纳瓦拉国王这个时候正在与他反叛的贵族们交战，他任命切萨雷·博尔贾为他军队的统帅。

在这四年里，马基雅维利一直忙于自己的工作，承担各种不同的使命，受命组建一支国民军——这样，佛罗伦萨就不必完全依赖于雇佣兵了。当没有其他事缠身时，他就处理第二秘书厅的事务。他的消化功能一直很差，在酷夏严冬的风霜雪雨里的骑马旅行，客栈里的极其不适，以及没规律的糟糕饮食，让他的身体透支了。终于，在二月份——在我主诞生一五〇七年后的这一年的二月份——他病倒了。他被放了血，通了便，服用了他最喜欢吃的药——他自己制作的混合物药丸，这个药在他看来可以医治人类的所有小病小痛。[①]他确信，他要靠自己而不是靠医生来治愈自己的病症，但疾病及治疗让他变得虚弱不堪，因此，执政团给了他一个月的病假。他回到了自己坐落在圣卡夏诺的农庄，那里离佛罗伦萨有三英里远。在那里，他很快

① 马基雅维利对这种药丸的描述，参见马基雅维利1525年8月17日致弗朗切斯科·圭恰迪尼的信（书信296）。

恢复了健康。

这一年的春天来得格外早。郊野里，树木绽发新枝，野花盛开，草儿吐翠，小麦长势喜人，这一切看上去让人倍感舒心。对马基雅维利而言，托斯卡纳的景色给人带来友善的、亲密的快乐——它吸引的是人的大脑，而不是感官；它没有阿尔卑斯山的高耸入云，也没有大海的宽广无垠；它是一张图纸，土壤是其素材，优雅、精美、轻松而快乐，养活了那些热爱智慧、热爱睿智的谈吐、热爱漂亮女人以及好心情的人。它让你想到的不是但丁的严肃的华美乐章，而是洛伦佐·德·梅迪奇让人轻松愉快的旋律。[①]

三月的一个早上，太阳升起来了，马基雅维利也起了床，他来到他小庄园的小树林里，在那里，他正让人砍伐树木。他在树林里徘徊，检查昨天做过的工作，跟伐木工人交流；然后，他来到一汪泉水边，在浅滩上坐了下来，从口袋里掏出一本书。这是一本奥维德的书，当读到奥维德描写自己恋情的欢快活泼的诗行时，他薄薄的嘴唇上露出了笑意，他想到了自己曾有的艳遇，想着想着，心情大好起来。

“做了错事再去忏悔，总比后悔啥坏事都没干过好多了！”他嘀咕道。[②]

然后，他溜达着朝客栈方向走去，跟过往的行人交谈。他是一个很会交往的人，如找不到志趣相投的人，也很乐意跟那些差一些的人

---

① 以下部分的一些描写，参见马基雅维利1513年12月10日致弗朗切斯科·韦托里的著名信件（书信224）。

② 参见马基雅维利1514年2月25日致弗朗切斯科·韦托里的信（书信231）：“我现在认为，过去一直认为，将来还会认为，薄伽丘说得对：做了再后悔总比后悔不做好。”（见《十日谈》第三日第五个故事）

交流。现在，他感到饥肠辘辘，到吃饭的时间了。他漫步到家，跟妻子和孩子们在餐桌边坐下来，吃上一顿用自家农庄产的粮食和蔬菜做成的简单饭菜。饭后，他回到客栈，店主、屠户、磨坊主和铁匠都在。他坐下来跟他们玩了一圈纸牌，游戏中大伙大呼小叫、吵吵闹闹，为了一个便士也会兴奋得癫狂；还有面对面的吼叫，桌子上空飞来飞去的辱骂声，彼此眼前晃动的拳头！马基雅维利声嘶力竭地冲着打得最好的那个家伙大叫，并把拳头晃到他面前。黄昏到了，他回到自己家里。玛丽埃塔又怀上了第三个孩子，正要给两个小男孩端晚饭。

“我还以为你永远都不回来了呢。”她说。

“我们打牌去了。”

“跟谁啊？”

“还是那帮人，磨坊主、屠户，还有巴蒂斯塔。”

“都是人渣！”

“他们让我的智慧能够稍微增加一点儿，说到底，他们并不比那些国家的大臣们更愚蠢，总体而言，也不比他们更卑鄙。”

他把大儿子贝尔纳多抱过来放在腿上，开始给他喂饭。

“你的汤不要凉了。”玛丽埃塔说道。

他们一家——还有女仆和雇工，在厨房里吃饭。喝完汤后，女仆又给他拿过来三只插在扦子上的烤云雀。他感到惊讶，但很开心，因为往常的晚饭一般只有一碗粥、一份色拉。

“这是什么？”

“乔瓦尼抓的，我想你会喜欢吃的。”

“都是给我的？”

“都是给你的。”

“你是一个好女人，玛丽埃塔。”

“我跟你结婚都五年了，我还不知道？要想进入你的心，必须通过你的胃。”她淡淡地说道。

“你观察得够细的，为这，你也应该吃上一只云雀，亲爱的。”他回答道，说着用手指夹起了其中的一只，不由分说地突然放到了她的嘴里。

“它们在狂喜中飞向天空，内心里唱着欢快的歌，就在这时，它们被一个无聊的男孩捉住了，接着被烹饪并吃掉了。所以，人啊，尽管有着展翅翱翔的理想，有着对智慧之美的想象，以及对无限世界的渴盼，但到头来还是被邪恶的命运控制，除了喂虫而毫无用处。”

“亲爱的，快趁热吃饭，话以后再说。”

马基雅维利笑了。他把另一只云雀从扦子上扯下来，用他坚固的牙齿咀嚼着，吃得嘎吱作响，同时用满怀爱意的眼睛看着玛丽埃塔。不错，这是一个好女人，她生活节俭，而且性情温和。每每看到他出差离开，她都很难过，而每次回来，她都喜不自胜。他怀疑她是否了解他对她的不忠。如果她知道但从来没有表现出来的话，这说明她通晓事理，而且心地善良；他本来会走得更远，行事更为糟糕，但他没有，他对自己的妻子非常满意。

吃完饭后，女仆洗刷碗碟，玛丽埃塔把孩子们打发上了床。马基雅维利上了楼，脱下穿了一整天的满是泥渍的脏衣服，换上了——他自己描述为的——气派而高贵的装束，因为他养成了一个习惯：每晚在书房读一读自己喜欢的作家的作品。他还没穿好衣服就听到一个骑马的人赶了过来，接着听到骑马人跟女仆说话要找自己，是比亚焦！他不知道，这个时候，有什么事会让比亚焦从城里出来。

“尼科洛，”他在楼下大声叫道，“我有消息要告诉你。”

“等一下。我准备好马上下去。”

已近黄昏，天气有点儿凉了。马基雅维利利落地把他的黑锦缎长袍套在束腰外衣上，然后开了门。比亚焦正在楼梯下面等他。

“瓦伦蒂诺死了。”

“你怎么知道的？”

“今天有信使从潘普洛纳赶来。我想，你想知道这事，所以就出城来了。”

“到我书房来。”

他们坐下来。马基雅维利坐在书桌旁，比亚焦坐在一把雕花椅子里，这把椅子是玛丽埃塔嫁妆中的一部分。比亚焦把听说的情况转述了一遍。切萨雷·博尔贾在埃布罗河畔的一个村庄建立了自己的司令部，计划袭击莱林伯爵的城堡，莱林是叛乱贵族中势力最强大的一个。三月十二日一大早，公爵的军队和伯爵的军队有过小规模的交战。切萨雷·博尔贾还在自己的房间里，警报就响了。他穿上盔甲，骑上马，投身到战斗中。叛军逃逸后，他根本没看清后面是否有人跟着，就猛追敌人到了一条深谷里，在那里，他孤身一人深陷重围，从马上摔了下来。他激烈地战斗，直到被杀死。第二天，国王和他的军队找到了他的尸体，他全身赤裸——他们已经扒去了他的盔甲和衣服，国王用自己的披风盖在了他光光的身体上。

马基雅维利专注地听着，比亚焦讲完后，他沉默不语。

“他死了是好事啊！”比亚焦停了一会儿，说道。

“他失去了他的国家、金钱，还有军队，但整个意大利仍对他心有余悸。”

“他是一个恶人。”

“神秘莫测，令人费解。他是一个残忍奸诈而又无所忌惮的人，但他又为人能干，精力过人；他性格温和，自控力强，他确定的路线不会受到任何干扰；他喜欢女人，但他只是从女人身上得到快乐，而不会受到她们的任何影响；他创建了自己的军队，并让其对他忠心耿耿，信赖有加；他对己甚严，在行军过程中从不顾忌饥寒，他的身强体壮使他不易感到疲惫；在战斗中他勇敢无畏，斗志昂扬；他跟那些最无用的士兵一起分担危险；他对和平与战争的艺术了解得非常透彻；他选择官员别具鉴别力，他小心行事，以便让官员们对他的好意保持依赖；为了巩固自己的权力，他做了一名精明者及有智慧者所能做的一切。如果他的方法没能给他带来成功，那也不是他的过错，而只是命运极端的、非同寻常的恶意造成；以他伟大的精神和崇高的目的，他已经没法做得更多。他的计划的挫败只是因为亚历山大的死亡及他本人的疾病；如果能保持健康的话，他就能战胜所有的困难。”

“他因为自己的罪行受到了正义的惩罚。”比亚焦说。

马基雅维利耸了耸肩。

“如果他还活着，如果命运继续青睐于他，他就会把那些野蛮人从这个国家赶走，为她赢来和平与富足。那么，那时人们就会忘记他曾有的罪行，他就会以一位伟人和好人的形象为后人所熟知。现在，谁还会记得马其顿的亚历山大是一个残忍的、忘恩负义的人呢？谁记得尤利乌斯·凯撒是一个背信弃义的人呢？在这个世界上，只需要夺取权力并控制住权力，你所运用的手段就会被人尊重并被所有人钦仰。如果说切萨雷·博尔贾被人看作无赖，那只是因为他没有成功。这些天我在写一本书，把我对他的了解以及对他行为的观察都写了进去。”[1]

“我亲爱的尼科洛，你太不务实了。你认为会有人读吗？写这样的书你做不到不朽的。”

“我不想不朽。”马基雅维利笑道。

比亚焦满腹狐疑地看着他朋友书桌上的一堆手稿。

“那是什么呀？”

马基雅维利冲他笑了笑，以便让他消除疑虑。

“我在这里比较悠闲，想写一部喜剧来打发时间。要不要我给你读一读？”

“喜剧？”比亚焦不解地问，“我猜有些政治含义吧？”

“一点儿也没有。我写这本书只是为了娱乐。”

“噢，尼科洛，你什么时候能严肃点儿？评论家们批评你，就像朝你身上扔上一千块板砖一样。”

---

① 马基雅维利在《君主论》第7章中总结说：“当我回顾公爵的一切行动之后，我认为他没有可以非难之处。恰好相反，我觉得应当像我在上面提出的把公爵提出来，让那些由于幸运或者依靠他人的武力而取得统治权的一切人效法。因为他具有至大至刚的勇气和崇高的目的，他只能采取这种行动，舍此别无他途。只是由于亚历山大短命和他本人患病，才使他的鸿图终成画饼。所以，如果一个人认为，为了确保他的新的王国领土安全免遭敌人侵害，有必要争取朋友，依靠武力或者讹诈制胜，使人民对自己又爱戴又畏惧，使军队既服从又尊敬自己，把那些能够或者势必加害自己的人们消灭掉，采用新的办法把旧制度加以革新，既有严峻一面又能使人感恩，要宽宏大量且慷慨好施，要摧毁不忠诚的军队，创建新的军队，要同各国国王和君主们保持友好，使他们不得不殷勤地帮助自己，或者诚惶诚恐不敢得罪自己；那么，他再找不到比公爵这个人的行动更生动活泼的范例了”；“公爵在这次教皇的选举中犯了错误，这就是他终于灭亡的原因”。

“我不知道原因。没人想到阿普列乌斯①会写出他那本《金驴记》，或者佩特罗尼乌斯②会写出《萨蒂利孔》，人们认为，他们什么题材都可能会写，但不会写娱乐性的。”

“但这些都是古典著作啊，是不一样的。”

“你是说，那些娱乐性的作品，像荡妇一样，年纪大了就会受到尊重？我经常感到奇怪，到底是什么原因让评论家们只是看到书里的笑话，而随着时日的长久，作品的乐趣早已从笑话中脱离出来了。他们从来都没有意识到，幽默是以现实为基础的。”

“你过去常说，不是简洁，而是色情描写才是智慧之魂。你改变自己的看法了？”

“根本没有改变。什么会比色情描写更真实呢？相信我，好心的比亚焦，如果人们不这么认为，他们就会对人类繁殖后代失去兴趣，这将是上帝那个最不幸实验的结束。”

“读读你的剧本吧，尼科洛。你知道，我不喜欢听你说这些东西。”

马基雅维利笑了笑，拿过手稿，开始读了起来。

“佛罗伦萨的一条街道。”

但就在这时，他突然感到有些担心——一个作者第一次向一位朋友读点儿什么东西，但无法确定所读内容是否让人满意，于是他停顿了下来。

“这只是初稿，可以说再修改时还会有很多变化。”

他翻动着书稿，觉得毫无把握。写剧本时他感到快乐，但发生的

---

① 阿普列乌斯（Apuleius，约125—约180），古罗马哲学家、修辞学家和作家。

② 佩特罗尼乌斯（Petronius，约27—66），古罗马作家、贵族。

一两件事还是他没料到的。人物都展现出了自己的生活，但跟他们的原型相比也偏离了不少。卢克蕾佳仍有奥蕾莉亚的影子，他没法让她变得更真实些。紧凑的情节使他只能把她改造成为一个贞洁的女子，被其母亲和告解神父诱惑，而做了违背良心之事。皮耶罗——在书里叫李古潦，相反扮演了比起初的打算更为重要的角色。那个愚蠢的丈夫就是接受了他的计划而上当受骗的，他劝服了卢克蕾佳的母亲和修士，简短说来，是由他策划并执行了这个阴谋，直到出现最后的大团圆结局。他诡计多端、巧于谋划、机智灵敏、举止文雅而又肆无忌惮。马基雅维利发现，很容易就把自己投射到这个恶棍身上，剧本写到最后，他发现在这个狡诈的阴谋者身上有他自身的影子，且跟陷入苦恋的英武主人公身上的影子一样多。[①]

在一部剧本里要扮演两种角色，想想真是奇怪，他抬起头来问比亚焦：

“顺便问问，最近听到你外甥皮耶罗的消息了吗？”

“说真的，我听到了。我本来想告诉你，但瓦伦蒂诺的死讯让我太激动了，结果忘了说了。他就要结婚了。”

“是吗？婚姻对象匹配吗？”

“是的。他找了一个有钱的女人。你还记得伊莫拉的巴尔托洛梅奥·马尔泰利吗？他是我的一个亲戚。”

马基雅维利点了点头。

---

① 在《曼陀罗》一剧中，“李古潦”的原型更像这里的马基雅维利，而不是皮耶罗；这里的马基雅维利同时也是失败的“卡利马科”，皮耶罗则是捡了便宜的“卡利马科”。所以，这里的马基雅维利“在一部剧本里要扮演两种角色”。

“伊莫拉叛乱的时候，他觉得要离开一段时间看看事态的发展，这样会更安全些。你知道，他是公爵的主要支持者之一，他害怕要为此付出代价。他去了土耳其，在那里有他的生意。在发生任何真正的骚乱前，教皇的军队已经开到了伊莫拉。皮耶罗比较幸运，也去了那里。他好像很受某个大人物的青睐——那个大人物能够探听到教皇的消息，皮耶罗设法保住了巴尔托洛梅奥的财产，但巴尔托洛梅奥被流放了。最近有消息说，他死在了士麦那，所以，皮耶罗要跟寡妇结婚了。”

“很聪明，很正确。”马基雅维利说道。

“他们说，寡妇很年轻、很漂亮；显然，她需要一个男人来保护她，皮耶罗很有见识。”

“那也是他给我的印象。”

“美中不足的是，巴尔托洛梅奥留下一个小男孩，三四岁的样子——我想差不多是这样，这对皮耶罗以后自己的孩子不太有利。”

“我想你可以放心，皮耶罗会很爱惜这个小男孩的——如同己出。”马基雅维利淡然地说道。

他又回到手稿上来，笑了笑，对自己感到满意。他不由得想到，他把提莫窦这个人物塑造得太好了！他把笔尖蘸上了仇恨，当下笔时，他满怀恶意地咯咯笑了起来。修士靠无知者的轻信而养肥了自己，他把自己对修士们的所有憎恨和轻蔑都倾泻在那一章里。剧本成功与否就取决于此了。

“佛罗伦萨的一条街道。”

他停下来，抬头看了看。

“怎么啦？”比亚焦问。

“你说切萨雷·博尔贾为自己的罪行遭受惩罚。但他被摧毁并非因为他自己的过错，而是环境使然——这个他无法控制，与他的邪恶并不相关。在这个罪恶并让人悲伤的世界里，如果说道德战胜了邪恶，不是因为它本身是道德的，而是因为它有更好、更大的武器；如果说诚实战胜了口是心非，不是因为它本身是诚实的，而是因为它有一支更强大的军队，且统率者更能干；如果说善良战胜了罪恶，不是因为它本身是善良的，而是因为它更有钱。正义在我们这一方是好的，但是如果我们没有力量，正义就毫无用处，忘记了这一点简直就是发疯。我们必须相信，上帝热爱好心的人，但没有证据表明，他会把那些傻瓜从他们的蠢行带来的恶果中解救出来。”

他叹了口气，再一次读了起来：

“佛罗伦萨的一条街道。”

著作权合同登记号　图字：10—2012—381号

图书在版编目（CIP）数据

彼时此时:马基雅维利在伊莫拉 /（英）毛姆（Maugham，W.S.）著；孔祥立译．—南京：译林出版社，2016.6
（毛姆作品）
书名原文：Then and Now
ISBN 978-7-5447-6349-3

Ⅰ.①彼… Ⅱ.①毛… ②孔… Ⅲ.①长篇小说－英国－现代 Ⅳ.①I561.45

中国版本图书馆CIP数据核字（2016）第092676号

书　　名　彼时此时：马基雅维利在伊莫拉
作　　者　〔英国〕威廉·萨默塞特·毛姆
译　　者　孔祥立
责任编辑　王振华
特约编辑　苑浩泰
出版发行　凤凰出版传媒股份有限公司
　　　　　译林出版社
出版社地址　南京市湖南路1号A楼，邮编：210009
电子信箱　yilin@yilin.com
出版社网址　http://www.yilin.com
印　　刷　三河市华润印刷有限公司
开　　本　640×960毫米　1/16
印　　张　16
字　　数　182千字
版　　次　2016年6月第1版　2023年10月第3次印刷
书　　号　ISBN 978-7-5447-6349-3
定　　价　36.80元